增訂新版

打擊線上

台灣棒球小說風雲

徐錦成 主編

目錄

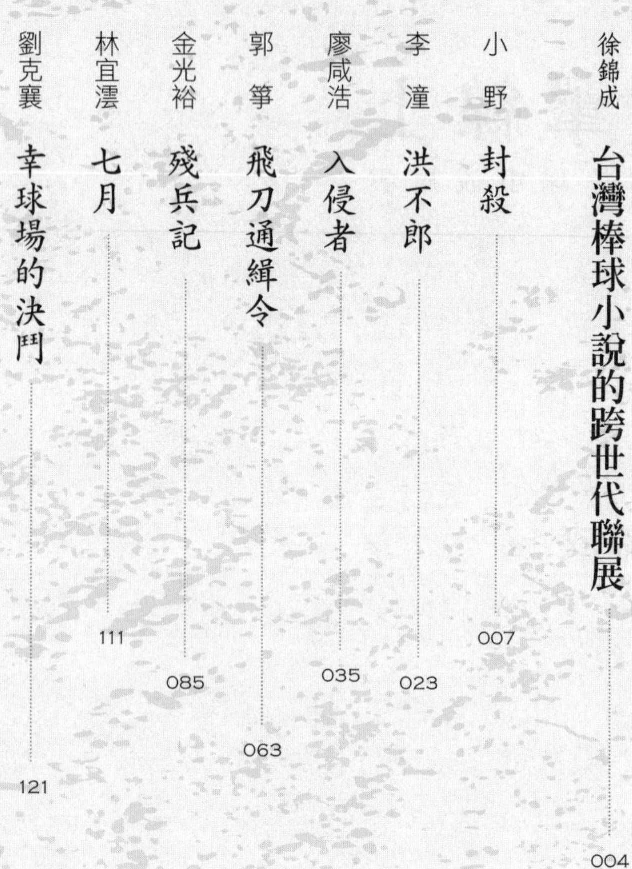

徐錦成　台灣棒球小說的跨世代聯展　004

小　野　封殺　007

李　潼　洪不郎　023

廖咸浩　入侵者　035

郭　箏　飛刀通緝令　063

金光裕　殘兵記　085

林宜澐　七月　111

劉克襄　幸球場的決鬥　121

張啟疆　兄弟有約　145
侯文詠　超級棒球賽　169
楊　照　一九九七　177
吳明益　關於一只界外球　223
王聰威　如果是傷懷　231
朱宥勳　失憶症　259
朱宥任　好球帶　267

台灣棒球小說的跨世代聯展

儘管未曾有法令明文規定，但「棒球是台灣國球」之說卻普遍被國人接受。

棒球在台灣的歷史悠久，如果以日據時代一九〇六年三月「台灣總督府中學校棒球隊」成立做為台灣棒球的起點，則台灣棒球的歷史已經超過一世紀！一九三一年，著名的嘉農棒球隊曾打進日本甲子園冠軍賽，對日後台灣棒球發展影響深遠。

一九六〇年代末，來自台東卑南的紅葉隊以木棒和石頭起家，成為台灣少棒熱的先聲。其後金龍少棒奪得世界少棒冠軍，將棒球熱帶進高潮。而隨著台灣的經濟起飛，台灣棒球有好幾年連獲世界「三冠王」（少棒、青少棒、青棒）。在那個年代，棒球不僅是一項全民運動，也是台灣人共享的認同。如今回首，當年家家戶戶備妥國旗與鞭炮，三更半夜圍著電視看衛星轉播棒球賽的景況，就更是台灣人的集體記憶了。

一九九〇年中華職棒成立，替台灣棒球劃開了時代。從此，中華職棒的紀年成為無數棒球迷的紀年，他們的生命史是這樣記錄的：「在職棒幾年，我做過什麼……」儘管職棒一路走來風風雨雨，但始終牽動著國人的靈魂。

小說反映現實，棒球在台灣如此蓬勃興旺，台灣小說中當然不會缺少「棒球小說」這一席。

這本書收錄了十四篇當代台灣棒球小說，最早的兩篇〈入侵者〉、〈封殺〉發表於一九七七年，最晚的一篇〈失憶症〉則是二〇一二年的作品；年紀最長的作者小野生於一九五一年，與最年輕的作者朱宥任（一九九〇年生）相差近四十歲。編排的順序依作者的齒序，而非作品的發表時間。十四位作家支支是強棒，大多已是活躍文壇的小說名家，末座的朱氏兄弟則是值得期待的小說新銳。若說這本書是台灣棒球小說的跨世代聯展，並不誇張。

二〇〇五年二月九歌出版《台灣棒球小說大展》後，曾掀起一陣討論棒球小說的熱潮，該書絕版後，書迷／球迷跟著沉寂了許久。一如那些年的台灣棒球，長期處在低潮時期。所幸者，棒球雖曾讓台灣人幾度失望，但台灣人從未對棒球絕望。不論何時，只要球員表現出對棒球的愛與勇氣，球迷的熱情很快就會再被召喚出來！

這本書是此時此刻台灣棒球小說的成就見證。十四篇小說都是好小說，也是好看的棒球小說。在這塊熱愛棒球的土地上，我們期待棒球小說的果實持續豐收。

徐錦成
二〇一三年七月

封殺

小野

本名李遠，一九五一年生，台灣台北人。台灣師範大學生物系畢業後，前往美國研究分子生物學。曾擔任國立陽明大學和紐約州立大學水牛城分校的助教、台北市文化基金會董事長、台北電影節創始前兩屆主席、台灣電視公司節目部經理、華視總經理等。

七〇年代以《蛹之生》一書成為暢銷作家，八〇年代進入中央電影公司服務，與幾位朋友一起合作推動台灣新浪潮電影運動，為「台灣新電影」運動奠定基礎。九〇年代回歸童話、動畫創作。二〇〇〇年以後從事電視工作。作品有八十部以上。

小野說：

如果要從台灣的歷史中尋找最有代表性的運動和生活，那就非棒球莫屬了。棒球可以從日本殖民時代延續到國民政府時代的外交困境，少棒打進世界是當時唯一的安慰。我會寫〈封殺〉也是因為認識一些當年曾經打少棒的朋友，他們說故事給我聽。打棒球考驗著人的困境、選擇和判斷，還有忍耐。文學正好可以從其中找到切入點。

連著幾星期的久旱不雨，球場上的土乾裂著，草也焦萎著，有些細細的塵沙，讓人錯覺是大地烘烤出來的煙氣。

阿財拖曳著沉甸的步伐，略微不穩地跨向打擊區，彷彿手掌握著的不再是球棒，而是家裡秤豬仔用的大秤錘。比同齡少年高出一大截的他，在寬廣的棒球場相襯下，也萎縮得像一隻白底青斑的毛毛蟲。

看台上揮汗的球迷，似被炎陽炙燙了屁股，紛紛立了起來。更有那大嗓門的轉播記者，如痴如狂地在叫著。

「最後一局下半神鷹隊朱進財的打擊，目前比數三比二，紅蕃隊暫時領先。二出局，林金輝已攻占三壘。如果強打者朱進財能給紅蕃隊致命的一擊，就大有反敗為勝的可能，否則——」

「阿財，看你的呀！」

「阿財，Home run。」

「阿財，給他們死！」

「朱進財身負重任，很有信心的踏上打擊區，教練不放心，又追出來面授機宜一番。」

阿財在打擊區站定後，深深地大吸一口熱氣。

炎陽炙烈地搧動著每個人似火的情緒。

投手聚精會神地看著捕手東摸西抓的手勢暗號，點點頭，卻又舉棋不定地斜瞟著在三壘躍躍欲飛的林金輝。

林金輝發出怪腔異調，離開了三壘壘包，耍猴戲般騷擾著投手。

長打，一定得長打。阿財全神貫注地瞪著投手彎藏在身後的手臂。狠狠的敲他一支全壘打，能不能當國手就在這一棒了。贏了才有去美國的機會。除了阿爸以外，家裡每個人都曾向他咂咂嘴說，不是講好玩的咧；人家大叔的兒子阿國仔就是在美國讀博士，賺美金，不是隨便講講好玩的咧，美國呢！

一棒定江山，一棒打到美國去。他扭了扭脖子，把手腕旋動了一下，擺出一副長打到美國的架式。

「第一球，投出，朱進財揮棒——。」

咔——熟悉而叫人心驚膽寒的清脆聲。

「一記左外野高飛球，飛得好高好高——」

觀眾像沸騰的水般嗞嗞叫了開來。

「哇——可惜是一支非常遠的界外球。」

啊——有人嘆氣，也有人鬆口氣。

猶如影片倒轉，阿財又被拉回了原位。阿財把溼漉的手掌在褲子上抹了一把，重拾球棒。

當投手向守備員喊了之際，他鬆了一口氣，竟有一種如釋重負的奇異感覺：好在不是安打。只有阿爸不希望我擊出安打。阿爸和別人下了二十萬的賭注，賭紅蕃隊贏，如果剛才那一記是全壘打，阿爸的二十萬就要像擊中的棒球一樣，飛啊飛的，飛到別人身上了。

「Home run。」

「Home run。」

阿財被這些亢奮的加油聲扭纏著，像自己家裡豬舍中總是漫天飛舞而又揮之不盡的蚊蠅。

輸吧！乾脆些，放棄打擊，三振出局。我們的確輸不起二十萬的。豬仔已被阿爸賣的沒剩幾條了。

可是，能輸嗎？忍心看到領隊、教練、隊友、家人和鄉親父老那樣絕望的表情？

賽前，球隊住進那間窳陋的尼姑庵裡，每天清晨和黃昏，和著晨鐘暮鼓，領隊和教練輪番上陣的精神講話：

「我們苦練了這麼久，鄉里父老對我們抱著最高的希望，在大日頭底下，一球一球咔咔咔咔的敲，一球一球的糾正動作，為的是什麼？拿不到冠軍，誓不回家鄉！」

是的！咔咔咔咔，練習時失誤一球就要受一次罰，那樣嚴厲的訓練，輸了真沒價值。

前幾天，有個自稱姓洪的商人，千方百計找到尼姑庵來，送了一大簍無子西瓜。他說他和別人下了五十萬的賭注！賭神鷹隊贏，如果真贏了，他保證抽出十萬給神鷹隊添些棒球器具，給大家到美國買紀念品的經費。

「你們是夠窮了，」他向大家比手畫腳著：「窮到連住旅館都住不起，但是，各位小朋友，沒有關係！只要贏球，贏了球，什麼問題都統統解決！」

講到「解決」時，右手一揮，擺出一個剖西瓜的動作。

是的，只要贏，大家贏球，可是真解決了嗎？像剖西瓜那樣容易？

第二球就要過來了，他感到有些僵硬，剛才拭乾了手掌心，怎又汩汩滲出汗水來？來了，白色的一團，迅速在眼前放大。旋轉、放大、旋轉、放大，轉放成白濛濛一股渦流。

「揮棒——落空！two strike, no ball, two out。」

紅蕃隊球員在場中央囂嚷起來，再一支好球，就要結束這場爭霸賽。

三壘上的林金輝，既抓帽子，又跺腳，兇多吉少的局面。這一棒揮得太匆促，有些踉踉蹌蹌。他收回了棒子，扶正甩歪了的頭盔，炫惑耀眼的陽光哪！美國也會這樣酷熱嗎？或許，該來一場滂沱大雨什麼的。

上個月阿國仔從美國寄回給大叔的家書上說：

「這兒的留學生，不管學業或事業多順利，仍然免除不了那種無形的、被壓抑的苦悶，我們期待從家鄉來的棒球隊，打得那些番仔落花流水，無力招架。希望阿財也能到這裡揚眉吐氣一番，去年那次太過癮了，哪怕是開兩天兩夜的車，冒著功課被當的危險，我一定要到現場去助陣。」

阿母聽到大叔給她唸這一段，笑得合不攏嘴，口裡還嘮嘮叨叨個沒完：

「人家阿國仔唸了十多年的書，唸到近視眼八百度，唸得彎腰駝背，才唸到美國去！我們阿財只要好好打棒球，不也一樣去美國嗎？」

阿母完全不知道阿爸和別人賭二十萬的事。

那天夜裡，門口的黑狗兄吠了幾聲後，他就被人從睡夢中喊起，迎著一股濃濁難聞的酒味，阿爸的臉歪扭得像挨了刀子的豬仔。他把阿財拖到門邊，門沒閂好，一把把冷瑟瑟的夜風掄灌入他單薄的汗衫裡。阿爸口齒不清的訴說著：

「和我相賭的是白毛介紹的一個外地人，他不知道我豬公的兒子就是神鷹隊最勇的。只要你聽你爸的話，決賽時失常，隨便被封殺或接殺，你爸這二十萬就贏了一大半了。你爸最近也有夠霉運，又輸了白毛十萬，無錢可還，這一招還是白毛教我的——嘿嘿，阿財，你爸給你取這名字，就是要招財進寶的，我豬公這一輩人就沒好運過，愛國獎券連一百元也沒中過。幹——，你這次別辜負你爸……。」

他恨透了別人喊阿爸「豬公」，阿爸是豬公，他們幾個兒子女兒不都是豬子豬孫了？幹——。

阿爸不賭錢，姊姊阿錦也不會送給那個萬惡不赦的白毛，也不可能會那樣慘死火車輪下，那年她才十一歲。

「各位觀眾，這是緊張的一刻，我們可以看出朱進財已有了急躁、不耐煩的表情。現在投手把球高高的舉起——投出！」

阿財視而不見，只愣愣的，像田埂上斜插著沒生命的稻草人，卻也沒像王貞治那樣蹺起一隻金雞獨立的腿，幾隻零星的麻雀從他頭盔上掠過，像掠過一塊寧靜的田畝，稻草人動也沒動一下。

「太偏左下角的壞球，投手開始吊他胃口了。兩好、一壞、二出局……。」

如果不送給白毛，阿錦就不會死的。在被壓得稀爛的小屍體邊，阿母鬼哭神號，呼天搶地了一陣，一直怨嘆著阿爸：

「是報應呀，歹命的阿錦，自己生的孩子自己要飼養啊！夭壽的死豬公，再賭下去，把老婆兒子全都要輸給別人了。」

他們都說白毛專幹一些下流勾當，利用賭博別人輸了賠不起，不知騙來了多少小女孩，只要長大了一點點，就往那種骯髒的地方送。

也許阿錦死了會更好，不用受那種皮肉的凌虐。幹——有一天長大了，長得夠勇壯了，就要把白毛宰掉，像宰豬仔一般，讓他張開血盆大口，吐出來的不再是暗紅色的檳榔汁，而是豬仔被刺穿的內臟所噴出來的那種鮮鮮熱熱的血液！

幹——打一個全壘打，讓老爸去輸二十萬，去霉運吧！讓他們都去笑不出來！

他渾身血液湧竄，狠狠抓緊球棒，兇惡地瞅著投手，幹。——給你們好看……。

球又飄過來了，速度很慢，一直在旋，旋得他眼花撩亂，一支變化球，略飄向右下角……。

狠狠的敲出去吧，一支全壘打，給他們死！

「噢——一支變化球，變化太大，偏了右邊，壞球！呼——好險，好險，朱進財已扭動身子要揮棒，臨時又迅速收回來，顯然，他也有些沉不住氣了……。」

投手突然把球傳到三壘，林金輝連滾帶爬的踩回了壘包，滑稽的動作引來了一些笑聲，只是笑聲很短暫，一下就又沖淡了。

球場上空有一群鴿子飛過，太陽當頭晒著，沒有太多人去仰頭看。或許，真該下些雨的。教練又在場外斷吼了幾聲，阿財心神不寧的回頭，沒搞清楚教練在喊什麼，又恍惚之間聽到過去白毛來家裡索賭債時，口嚼檳榔，那種沉濁又目中無人的吼叫：

「豬公死到哪兒去了？想不還錢哪？」

沒有白毛，阿錦也不會死的。

在阿錦死後約有一年，某天夜裡，一家人都沒錢，只有阿爸又在外面賭博，說是要贏一點錢給孩子繳學費。突然一個很重的撞門聲，阿爸踉踉蹌蹌地跌進來，兀自狼狽地衝入廚房，拿起半瓶老米酒堵在口裡猛灌，臉色泛青，變白，又一陣紅，眼珠子朝上翻，眼白像龍眼肉般掉出來。兩片泛紫的嘴脣一張一翕，發出規律的脣音：

惡卜、惡卜、惡卜、惡卜……。

被一股鬼魅般的巨大力量震撼著，渾身哆嗦不止，依稀還可聽聞他說：

「阿錦，莫害我！阿錦！莫害我！」

阿爸眼皮像被拉傀儡的細線吊著，不停翻掀。阿母反而很鎮定地說，阿爸被鬼附身了。她叫阿財兄弟把茶几搬到庭院，擺了香爐，三個人合力把阿爸拖到茶几前，要他跪下去猛叩頭。

阿母拿了好幾疊冥紙在臉盆裡燒了起來，點了幾炷香，拜了又拜，口裡咕嚕咕嚕地唸著：

「阿錦，我們燒錢供妳買一些新衫褲，買一些好吃的，求求妳，放了阿爸……。」

冷颼颼的風，把盆裡的冥幣灰颳得漫天飛舞，一些未熄的火星，鬼火般到處閃爍著。黑狗兄也冷縮在角落裡乾吠了幾聲，更襯著一個陰森慘澹的無眠夜。

等那些黑灰飄灑沉落時，天色也漸亮了。阿爸在疲憊不堪中甦醒，說他在平交道上，的確看到阿錦呆坐在小屍體曾躺過的位置上嚶嚶哭泣，怪阿爸拋棄她。

真會是阿錦早夭的小冤魂嗎？

這一次遠征，球隊住進尼姑庵後，他常在黑漆漆的集骨塔旁徘徊，整晚都被那種恐懼的記憶纏繞著。冷不防抬頭，那些輕悄悄俯首而過的尼姑，影子飄然的映在紙糊的窗框上，都那樣令他股慄不止，以為又是阿錦出現了。

見了阿爸那次狼狽的模樣，那種難受至今仍深深地窩藏著，可憐的阿爸，戒不掉賭，就成了白毛的奴隸。

放棄打擊吧，為了阿爸，為了我們的二十萬，只要一記投手前的滾地球，讓他們封殺在一壘，輕而易舉的動作。

「各位觀眾，鹿死誰手就要揭曉了，三比二，紅蕃隊領先……。」

似乎可揣想阿爸必然擠在球場的某一個角落，像瘋人般狂喊著。蓬鬆著久未梳理的髒髮，鼓凸著龍眼核般的深黑眼珠，伸長了抖索的肥手，渴求著就要到手的二十萬。當一次孝子吧！只要揮棒落空，或打一個不遠的球，阿爸就會抱著那一疊疊鈔票手舞足蹈，好久不見他那愁苦的臉上能綻出笑意了。

阿財手一軟，竟垂下了球棒……。

投手在手套裡抓弄著棒球，眼睛溜呀溜的轉不停。

一些濃厚的雲層飄過天空，龐大的雲影從上而下，壓滿整個球場，每個人的身軀或臉龐多少都染上一些陰翳，也許是一場大雨的好兆頭呢？該下雨了。

一張張期盼、焦慮、渴望的臉，在他眼前像素描般迅速被勾勒了出來：教練的、領隊的、隊友的、阿母的、阿國仔的、鄰居的，他們一個個咧大了嘴巴，吶喊著：

一定要贏哪！非贏不可喲！不贏不要回家鄉！

在雲影的罩壓下，他感到一種搖搖欲墜的昏眩和淒楚。

阿財加油。阿財加油。Home run! Home run到美國揚眉吐氣，美國也會乾旱好幾星期嗎？

是要到美國去的，回來後給阿母帶些美國衫褲，給妹妹帶會講話的娃娃，給阿——阿爸帶些他舔也沒舔過的美國香檳，洪先生說的，只要贏球，贏了球，似剖西瓜一樣，什麼問題都迎刃而解。

球棒又從他冒汗的手中緩緩升起、升起、升過了頭頂。

投手又投出了第三支壞球，球太低，砸在地上，捕手挺出胸脯去擋住反彈球，像一顆沒炸開的手榴彈，只捲起一圈圈的塵土……。

「二好三壞滿球數。最後一球！決定勝負的一球！各位——各位——」轉播員沙啞的嗓音，已不敷表達他想要製造的緊張氣氛，只彷彿第一個昏倒在地的，便會是他自己。

太陽這時挑開了層層雲堆，天際又抹上一層亮光蠟。

一些些黃土在鬱燥的熱氣中，不安地浮游著。

看台上，外野草地的斜坡上，萬頭騷竄了好一陣子，倏然出奇的靜默起來。

一切靜得好離奇。似曾相識的鴿群，又啪——啪——啪——啪的從上空飛過，那樣不甘寂寞的啪！啪！啪！啪！

打擊者與投手四目眨也沒眨，眈眈地對上了。騰騰殺氣凝滯在彼此的眈眈裡。

阿財腦子一片白漠漠地，唯一想到的是調勻一下呼吸——心已升到喉頭。

投手把球高舉過頭，頓了一下。

一切都因等待而出奇的靜穆著，除了投手很誇張的抬起了左腳。

瞬霎間，一道筆直的白蛇，從投手手掌閃電似迅捷地向打擊者面前飛過來……。

阿財狠狠一咬下脣，狠狠的，不留情的，揮棒！

咔——。

球被擊中，飛向左外野。

全場觀眾的情緒被自己的吼叫淹沒，過了警戒線，一發不可收拾。

啊！每個人都張大了足可投進一個棒球的嘴。

啊——。

阿財像甩掉一個燙手的山芋般甩開球棒，向一壘拔足狂奔。

阿——阿爸，阿爸的二十萬！就讓我跌倒，被封殺在一壘前吧！

跑哇——衝哇——全場嘩嘩地嚷著。

要贏，一定要贏，要過關斬將，我不能死……。

飛登上了一壘後，他馬不停蹄的往二壘方向奔竄。

「這是一支極漂亮的安打，打到全壘打的圍牆上彈了好遠，落點太好，林金輝已平安返回本壘，三比三，現在，朱進財也順利攻占二壘……。」

阿爸，對不起你了，我不能死，我要贏、要贏，奔哪，奔哪，奔哪，狂奔不止不歇……。

「唉呀！他不該再離開二壘的，太冒險了，這是相當反常的，他不顧一切又往三壘衝，好像煞不住車。現在左外野手一個翻身抓到了球，長傳三壘——。」

遙遠的美國，阿國仔，你就要看到我阿財遠征到那個陌生的地方替咱們中國人揚眉吐氣了。阿財就要橫掃千軍了！

哦！阿爸，可憐的阿爸，二十萬哪！你賠不起的。喔——讓我被封殺在三壘前吧！阿爸，不要怪阿財，我會是一個孝順的好孩子……。

「各位，朱進財往三壘跑是送死是完完全全錯誤的，啊——三壘手漏接、漏接，他又繼續向本壘狂奔——。」

瘋狂的群眾喊叫聲，已將擁擠的看台喧炸得粉碎，就像阿財狂奔所踩過的深深腳印四周所踢揚起的滾滾塵沙，細細碎碎的飄降下落。

啊——啊——阿財加油！

教練、領隊、隊友們都摘下了帽子，猛然的揮動。

每個人都這樣青筋浮凸、瞋目齜牙地：

跑啊！跑啊！

他被這些聲浪擁著向前奔。

焦急的投手已靜候在本壘，協助捕手圍殺正奔向歸途的打擊者。

「朱進財向本壘跑是錯誤的，三壘已夠僥倖，簡直瘋了，他好像完全失去控制，喪失了理智，沒有判斷能力了，現在——。」

三壘手撲出去，撿回了漏接的球，匆忙的擲回本壘。

阿爸，阿爸，我終於要死在本壘了。

阿爸，我已經不行了，我不會再得分了，啊——。

眼前已呈整片灰灰濛濛的景象。在本壘守候著他的投手和捕手，在他淋漓汗水浸溼的眼瞳所映出的，像是城隍廟裡長廊盡頭的牛頭馬面，張牙舞爪地在招魂。

他有了一步步奔向死亡的恐懼，像看到阿錦那不成人形的瘦削屍體。全身發麻，就要跑不完全程了。

往回跑吧？往回跑吧！

那種回頭的意念只在腦中稍縱即逝——回頭跑也是死路一條。所有的人都在封鎖他、圍殺他，包括教練、領隊和隊友。阿爸，阿爸救我。喔。——阿爸……。

牛頭馬面——招財進寶——二十萬——揚眉吐氣——。

在本壘前三、四步之外，他別無選擇地猛然低身，低斜得像一隻降落的白鷺，滑向本壘板。

在這一滑間，捕手接到了三壘手的球，往阿財身上一擋，主審裁判手向外指，很肯定而無情的吼了一聲。

「封殺。——各位觀眾，朱進財終於被封殺在本壘板上，他不該心存僥倖——。」

他全身仆倒在地，抽搐的面頰緊貼在冰冷的本壘板上，癱軟的手伸展出去，想確實抓住一把沙子，甚至幾根青草；但是卻虛弱得要脫胎換骨似的，像一隻被遺棄在泥土上滾翻掙扎的泥鰍。

教練與領隊跺著腳，對失望的隊友說：

不該跑回來的。

觀眾席間唏噓聲回盪穿梭著：

真可惜！真可惜呢！

太陽益形焦烈了，一圈圈要熔了似的，把雲絮耀成一片片反光板。

啪噠！啪噠！啪噠！一隻深藍色的鳥，鼓著長長的翼，從球場飛躲入有遮蓋的看台。

提著急救箱的醫護人員匆匆走向本壘板。

只能聽到那極想再亢奮的聲音，卻呆板而無力地播報著：

「現在比賽將要無限制的延長下去，直到有一方先得分……。」

下午的風，仍然無影無蹤，而喧譁聲也開始少了些。

或許，真該降下來一些雨水的？

——原載一九九六年遠流出版《封殺》

註：本文榮獲第二屆聯合報小說獎首獎。

後記：

〈封殺〉發表後，陸續收到不少朋友的信和電話，其中一些談到有關文中少棒規則的問題：

（一）球被打擊出去，在尚未落地之前，跑壘員不能離壘。

（二）朱進財滑向本壘板時被判出局，是遭捕手「觸殺」，而不是「封殺」。

這些錯誤是我在下筆時疏忽所造成，特此說明，並且向讀者致歉。由於「封殺」本身兩個字還帶有象徵與隱喻的雙重效果，甚至是「舉足輕重」的地位，所以希望讀者允許它仍用「封殺」，並且感謝朋友們的指正與關懷。

主編導讀

小野的〈封殺〉是第二屆「聯合報小說獎」（一九七七年）首獎作品，發表之後頗多迴響。全文僅約八千字，字數不多，但內涵相當豐富。

小說以時空交錯的敘事方式寫成，現實情節僅有阿財打擊與跑壘的那一段，但阿財的內心衝突頗為迴折，因為他的父親在場外賭他的球隊輸球，並且要他配合。阿財短短幾分鐘的起伏思緒是小說的主幹線。文中並大量運用比喻與象徵，不論是球、球棒、球員，比喻隨處可見。而運用天氣的描寫來襯托球賽的進行，也是高明的文學技巧。

小說採開放式結局，最後作者只交代「比賽將無限制的延長下去，直到有一方先得分」，究竟最後誰勝誰負，我們雖不得而知，但小說已經完整。

就其內容而言，這篇小說處理簽賭，赤裸裸地揭開「神聖」的棒球運動背後的世俗面貌，這樣的情節至今仍時有所聞，使得這篇三十幾年前的小說「歷久彌新」。這是小說之幸，亦是台灣棒球的不幸！

然而，〈封殺〉有個明顯的錯誤，主角阿財最後在本壘板前出局是遭到「觸殺」，並非「封殺」（阿財非強迫性進壘）。對於懂棒球的人來說，這個錯誤難以原諒，棒球小說是專業性的小說，不應在棒球專業上失誤。但小野本人的解釋也合情合理：「封殺」二字畢竟「帶有象徵與隱喻的雙重效果」。站在文學的立場，他寧願將錯就錯，保留這個題目。無論如何，本文瑕不掩瑜，是台灣棒球小說發展史上極為重要的先聲。

洪不郎

李潼

一九五三年生，卒於二〇〇四年。專業作家，作品以小說、散文、童話為主，出版品八十四種。曾獲國家文藝獎、中山文藝獎、時報文學獎等重要文學獎約四十種。代表作有《少年噶瑪蘭》、《忘天丘》、《屏東姑丈》等。

李潼說：

比起羽毛球或兵乓球，硬邦邦又強速的棒球，更能成為全民運動的國民球類。且因種種歷史因素，棒球在台灣風靡的程度又在眾球類之上，它複雜的規則和戰術，連老太婆和小女孩都懂。也因為棒球具有觀賞性國民運動的特質，它延伸出來的文化現象也就更具議論性和代表性了。

潘金勇投一個高壓下墜球餵那個第八棒的小個子吃。二出局，一在壘。小個子亂揮砍，給他砍了一支二游間滾地球，球速不强，但是亂蹦跳。那個第八棒和一壘的第五棒死命跑，扭得很難看。「滑壘！滑壘！」對方的大肚教練一喊，兩個跑壘的傢伙隨即俯衝下去。

亂蹦跳的球鑽過潘金勇胯間，潘金勇劈腿坐下，也沒壓住它。洪不郎閃過二壘跑者，沒等他滑壘，自己先滑一跤。他那個開中藥房的老爸和徐教練喊他，「撿起來！傳一壘」，游擊手的洪不郎在內野紅土上，將球攔住。

兩個跑壘者俯衝太早，人停了，雙手離壘包還有一人遠，狗爬過去。洪不郎也是那樣狗爬式的去撿球。

洪不郎爬得沒別人快。裁判雙手畫平，安全上壘。

我們這些坐板凳的人，沒一個坐得住。七局下半，四比三我們領先，只要再收拾一個就沒事了。洪不郎怎麼又這樣？

「安啦，沒要緊，三壘和本壘的人要顧牢，我們會贏啦。」洪老闆大聲叫道，居然脫下帽子在頭頂飛旋，好像有人打了全壘打，還是要召集隊員回來。徐教練臉色不好，氣沖沖喊暫停。我趕緊把那壺人參茶提出去。

隊員都小跑步回來了，圍在場邊等教練指示，一隊人都到齊，洪不郎還瘸著一腿慢慢蹬步，好像給扭了筋。他每次漏接球，總又跟著受傷，也不知是真是假！

徐教練瞪眼，等洪不郎。我倒一大杯人參茶讓大家輪流喝；捕手林萬佶不喝，把杯子交給一壘手毛書文，毛書文傳給二壘手邱煜基，邱煜基也不敢喝。這杯人參茶，冷熱適中，也沒再摻些別的，卻又像傳球似的，又從三壘手的洛卡仔傳回本壘，給本壘外的徐教練，徐教練仰頭整杯灌下。

人參茶真有功效，徐教練才灌下，精神又好了一倍，「每個人都要加強守備，不准再漏接，誰給我漏了，我就要他負責。對方，現在可能採取觸擊讓我們亂，但是，我們不要亂，只要封殺最近的一壘，我們就贏了，知道嗎？」徐教練說得這樣大聲，不怕戰略給對方聽見？大家點頭，我也跟著點頭。從此教練要洪不郎和左外野手對調。

「徐教練，我看對方不會採取觸擊。」洪不郎的老爸說：「換了我，我會找代打，打一支大支的『洪不郎』一次就結束比賽。」

大家都愣住了，怎麼這樣說呢？我們已經夠緊張，還這樣嚇我們。洪老闆知不知道他是哪一國的？

「我是教練，讓我來指揮。剛才，漏接那個球，我還沒罵人，這場球要是沒贏，我們就『奧漬』你知道嗎？說什麼。」

「你把他調去左外野，我也沒說話。剛才，要不是那個投手擋到他的視線，他會漏接？你要知道，我是最支持這個球隊的，你為什麼不乾脆把他換下來，換下來啊。」洪老闆說著，伸手去拉洪不郎，洪不郎往後退，沒給抓到，「你還想打球，我們可以轉學，到別的球隊，不怕沒人要。跟這個番仔隊，給調來調去，我們不必受這個氣，走！我們不稀罕。」

灌了一滿杯人參茶的徐教練，似乎也動氣了，抓住我，「把茶壺放下，左外野手不換，換你跑游擊手。」

換我？我還沒熱哩。我上去，洪不郎怎麼辦？大家要怎麼辦，以後不就沒有人參茶可以喝了嗎？徐教練會不會給換掉？哎！一定是那杯人參茶害了他。

我們的所有球具和一個人兩套球衣，都是洪不郎他老爸供應的，學校只發動勞動服務整理場地，買了一打球。

本來，我們也沒有組球隊這樣正經出來比賽的意思，大家只是隨便玩，只有一支球棒、一個球和一副手套，禮拜天早上到操場打一場。

有一天，徐教練騎摩托車來遛狗，那隻秋田狗把我們的外野滾地球咬走不還，沒人敢去要回來。那麼大一隻，站起來都比我們高，誰敢？徐教練去要，秋田也不還，跑去溜滑梯底下，把我們的寶貝球咬成一團破抹布。

徐教練賠了兩個舊球、一支球棒和三副手套，有一副還是捕手手套，我們才知道他會打棒球，而且，曾經是公賣局棒球隊的王牌投手。

是他自己要當我們教練的。每次把那隻秋田綁在溜滑梯下，教我們一個個做熱身操、做基本動作，從捕手教到投手、各壘手，從此內野、外野守備到各種打擊，才過了一學期，我們就很厲害了。徐教練的朋友是明禮少棒隊的教練，他們在花崗山上練習，我們去山上當靶子，借他們的全套球具，每次我們一上壘，那些有制服穿的人就喊「沒要緊！」，越喊越沒聲音，打了五局就不打了，七比〇，換了我，也叫不出來。

洪不郎他老爸，也是我們沒要他來，他自己來的。

說是洪文勝自從打棒球，回家後，每餐都吃三碗飯，氣喘不見了，臉色好看了，勝過吃燉補。他來操場觀戰，每次都帶一包高麗人參片，教我們含在舌頭下，生津解渴、滋補元氣。

洪老闆大概也常吃人參。所以中氣足、嗓門宏亮。沒聽洪不郎說他老爸打過棒球，但是，規則和戰術他是懂的，要不，洪老闆哪敢指揮我們這樣那樣。

練習或比賽，徐教練很少對我們大吼大叫，反倒都是洪老闆的聲音。人家說投手出身的教練大多這樣，最會叫的是外野手或老球迷出身的；不知洪不郎他老爸怎麼回事？先是來送人參片，坐在司令台看我們練球，後來，每一場球都到，從三壘外遊走到一壘外，喊叫兼拍掌，像游擊手。

平常守備，我比洪不郎好太多，要是正式上場，我想也不會像他老漏接。我從來沒吃燉補，打擊力和洪不郎也差不多，但我總是當候補、代打，我也不是怨什麼，誰叫我不像潘金勇那樣會投變化、不像毛書文打全壘打，我是「全能球員」，什麼都會一點，所以幫大家提茶壺、遞毛巾，「隨時準備上場」，也是應該的。我不能說洪不郎什麼，沒有他，我們現在恐怕還在空手接球，也不知人參是什麼味道。

有時候，我想，要是沒有徐教練和洪老闆，我們像從前一樣自己做裁判、自己玩，說不定也不錯，至少，用輪流的，誰都有機會上場。其實，誰打第幾棒、誰站什麼位置，沒有他們，我們也知道。

潘金勇是阿美族酋長的孫子，他投球最穩最直；毛書文住防空學校眷村，長得像黑人混血兒，但他說他老爸是浙江人，老媽是花蓮人；盜壘王邱煜基講客家話，住在鐵路局的日本式宿舍；老爸開茶室的林萬佶是我們的捕手，他蹲再久也不喊腿痠。那時候，我們的球具也是洪不郎的，所以，星期日早上，大家都要他來，洪不郎不敢很跩，要不，我們早就不理他了。誰都會家裡有事，遲到或不能來，也沒人說誰，人數湊齊了，我們就玩。

徐教練做人不錯，不會亂吼叫、罵我們，那時候，他當我們的義務教練，大家都有進步，很開心。但是自從那次去花崗山當明禮隊的靶子隊獲勝後，我們就越來越覺得奇怪，洪老闆要他把洪不郎調到捕手試試看，徐教練就把林萬佶換下來，讓他試。洪不郎叫說手掌痛（他還不敢說潘金勇的球太强），徐教練又聽洪老闆的意思，讓他試投手，就這樣，洪不郎又從一壘手試到二壘手、游擊手、三壘手，整整試了一圈，所以我們叫他洪不郎。

後來，我們聽家裡開茶室的林萬佶說：洪老闆包了我們這支球隊，徐教練每個月向他領薪水；洪老闆當選我們學校的家長會長，每次開家長會，都有人參茶喝，校長對他很有禮貌。

洪不郎的選球能力，怎麼輪也輪不到第一棒，他偏偏從第一棒打起，四、五、六棒强打也輸過。有一次跟壽豐打，七局下半，我們後攻，二比一，我們落後，二出局三在壘，輪第四棒洪不郎打擊，毛書文告訴教練要派我代打，洪老闆不說別人，反過來罵我：「有第四棒找人代打的嗎？你，去倒一杯茶給我。」

我們輸了那場球，洪不郎被活活三振。

大家默默收拾球具，不知該怎麼說，洪不郎拄著球棒，俟了半天，嚅嚅說：「是我不好，不應該亂揮棒。」說起來洪不郎也很可憐，在打擊位置，聽他老爸喊「給他一支大支的！」徐教練給的暗號又是觸擊，而對方投手不斷牽制在壘者，他擺了姿勢，給這一折騰，哪還能專心？換了我，恐怕也是三振的命。

洪老闆卻說：「別講這麼多啦，輸球大家都有責任。一隊雜牌軍，什麼人都有，怎麼打球？」

徐教練聽得一愣，站起來，卻沒說什麼。

我們都是同班同學，為什麼說雜牌軍？從前，沒人管，也玩得好好的，散場以後有時間，我們常到處去家庭訪問，我們去潘金勇他祖母的藤屋吃番薯；到毛書文他家揉麵粉，做蔥油餅（他家有一大包的配給麵粉，聽說每個月由軍用卡車載來發）。也到過洪不郎他老爸的中藥房喝茶，擺在店裡給顧客喝的，苦苦、甜甜的，洪不郎說可以滋陰補肺，也不知什麼意思。我們還去邱煜基家裡吃粄條，事先，盜壘王教我們講一句客家話，等熱騰騰的豆芽菜粄條湯麵端到小桌來，我們一個個「按仔細」，樂得邱煜基他母親直笑，說我們「按些客氣」；連林萬信的家，我們也去訪問過，從他們茶室後面進去，看到幾個漂亮的小姐端著臉盆來來去去，到處都是腥腥的氣味，林萬信跟他老媽要錢，請我們去大水溝邊吃花豆綿綿冰。怎說我們是雜牌軍？

也許，投手出身的徐教練口才不好，不怎麼回應他，也許是給林萬信說中了：僱員怎敢跟老闆應嘴。也許林萬信是事後諸葛亮，放馬後炮，但他說得很準，我們的球隊不會那麼快解散，那天過後，校長來精神訓話，他要大家為學校榮譽發揮團結的精神，不要為小事情鬧不愉快，大家要團結才能爭取更大的成功，有機會代表地方、代表國家出外比賽。

人參茶裡不知還摻了什麼，徐教練真把我換上場當游擊手，讓洪不郎下來休息。

洪老闆的臉色真有夠難看，我接過洪不郎的手套，換他提茶壺，他老爸忽然大吼一聲：「這種球不用打了，我們回去，要打，讓他們自己打，看他有什麼本事。」

難怪洪老闆要生氣，洪不郎給排在第七棒打擊，近視的也看得出他已不高興，洪不郎從沒站過外野守備，他老爸去也不讓他去，徐教練竟敢這樣把他換下來，洪老闆怎麼受得了？

對方的士氣大振，在鐵欄裡亂吼亂叫，他們的第九棒也換代打，上來一個超級馬達的胖子，扛著球棒的打擊位置一直扭屁股。這傢伙真要上來揮大支的嗎？徐教練卻招手要我們縮小守備圈，他真的想對方會採觸擊，先占滿壘，一分一分把我們吃掉。

對方的教練是徐教練從前公賣局隊的外野手，也許他早知道他很會叫，也知道他的戰術，派這個大傢伙上來代打，只是虛晃一招，想讓我們上當，把守備拉遠。徐教練才沒那麼笨！

我彎下半身，在一、二壘間擺動。平常練習，我的守備很少漏接的，我想好，要是胖子的觸擊球滾來，最好滾到我這裡，我穩穩接到，傳一壘，那就沒事了；要是一壘手衝出去，我就奔去補位，等接球；要是……球都不來，我不用接球，也不會漏接，這也不錯。

洪老闆是個懂得規則和戰術的人，而且，他猜得很準。

對方那胖子真狠，一棒把潘金勇的快速直球打得遠遠，比鴿子飛得還高，我們看著外野手奔去追它，那只球遲遲不落下，好像要去禪寺的厝骨塔報到。

我們聽到洪老闆叫說：「看吧！看吧！不聽我講。」

我們真的「奧漬」了。四比六，沒有進入決賽。

徐教練也「奧漬」了。他在球賽後第三天，把洗淨摺齊的球衣還給洪不郎帶回去。又過一個禮拜，我們把全隊的球衣都交還學校，放進儲藏室，校長說：「等將來有機會再組隊為學校爭取榮譽。」等到什麼？等到再有個醫生或什麼老闆出錢出力，我們說不定已經畢業了。

棒球很硬，轉起來很奇怪，而且，誰給沾上，怕是一輩子也忘不了。那嗓門很大的老球迷是這樣，他們真正上場的和我這個提茶壺的更脫離不了。

我們這支雜牌軍還了球衣，忍不到一個月，又相約在禮拜天到操場玩球，儲藏室的老王認識我們，肯將全套球具外借。洪不郎仍然和我們一起輪流上場，他的膽子真大，還敢偷帶一包人參片出來，人參片太少，不夠分給大家含著生津解渴、滋補元氣，但是，泡一壺茶也夠了。

不久，我們看到徐教練又騎著摩托車來操場遛狗，他說我們該學的都學了，他要再能教，都是我們不該學的。不知他說些什麼？反正，我們不穿球衣，玩得更開心，怕是那隻愛咬球的秋田，把我們的高飛球銜走，咬成一團抹布，這球是向學校借的，我們賠不起。

徐教練總在遠遠的溜滑梯附近兜圈子，靠近一點，過來喝一杯人參茶也不肯。

——原載一九九五年麥田出版《相思月娘》

主編導讀

提起李潼，許多人馬上聯想到少年小說。的確，以李潼在少年小說的成就，堪稱台灣少年小說界的全壘打王而無愧！少年小說也是小說，它適合少年閱讀，但也未排斥年紀更長的成人閱讀。

一九九〇年代初，李潼發表了〈洪不郎〉，寫一支少棒隊，其中一名球員（洪不郎）的父親投資贊助球隊，導致球隊教練受制於金主的故事。與小野的〈封殺〉大不相同之處在於瀰漫全篇的幽默感。雖然兩篇同樣批判運動之外的權力與金錢的糾葛，但〈洪不郎〉裡不管是出資的洪老闆或「向他領薪水」的徐教練都是熱愛棒球的人，也沒有簽賭的問題。而比他們更單純的，則是那一群小球員。

小說的敘事者「我」是這麼想的：「要是沒有徐教練和洪老闆，我們像從前一樣自己做裁判、自己玩，說不定也不錯，至少，用輪流的，誰都有機會上場。」大人在場外的意氣之爭，這群小朋友根本沒有參與。對他們來說，棒球是好玩的，這是簡單的道理，也是棒球的本質。隨著年紀增長，棒球會變得越來越複雜——但那是以後的事。

李潼另有一部中篇《龍門峽的紅葉》，納入「台灣的兒女」系列之一（圓神版，一九九九），是對台灣棒球史上不朽的「紅葉傳奇」進行反省。眾所週知，以木棍為棒、以石頭為球的紅葉少棒隊是台灣棒球史上的一則傳奇。但這群被台灣人民視為「民族英雄」的少棒球員，其實是支違規、甚至違法的球隊！因為該隊的球員頗多超齡，且是已畢業的紅葉校友，為了讓他們重返球隊，便由領隊偽造文書，以冒名頂替的方式出賽。但即使面對如此具有負面意義的題材，李潼的筆調仍是寬容有餘的。在他筆下，紅葉球員一如〈洪不郎〉裡的隊員，都只是愛玩棒球的單純孩子！

入侵者

廖咸浩

一九五五年生。台大外文系碩士，美國史丹福大學文學博士，哈佛大學後博士研究，普林斯頓大學Fulbright訪問學者。曾任美國西雅圖華盛頓大學客座副教授、《中外文學》月刊社長兼發行人，*Studies in Languages and Literature*總編輯、公共電視《閱讀天下》節目主持人、台北市文化局局長、台大外文系教授等職。

研究範圍包括文學理論與文化理論、現代性與後現代性、中西比較詩學、現代小說、紅樓夢、電影詩學、台灣現代文學……等。著有評論集《愛與解構》、《美麗新世紀》，散文集《迷蝶》，編有《八十四年度小說選》，譯有《魔術師的指環》。

廖咸浩說：

寫棒球小說，純粹是出於偶然。在童年的尾聲中我看到了伊勢隊來訪的盛況，印象非常深刻。寫這篇小說時是大四的時候，彼時我還沒有真正接觸較具批判性的理論，但憑直覺竟完成了這樣一批未來的我在做研究時會極感興趣的棒球小說。

棒球在台灣是殖民者帶來的體育傳統，體育一直是殖民者宣揚國威的主要工具之一，但後來卻一一演變成為被殖民者反奴為主的重要宣示場合。在台灣談棒球卻往往忘了這個重要面向，也難怪台灣的棒球文化始終像是種衍生的次級文化，無法發展出自己的格調。因此，在台灣，棒球小說便不只是小說，而是文化能否自主的一個重要指標。但文化自主最終必須能超越國族思維，否則只知道比強棒強投，棒球的人文藝術面豈會產生？真正「揖讓而升下而飲」的多元共榮的社會更不知何時到來。

那些日本人來的時候，我和瑛子正唸五年級。

那時候，我們都住在常德街——鎮裡唯一像樣的一條街——的軍公人員眷區。再往西去，穿過一片防風林就到了浴場，入口附近零星的幾家賣小吃和紀念品的，平常等閒半掩著門，要到入夏，浴場開放後才大發利市。過此，公路便沿著海岸繼續西行，若往東去，在宿舍盡頭便是我們唸書的小學，沿著圍牆森然站著一列木麻黃，走完它們就到了大家慣稱的「下腳店仔」。這算是鎮裡的鬧區，因為中心那座媽祖廟前的廣場和廣場四周的建築都比馬路低了一公尺來，所以有這稱呼。

因為這地形，我們住的眷區就成了商業區和浴場附近打魚人家以外的第三個小社會。不過我們這雖然號稱眷區，卻只有二十戶人家。都一個模樣，日本式平房，繞著一個小小的院子。這些宿舍分別屬於鄉公所和空軍氣象聯隊。我家和瑛子家院子間的籬笆便是兩造公產的分界。

每年夏天到了颱風期，籬笆總會找到一個晚上不支垮掉。第二天，我和瑛子便迫不及待的一大早來到籬笆邊會合，一會兒已經在這一夜之間大了一倍的庭院上繞了六七圈。颱風過後的院子裡遍地吹落的枝葉，仔細點還可以看到一些橡實。沿著籬笆種的夾竹桃、橡樹以及那株唯一的大榕樹，都像大病初癒，有點蕭條。但是這對瑛子和我，尤其是我來說，分外有一種洪荒世界的新氣象。可惜的是，多半隔天，兩家大人就會合力在一個上午把籬笆編好。巴巴的看著新的疆土又被收了去，心裡總老大惆悵。

但是升五年級的這個夏天，第一次颱風把籬笆掀倒之後，整個夏天我們兩家都讓中間空著，沒有重修。這下可樂了我和瑛子。

從記憶所及的時候開始，我和瑛子就是很親近的玩伴。而我家院子的榕樹下便是我們有事沒事常待著的地方。即使長大一點以後知道往下腳店仔或浴場四處跑了，這兒還是我們私下的園地。因此，籬笆沒了，空間變大了是令人歡喜的。而讓我更興奮的是，瑛子家不再門戶森嚴。我可以隨時堂皇的走到她家玄關找她，不再像以前一樣給留在大門外，焦躁的守著，我也可以隨時到她家側窗張望一下，或者摸摸她家的牆，甚至在她家院子大方的繞一圈，好像一切都在我掌握之中似的；而最好不過的則是我可以有更多的機會到她家屋裡去。

瑛子家以前我也進去過幾次，她家屋裡的結構和我家對稱，因此一進門就有種不知該是熟悉還是陌生的感覺。她家牆壁上貼得滿滿的新的舊的日本影星照片和風景照。第一次進她家時還很小，對日本並沒有具體的認識。雖然爸是日本砲校畢業的，而且背上幾條疤痕聽大哥說也是做地下工作時叫日本人打出來的，但是那以前爸好像從來沒當著我說過日本。除了偶爾看見他讀著報紙，邊搖頭邊嘆著氣說：「唉！鬼子！鬼子！」因此我對日本有限的知識都是從大哥恨恨的嘴裡的一些故事上得來的，只曉得他們都是五短身材，窮兇惡極的壞人。怎麼也不會懷疑那些穿和服的女子和風景照裡的亭台樓閣跟日本有關係。但是當我看到圖片旁的說明文字，在中國字裡加了很多奇怪的符號，心裡不免納悶，直到瑛子告訴我，我才恍然大悟。

除了牆上，電音上和壁櫥裡也都是數不清的日本仕女、日本武士，和其他各種竹子木頭的小手藝。自從知道所有這些都是日本來的以後，我在她家，便老覺得懵懵然，不很真實。

進門右手的牆上，例外的空著一片灰泥沒貼什麼，卻赫然懸著一柄軍刀。刀鞘上像不甘心似的強忍著點點褐色的薄鏽。柄上的穗子，暗暗的褐色猶然讓人忘不了原來的大紅。有回我問瑛子它的來處，她說是一個日本軍官臨走送她爸的。此後我經過那面灰色的牆，便總覺得一有風吹草動，那穗子就會不安分的想甩脫什麼似的飄動起來。

瑛子房裡是我進她家的最終目的。我要一進了她房門就迫不及待的拽開壁櫃的紙門，翻出裡頭成堆的故事書，兩個人擠在櫃邊的牆角便說起故事來。但是那些日本書我哪看得懂，不過看圖附會著杜撰罷了。瑛子倒是很有興致，每當我略一遲疑，她就會輕聲催著說：「然後呢？然後呢？」然後我必然又靈感泉湧，手舞足蹈的編了下去。

但是，每趟我從瑛子家出來，總有種悵然若失的感覺。老覺得她房裡好像躲著什麼，我怎麼都沒法一窺就裡。甚至有時候，我會幻想著那些故事裡的日本人一一都從壁櫃裡跑出來，滿滿的擠了她一房間。每想到這裡，便有萬般的無助和心絞。這使我愈發的想進她家，進她房去。

因此，籬笆除掉以後，我真是欣喜若狂。即使這一來，突然漲大的空間，竟把本來影影綽綽似乎就在籬笆後的瑛子家，一把推到了地平線那頭。

升五年級的這個夏天，該是我們眷區生活的一次新高潮。自從小哥考上建中上台北唸書去以後，我們因為沒有人接替做孩子王，大家就散了，有的和商業區的孩子做一夥，有的往浴場跑，只剩下我和瑛子。

如今因為我們兩家院子合併，大家自動又都回來了。當然我們並不見得都膩在院子裡。我們也像小哥在的時候一樣，有時候成群結隊的往浴場旁邊的大草坪去放風箏，打滾，有時到廟前去和商業區的孩子打彈珠、殺刀。我也不知不覺變成了孩子王，這不知是承了小哥的餘蔭，還是我這東北人長得快。總之，我帶著大家做盡了小哥帶著做過甚至沒做過的好些稀奇古怪的事：我們和浴場附近和商業區的孩子拿竹子和石頭打鬥；我們偷光別人一園子還沒有長成的桔子和番薯；有一次，看不慣一隻來勢洶洶的番鴨，竟活活把牠打死，還議論著要烤了吃；有時候我還帶大家到礦場廢棄的坑道玩躲貓貓。那可真驚天動地。頭幾次，大家都不大敢去，而且每個當鬼的都急得大哭，但是後來那地方居然成了大家日思夜想的玩處。

經過這番闖蕩之後，大家已經對我服服貼貼了。不過，當時其實除了打抱不平的打鬥之外，大半時候，我都是一時的興頭，並不很有心。而像殺鴨子的事，過後還心有餘悸了好久。我尤其害怕的是爸爸知道了拿家法處罰我。但是每次我還在考慮的時候，瑛子就會急切的哀戚著臉說：「台生！不要啦！我跟你爸講。」聽她這一說，我反倒毅然決然的帶著大夥去了。然後她也只好無可奈何的跟著來。我就是喜歡看她這樣為我牽掛。

除了這些事以外，我們一般還算滿文明的。有很多時間，我們是用在看故事書和說故事上。我們這二十多戶人家，每家小孩都有幾本故事書，但是還都沒我家裡多。因此，他們喜歡自己拎個小竹椅到我家院子裡借故事書看。講故事有時候是大家七嘴八舌銜接著講，但多半是聽我講，因為我這方面得天獨厚，想像力好不好倒其次，主要還是爸媽常會跟我説些大陸上的事，尤其是東北那些紅鬍子盜匪和人參精的珍聞，百説不厭。另外，又有瑛子的日本故事書做後援，所以編起故事來，繪聲繪影的還滿吸引人。我每次都學著收音機裡閩南語武俠説書的口氣，到末了也依樣賣個關子，「要知結果如何，請聽後回分解。」等衆人懇求未果，唉聲嘆氣的拎著椅子走了以後，瑛子常一個人留下要我洩漏一點。於是我們兩個人又摸黑在樹下説上一段，才像獲得了一樣祕密似的，滿足的各自回家。第二天我開講的時候，我便問瑛子：「我們昨晚怎麼説的？」然後看著她得意而不厭其煩的重複一遍。我也便跟著得意了起來。

鎮裡的海濱浴場，每年在五月開放。這也是附近那片野桑椹成熟的季節。每到這時候，我一定會找幾天捨了其他人，只要瑛子伴著，一起抄我家到浴場的近路，來到浴場邊的大草坪。即使今年我做了孩子王，也不例外。在路上，我們會先準備好一根根一頭打了結的燈心草，由瑛子拿著，然後每當我採到了可以吃的桑椹，就往草上一套，不久就成了一串。就這樣一直採到我們倆手上都採滿了整串的桑椹，沒法再採了，才罷手。

野桑椹所在的草地比浴場附近這一大片草地都高一點。那開始抬高起來的地方剛好是桑椹和樹林生長的盡頭，也是我們累了休息和吃桑椹的地方。從那兒的樹蔭望出去，遠遠的可看到白花花的沙灘、發亮的海面以及五彩繽紛的人潮。

浴場的擴音器從上午到黃昏都間歇的放著音樂。雖然放來放去，都是那一百零幾首外國流行歌，不過我都怎麼聽怎麼喜歡。尤其從高高的擴音器播出來，經過空曠的草地，給人一種飄忽的遙遠感覺。我三年級時，浴場剛開放，我總是纏著小哥問他這個歌唱的什麼，那個歌唱的什麼。他拗不過，還特地上基隆把那幾張唱片都買回來，好為了我翻字典查生字。有時大哥從台大回來，也會忙中抽空，告訴我更多關於這些外國歌的故事。

那許多歌裡頭，我最喜歡一首叫「假如你要到舊金山去」的。大哥曾經把歌詞用中文翻得漂漂亮亮的給我。我看了之後，就深深愛上了這首歌，一下就記得爛熟。

我們坐著吃桑椹的時候，音樂一播出來，我的話就多了起來。尤其碰到「假如你要到舊金山去」，那就更說不完了。我跟她說的不單是歌的本身，還有很多是輾轉發展出來而平常我不輕易告訴別人的事。那些是我的夢想和計畫。

從小我就對身外的事感到好奇。小哥跟我睡一個房間時在床頭說的話，和大哥到國外以後的信，更加深了我對這海灣以外的世界已經滿懷的嚮往。和我們鎮裡只隔一座山的基隆港則提供了我許多具體的聯想。那兒對我來說真是個充滿傳奇的地方，偶爾上一次基隆，回來就要咀嚼好久。因此，待在家裡的時候，每隔一陣子我就會忍不住往海上望望，往風裡聽聽。要是果真看到老遠有艘船在陽光裡閃閃發光，或者隱約聽到一陣港區傳來的汽笛聲，都能讓我興奮好久。那些日子，晚上朦朦朧朧入睡時，總盼望著，一覺醒來，我們鎮裡那小小河港，也停滿了艨艟的大船。船上有各種膚色的水手和旅客，吆喝著奇異的外國語，唱著好聽的外國歌。因此，我常常幻想，有朝一日能當個水手到世界各地遨遊。不過我旅行的終點卻一定是舊金山，那個應該是有點像基隆的夢中的城市。和瑛子這樣獨處的時候，我老是重複著把這些跟她說，而她向來都是入神的聽著，偶爾想起來吃一顆桑椹。每次我說到最後，總會問她「要不要跟我去？」而她也一定會滿心歡喜毫不猶豫的回答「要」。

桑椹的季節是屬於瑛子和我兩個人的，浴場的六月則是所有眷區小孩的。因為，每年這個時候，城裡的小學總會在浴場辦夏令營。小哥還在家的時候，這是我們暑假的大節目。這個暑假他們一來，我也依樣湊了一群人，整天在浴場流連，懷著複雜的心情和城裡來的小孩打交道。

不久，我們就和好多人都混熟了，有一個六年級男生班長還邀我們參加他們最後一天的營火晚會。晚會前的下午，他們自由活動。我們便帶著認識的人鎮裡四處跑。我和瑛子一組帶著那叫陶敏的班長沿著海岸，揀著一些偏僻而有意思的角落走。一路上陶敏不停的數說著台北城裡的新鮮事，瑛子一邊專注的聽著，不時還發出一些驚嘆。起先我也很有興致，後來看看瑛子的神情，自己又不太插得上嘴，心裡漸覺不對。正巧這時候，浴場的擴音器換成了我最喜歡的：「假如你要到舊金山去」。悠揚的音樂老遠的飄了過來，我興奮得像抓住了什麼，脫口說：「你們聽！你們聽！」我把小哥和大哥告訴我的一古腦兒都說了出來。我告訴陶敏歌的名字和內容。接著並且說起舊金山是多麼美好的一個地方：那裡的屋子和街道都依著山勢建築，每家都有紅色的屋頂和小閣樓，上面爬滿了長春藤；那裡的居民頭上都戴著各色各樣的花，他們握手的時候還要撳撳拇指；橫跨舊金山灣有一座又長又高的金山橋，岸邊有連綿的草坪，坐在那邊，可以看到成群的車輛不斷的湧過落日上頭……。說著說著，忽然聽陶敏問道：「你怎麼知道這些呢？」

「哦，我大哥在美國留學。」說完，我們停下了腳步，我看著瑛子，見她並沒有不耐煩，便放下了心。

隨後一陣靜默。天色開始昏黃，音樂也早已經消失。但是「假如你要到舊金山去，記得在頭上戴些花……」的歌詞，還一直縈繞著不去。在暮色裡，我似乎看到了那些在草坪上彈琴唱歌的嬉皮，看到了那座跨過半邊天的長橋，和橋下柔和、粉紅色的落日。我甚至幾乎想伸手指給他們倆看呢。

暑假一過，我們升上了五年級。這對小學生來說有莫大的意義，因為五年級就是高年級了，而高年級在學校裡的地位便不同得多。旗手、司儀、糾察隊多是高年級生，球隊一般都要個子大的，入選的更幾乎是高年級生。因此上了五年級，便有一切風雲際會伊始的氣象。

其實，我四年級時曾經被列為躲避球隊的候補，但是大概是我長得白，平常給人的印象又是愛讀書，因此有回教練羅老師竟然對我說：「姚台生，不是老師不讓你上場，實在是怕你被球砸痛了會哭。」這使我憤而退出了球隊。

五年級一開學，我又選進了躲避球隊，也許因為野了一個暑假，身體黑了點，也結實了點，因此輕易當上了人人羨慕的炮手。但沒多久，我又被棒球隊挖走了。

記得是升四年級的暑假，金龍少棒隊拿了世界冠軍回來之後，全國棒球風氣一時大盛。我們這個本來就有棒球隊的學校，立刻在附近各鄉鎮的十幾所學校裡脫穎而出。學校也逐漸刻意要培植棒球隊。但是我們學校不大，每年級才四班，因此棒球隊的王老師和躲避球隊的羅老師便常常為了球員的事起爭執。但基於形勢，多半是羅老師讓步。這回雖然他說我走以後，左邊炮手會弱一點，他還是把我讓給了王老師。

我一上隊，王老師就跟我說了一大堆鼓勵的話。他說校隊現在正缺一名投手，因此我答應轉隊實在幫了他大忙，也使球隊實力大增。他並且說他看過我打躲避球，認為憑我的條件可以練成很好的左投手，希望我能把握每一個機會加緊練習。老師的話讓我深深為之動容。於是每天放學之後，除了正規練習之外，我都和我搭配的捕手林朝根多練習半個鐘頭，仔細揣摩老師教我的各種變化球，尤其是左投手不常投的下墜球。

瑛子對我當上棒球校隊一事自然也是欣喜萬分，逢人便會提起。幾天下來街坊鄰居的大人小孩已經沒有不知道我是左投手了。

雖然我們住的地方離學校很近，但是我和瑛子一向等到對方一起回家，我開始練球以後，她就留在學校等我。有時候一個人靜靜的坐在升旗台上；有時候，也會邀到好幾個同學指手畫腳的看我們練。她的在場，給了我一種使命感，讓我練球分外全心全力。

有一次練習完畢，她已經在升旗台上睡著了。我本來逕自要喚醒她，後來看看她仰靠在旗竿上那樣拘謹的睡態，突然想逗逗她。便繞到她身後，伸出手蒙住她眼睛。她一驚，立時充滿恐懼的叫道：「台生！台生！你在哪兒？」聽到她的聲音，我心就軟了。手略一鬆，安慰她說：「別怕別怕，在這兒啦。」她抬起雙手把我的手往下一扣扣到了她的胸上，回頭微微生氣的說：「怎麼這樣嘛，把人家嚇死了！」

「對不起啦！別生氣嘛？」我陪著不是，一邊用被她扣住的手輕輕拍她——突然，有種奇怪的感覺襲遍了全身。那是從我手上傳來的，真切得竟說不來。軟融融的，微溫的，有圓滑弧度的，均勻起伏的——就好像抓著兩隻剛出生的，好乖好乖的小貓。我看看我的手，又抬頭看看瑛子。瑛子咬著下脣，襯著微弱的夕陽，臉上彷彿有薄薄的紅暈，她的呼吸也有點急促。我突然笑了起來。

「笑什麼？」她有點慍怒。

「不跟你講。」我鬆手走開。

「那我不跟你好了。」她一扭頭，背向著我，一會兒又轉過頭來等著。

我停一停，指指她微微鼓起來的胸部。這下她臉上清清楚楚的紅遍了。她一聲沒吭，轉身就走。我追過去走在她身邊，心裡怦通怦通直跳。一路上，兩個人都埋頭只顧走路，快到家的時候，她抬起頭，看看我，她的眼神，差點讓我整個人溶化掉。她想了想，低聲說：「不行跟別人講哦？」

「不會啦。」我一口應了，一顆心已經跳到了嘴邊。

一學期過去了。我在球隊裡的地位很快的超過了其他投手，開始和原來的王牌投手，外號叫「大管仔」的周水池同挑大梁。我們和鄰近的幾所小學賽過幾場，由我和大管仔輪流主投，每場都把別人打得落花流水。我詭異的球路就這樣傳了出去。王老師對我們的信心也日漸增加。他告訴我們說縣選拔賽的時候，我們應該可以擊敗三重的球隊，一雪前恥；省賽的時候，表現好說不定還能去威廉波特。

聽老師這麼說過之後，不知怎的，我竟常把威廉波特和舊金山在幻想中合而為一。有一次還夢到留著大鬍子的嬉皮，跟我們玩棒球。在海邊的草坪上，我一棒子把球打到海裡去，他們居然就跟著衝進海裡，死也要找回那球似的。

就在我們縣選拔賽的前一個月，我們接到了一個消息：日本的伊勢少棒隊要到鎮上來訪問。

當天晚上練習以前，王老師很鄭重的把所有球員集合講話。他說這是一個選拔賽前考驗我們實力的大好機會。伊勢隊得過世界冠軍，實力相當强，我們一定要全力以赴，除了考驗自己，還可以提早為國爭光。

講過話，大家的士氣一時高漲到了極點。每個人臉上都紅通通的，大敵當前蠢蠢欲動的模樣。

分開練習之後，我照例和朝根在一邊練投。我可以感受到場上瀰漫著的那種興奮的氣息。我自己則更好似有了一種從來沒有過的神勇。全身像裝了彈簧一般，舉手投足都似乎要飛了起來。球投著，腦中不時會浮出幾張畫面，總不外幾個獐頭鼠目的日本小鬼，無可奈何的在我手下三振出局。耳邊更時時傳來人群的喝采和助威聲。尤其是瑛子每次看我比賽時，那種令我血脈賁張的尖叫：「台生，加油！台生！」

練了一會兒，汗水沾了好多在睫毛上，看起東西來有點模糊，我舉臂一抹，眼前跟著一閃，好像就看見了爸爸背上那幾條褐色的大疤痕。那些疤痕像蛇一樣在我腦裡蠕動了起來。我想起我第一次從瑛子家回來以後和爸的談話。我疑惑的問他：

「爸！日本人到底是好人還是壞人？」

「怎嘛——當然有好人也有壞人哪！」爸爸詫異的笑著回答我。

「那好人多還是壞人多？」

「——我想還是好人多吧。」

「一定壞人多！」

「為什麼呢？」爸爸顯然被我的態度搞糊塗了。

「因為他們打你！」

「哦……。」

「爸你告訴我你做地下工作的故事好不好？」

爸爸聽了想哄我走，但是我執意不肯。纏了半天，想想終於坐下來跟我說了一個長長的故事。爸已經把故事說得很委婉，但是我聽完還是怒不可遏。我激動的抓著爸的手說：

「爸！我要把日本人統統殺——死！」

「傻小子，你怎麼殺得光？」

「可是——我還是要把他們統統殺——死！」我掙開爸的手，擺出要一刀砍下去的姿勢。

「好了，好了，台生，把書唸好來，將來叫他們知道他們的確不如我們就好了。」爸後來好不容易才把我勸服。但是我對日本人的恨意仍然一天比一天加深。以後跟瑛子他們説故事，日本人的下場總是最慘的。想到這兒，我漸漸覺得除了贏得比賽，我似乎還肩負了一項更重大的使命……。

這時，我彷佛聽到捕手手套裡傳來一聲有點異常的巨響。定下神，正看見朝根一把抓開面罩，脱下手套，站起身來，我問了聲「怎樣啦？」就立刻走了過去。

朝根甩甩手又重新戴上手套，帶點埋怨的説：「不要緊啦——幹！投那麼强，指頭公險些給你震斷。」

「你娘的，不是跟平常一樣……。」才説笑著，左肩膀上忽地沒來由一陣劇痛。我下意識用右手護住了肩頭。朝根一定覺得我神色有異，即刻問我：

「是怎樣是不？」

「沒啦！沒什麼。」我手上加了力，因為那巨痛像要把我的左手臂統統給嚙食似的。

「我去跟老師講——」

「不使得——免啦！免啦！我自己講。」

那天我請了病假。但是我不曾告訴任何人我左肩起了變化。我怕因此會失去出場的機會。晚上洗澡的時候，我弄了滿滿一大澡盆熱水敷我的左肩膀，一直到水快涼了才草草全身洗過。就寢前我還特地到家裡的神龕前膜拜了幾回，求菩薩保佑我左肩沒事。

熄燈上床以後，肩頭的劇痛，轉成了不時發作一次的陣痛。但當時我已經心亂如麻，這種轉變並沒有什麼意義。不久，我終於忍不住蒙起頭在被子裡憤恨的詛咒上天的無情和狠心，使我出師未捷身先死。詈罵了一陣，我疲乏的停下了，四野倏地湧過來盈耳的蟲聲和蛙鳴。在蛙聲突然停下來時短暫的靜默，我另外還聽到了一種嗡嗡的細微聲響，以前我睡不著的時候，也聽到過。我猜想那就是時間一分一秒流過的聲音。那流動的聲音隨著我的專注慢慢增大。我覺得我已經在裡面游著，那像是夏天的海洋，水波輕輕喟嘆著。我俯下身，看見自己稚嫩的肢體在水中如虛如幻。腳底下的細砂不停的隨海流迅速的掙離。我像在下沉。然後我聽見了岸邊傳來孩童的嬉笑聲——那一定是城裡的小學每年一度的夏令營，浴場的擴音器隨著風向的轉變，不時飄來一陣隱約的樂音——又是那首我喜歡的，每年夏天都會重複出現的歌「假如你要到舊金山去」，我想伸出手去⋯⋯。

第二天，一切似乎都過去了。但是肩頭還是若有似無的留著一絲痛楚。雖然很難察覺，但卻足以使我寢食難安了。隨著賽事的迫近，我心頭也被一種矛盾的感情逐日折磨著；一邊引頸等待著自己威風八面的種種場面，一邊失敗的恐懼也與日俱增。

瑛子是頭一個知道賽事的女生。她也陪我心神不寧著。隔些時日，就帶著滿懷憧憬、迷迷濛濛的眼神仰臉問我：「快比賽了哦？」她的虔誠每次都讓我胸中有如有波濤猛然湧起。我心裡暗暗起誓，不管我手臂出了什麼問題，只要瑛子在場邊，我絕不能失敗。

賽前一個星期，學校發下了特別為我們訂製的新球衣；黑裡衫，配上用金色繡線鑲上黑邊的白外衫和長褲。這兩天瑛子碰巧有事先走。我獨個抱著球衣，一路跑回家，才進門就喘著氣高聲向瑛子家喊她過來，把球衣攤開給她看。她很有興致的說：「穿給我看看吧。」我於是回房迅速套上衣服再回到玄關。她走近我，拉平我衣服上的皺褶，然後退後幾步看了看，用一種鑑賞家的口吻輕嘆了一聲：「哇！」我一時興起，抬起右腳高舉雙臂說：「到時候，我就這樣擲那些日本仔。」她虔敬的仰起微有笑意的臉，手按著身後的門邊。我左手一揮，她像被我的威力震懾住了，頭往旁一縮，同時瞇起眼，口裡還輕呼了聲：「啊！」我調侃的說：

「幹嘛！我手頂又沒球。」

「好了啦！衫脫起來，不然弄髒了。」她笑著坐上玄關。我三兩下當她面脫下衣服，草草摺了要塞進裝這套衣服的塑膠袋裡。瑛子看不過去，口裡說：

「嘖嘖！看你，給我！」同時一把衣服抓過去重摺。

我坐近她身邊看她摺，她邊摺邊告訴我說當天她會和所有眷區的孩子去看我比賽。我說：

「你要坐第一排啊！」她笑著認真的點點頭。

家裡人都還沒回來，燈都暗著。外頭剩餘的陽光射進玄關來，正好停在瑛子膝蓋上。她的雙手意外端莊的擺在那兒。黑暗中可以看出她的面上還帶著微笑。我的球衣整齊的擺在我們倆中間。這時我的胸口又覺得漲得滿滿的，我覺得自己有種慾望想摸摸她的手，她的膝蓋……。

「瑛良（讀做「ㄟ漿」），死哪兒去了？吃飯了！」瑛子她媽的喊聲嚇了我一跳。瑛子說聲「我走了。」就一溜煙跑回去。

人人都說瑛子她媽是個厲害的婦人，但我倒不十分覺得。至少她一向對我不錯。過去有段時間她常來跟我媽學做吃的。從最簡單的麵疙瘩學到各式月餅。因此我幾次去她家，她多少都會跟我招呼，有一次尤其說得很中我意。她用國語說：「台生啊！以後像你大哥一樣到美國去了，一定要帶著我們瑛良一起去哦。」那時我仰著臉看著她認真的表情，覺得她真是個美麗而嫻熟的婦人。倒是瑛子她爸，讓人不能親近。他是公所的科長，平常不苟言笑，有時見他跟朋友談天，除了少數幾句閩南語，都是聽不懂的日語。

但是瑛子她媽這聲喊卻著實把我嚇到了。

離賽事愈近，我在球場上的表現愈差。我甚至經常投不出捕手要的球。不曉有幾次急得王老師在捕手後面呱呱叫道：「卡母、卡母（即Curve，即曲球）！怎麼搞的你？」我的手臂雖僅僅隱隱痛著，卻顯然不怎麼聽使喚了，投出去的球不是變化不大，就是投不進好球區。

比賽前一天練習完，王老師把我留下，問我：「這幾天你表現很差，是不是有什麼心事？——告訴老師。」掙扎了半天，我盡量低著頭說：「沒有。」「那明天可要當回事啊！輸給日本人——不好看。」我點點頭，道了再見，一個人沿著漆黑的走廊慢慢踱回家。

第二天整天放假，上午沒再練球。我在家裡一會看看報紙，一會翻翻故事書，但怎麼也坐不住。十點多無聊得憋不住了，便想到下腳店仔走走。臨出門，往瑛子家溜了一眼，心裡納悶瑛子哪去了。以往，要是放假，她一早就會來找我的。轉念間，我又笑自己多心，瑛子一定以為我練球去了不在家。

我在街上踅了一趟，覺得到處喜氣洋洋。公所門口張起了大幅的紅布，寫著「歡迎日本伊勢隊友誼訪問」，門邊掛了好長的一串鞭炮，廣場附近的商店也有好多家依了這樣。路上我聽到的談話都很興奮的繞著日本隊的來訪打轉，偶爾有幾個低年級生知道我是投手，會遠遠對我指指點點，但是我並沒有意料中的神氣，反而有點莫名的不滿和心虛。

沒多久我又回到了家裡，望望瑛子那邊，忍不住走到她家側窗，輕輕喊她。一會她在窗口出現了——她的裝扮叫我大大吃了一驚。她的兩根辮子梳成了一個高高的髻，上面有些飾物。臉上也經過一番料理，有各種強烈的顏色。身上穿著件蝴蝶袖的白綢束腰短裙，看起來很像個待嫁的新娘。我一時有點手足無措，當場愣在那兒。

「幹嘛？」她隔窗幽幽的吐出幾個字。我像童話裡的小男孩，經過一座古堡，發現了裡頭被囚禁的公主，遂高高仰起頭，仔細聆聽她告訴我的每一個字。

「嗄？——哦，妳出來一下。」

「不行呢！媽不給我出去。」我看見她雙手按著鐵窗的欄杆，並且不時玩弄著。我覺得上頭的鏽一定會沾得她滿手。

「妳媽在嗎？」

「媽去公所了。」

「那妳出來一下嘛！」我覺得自己像在哀求。

「……好啦。」

她出來了。

我走在她身邊，仔細避免碰到她的衣服。

「那……妳不來看我比賽了？」我試探著問。

「去啊！誰說不去？」

「那妳——」

「哦！媽稍等要帶我去看那些日本人啦，緊張！」說著，順手打掉我指著她一身裝扮的手。

這時我又心亂得說不出話了。我們繞著大榕樹走了幾圈後，停了下來。我在這頭，她在那頭。我轉個身一縱，坐上一枝斜長出來的粗大橫枝。瑛子也學我樣跟著坐了上來。我的左肩抵著她的左肩，方向相反坐著。有一段時間，都沒有說話，就只無意識的晃著懸空的腿。突然她微往後仰，問我說：

「我們會贏哦？」

「會的。」

從後院出去可以看到一條細仄的草徑，那就是從我家到浴場的捷徑。風吹過那些短短的草，飄來一陣細砂和草香摻和的薰味，夏天彷彿已經踮著腳躲在我們附近。老遠隱約有夏令營裡孩童的嬉笑聲，一陣亮似一陣。浴場的擴音器也唱出了「假如你要到舊金山去，記得在髮上別些花……」

「瑛良！好啊！好啊！又死到哪裡野馬去了？」

一聽她媽的喊聲，瑛子嚇得猛滑下樹幹。一語不發跑回家。風把她的短裙掀起來，並且一直撐著，讓我剛好看到她內褲上兩塊樹皮沾髒了的淡灰色，一扭一扭的遠去。

我們列隊等在校門口，久久終於在震天價響的鞭炮聲和歡呼聲中，看到人群簇擁著緩緩駛近的遊覽車裡伸頭伸手頻頻致意的日本人。

遊覽車好不容易才駛進學校的操場。他們下車以後，一列站定。我們全體球員就每人給他們套上一個花圈。我給套的是一個和我一般高，小眼睛，紅嘴脣的球員。他友善的跟我笑笑，我很自然的也對他笑笑。過後才詫異自己怎麼對敵人這麼親切。我不由自主的又想起爸背上的幾條大疤痕，它們又像蛇一樣在我腦裡扭曲起來。

圍觀的人群一個勁往我們這邊擠，並且不時傳來「好可愛喲！」「你看，好白啊！不像打球的嘛！」一類的感嘆。我一邊隨大家往球場移動，一邊打量他們。果然都比我們白。我在隊裡算是最白的，卻還比不得他們那樣白裡透紅，像從來沒有在太陽下練過球似的。我又看看大管仔、朝根他們紅褐色的面頰，心裡油然升起一種很淒涼的感覺，好像我們是故事書裡描寫的，一群卑瑣的、被遺棄的流民。我忍不住回頭狠狠瞪了身後還在議論不停的鎮民一眼。

終於，企盼已久的比賽開鑼了。

我們後攻。老師要大管仔上場，我留在選手區，心裡有點不服氣，但是我和大管仔是好朋友，而且中午見面時他才興奮的跟我說他爸爸今天不去討海，特地留下來看他打「阿本仔」。所以我安慰自己，也許下三局才要我上場。

第一局雙方掛零。

第二局，伊勢隊一上場就連得兩分。大管仔在場上猛擦汗，看來有點罩不住了。二出局後滿壘。老師把大管仔調下。我正撐著要起身接替，卻看他指著游添財。我登時傻了。隨後我才意識到這幾天的失常，已經把我在球隊裡的地位動搖了。今天也許不會上場了。當下氣急攻心，鼻上一酸，差點當眾丟人，我馬上離開了其他叫嚷的候補球員，悶聲不響的坐在一邊。

第三局，伊勢又得兩分。老師調下游添財，換上黃兩金。

第四局，伊勢再得兩分，同時造成滿壘無人出局的危機。我看著日本人得意的嘴臉，真恨得牙癢癢的，但不免也暗暗叫好：「這就是不用我的下場。活該，輸得愈慘愈好。」不想這時候，卻聽到了老師喊我。

「我就知道他一定得用我」，我心想。在場中練投的時候，我大大吐了幾口氣。但投了幾球以後，肩膀又不聽話的抽痛了起來。然而面對著場邊成百期待的眼神，我忍著痛，强作出鎮靜而自信的模樣，盡可能的把每一球投得漂漂亮亮的。

伊勢的打擊手進了打擊區晃動棒子的時候，我突然想到了瑛子。好像一直都沒看到她，於是正要舉起的手又放下來。我把球不停的往手套裡撳，眼睛急急忙忙在人群裡找尋。這時人群開始不耐煩了。「緊啦，給伊死啦！」「幹！三振啦，給伊三振啦！」「姚台生，你的下墜球哩？」「姚台生，靠你啦！」「不要失氣啊！」各樣的喊聲。愈來愈激昂。

我高高舉起雙手，看著朝根的暗號正要投出去，冷不防一個熟悉的女聲喊道：「台生加油！」這一分神，球沒控好成了暴投，伊勢又得一分。我很是懊惱。人群也是一陣騷動。嘆息聲，噓聲，責罵聲此起彼落，甚至有人已經準備離開。我一橫心，開始有點不顧一切。而手臂上的痛似乎就消失了，轉眼間投球也恢復了往日的水準。就這樣，和我想像過的差不多，我輕易三振其餘三名打者。

下半局一上場，朝根保送上壘。輪我打擊的時候，我看準一個好球猛一揮，竟是二壘安打。朝根拚著命跑回本壘得到了第一分。全場歡聲雷動。接著打擊的大管仔又打出了全壘打。再得兩分。我和大管仔回到本壘都被拋了起來。隨後，我們又添兩分，而且只有一出局。

日本隊也不得不換投手了。巧的是換上來的竟是我給他花圈的那個小眼睛，紅嘴唇的男孩。他一出場，場內霎時又營營的充滿了讚嘆的詞語。的確，要不是那雙有眼袋的小眼睛，他長得還滿秀氣的。他一直微笑著，不知不覺剩下的兩名球員都給他三振了。

第五局我和日本投手都三振了三個人。

第六局也一樣。我們遂以七比五敗給了日本隊。

終於輸掉了。

但是老師和隊友們，包括大管仔和朝根竟都很滿意似的。

球賽結局，按例要握握手。伊勢最後上場的那名投手衝著我跑過來，並且熱情的握著我的手，嘴裡不停重複著幾句我聽不懂的日本話。這時候，我對他已感覺不出有什麼敵意了。我也握著他的手，一直望著他笑。但是心頭卻有一種莫名的不自在。總好像忘了什麼還是疏忽了什麼。

有個公所職員見狀好心的跑過來替我翻譯說那投手說我投得很好，他很喜歡我，想和我交朋友。我告訴那職員說我也願意。於是我們彼此交換名字和地址。我看他用中國字寫出自己的名字「南村浩一」和地址大日本國……的時候，隨口跟著唸，心裡也不覺想著，要是他會中國話那不方便多了？接著該我寫的時候，他也學我用日本語唸。之後我們又被推在一塊，照了好多照片。

和他道別之後，回到隊上聽了一段訓話再回到場上時，觀眾已經快散光了，只有貼著「日本伊勢隊休息處」的禮堂還擠滿了人。我終於想到了瑛子。我捨不得換下衣服，就逕自擠了過去。

禮堂裡到處是人。有戴著銀邊眼鏡、兩腮青青的日本成年人，有穿球衣的伊勢球員，有公所職員，商人，還有職員商人精心打扮過的大小女眷。我在旁觀的人群裡不斷左右移動，找尋瑛子。最後因為她媽的聲音，我找到了她們。瑛子她媽一面「阿諾」、「阿諾」的高聲説著一聽就知道不很純熟的日語，一面推著瑛子四面跟著日本人轉。我衝出人群，悄悄走近瑛子，在她背後喊了聲「瑛子」。她回轉頭來，一見是我，脱口叫道：「台生！」隨即要伸手拉我。我正要接她的手，卻有一隻肥大而又熟悉的手擋了下來，是瑛子她媽。她也回過了頭，看著我卻不識似的，只厭煩的説了聲：「來——啦——，瑛良。」便一把抓小雞似的把她抓走了。我站在原地，有點不願意相信。

不多久，我和瑛子間已經隔了好多陌生人。這時她媽顯然盯住了一個人，停下了腳步。而讓我吃驚的是，又是那投手。他們擠在一塊兒正要照相。那投手一轉頭也看見了我，立刻指手畫腳的一會喊我，一會對瑛子媽講話。於是瑛子她媽抬抬手，熱情的要我過去一塊照。這時，我再也忍不住了。我大聲的説：「我跟他攝過好多張了。」隨即大踏步走出了禮堂。

臨去前，我又回頭看了一眼室內熱鬧的場面，竟覺一點也認不出這就是自己五年裡天天見到的禮堂。而最令我難忘的是，瑛子和那投手照相時的神情。不知是擺出來的還是自然而然的，只見她仰臉看著他，就和故事裡常描寫的，公主見到她征戰回來的王子情人時的神態一模一樣。我心頭一涼，就拚著命一路跑回去。

晚飯以後，好久瑛子才出現在榕樹下。她一見我就問：

「台生，聽說你們輸了？」

「嗯。」我努力做出愛理不理的樣子。

「聽說，南村浩一三振了你們每一個人？」

「誰？亂講！」

「那妳有沒看到我三振他們？」我也問她。

「沒有，我那時——」

「我聽到妳喊『台生加油』！」

「沒哪？人家那時媽媽不准我出來，在禮堂裡險些沒氣。」

我仔細聽著她的話，肩膀隱隱的痛又分明了起來，簡直像有人用鋸子在鋸一樣，而且巨痛似乎還蔓延到了左胸上。我隨即伸出手去護住那一帶。瑛子看在眼裡，忙伸手來摸我的左胸，問道：「是擰了氣是不？」她柔軟且有點潮溼的手指隔著汗衫在我微微鼓起的胸上跟著起伏。

我沒有回答。

天色已經很暗，樹的枝椏間或透點光進來，在我們的衣服上彩上了一道道金色的斑紋。我看著她不很清楚的臉神，希望她就這樣一直不說話。因為我心裡有種衝動：我想告訴她，這些時候，我為她受了多少苦。但是她幫我在胸上揉了揉，又開口了：

「媽講那個南村伊厝裡是伊勢縣最有錢的呢。」

「有錢你嫁伊嘛！」我猛推開她。

她愣了一下，嘴角一歪，說聲「跟我媽講！」就哭著跑回去了。

那天晚上，躺在床上，肩上的痛似乎真的蔓延到了胸上。那巨痛像有人啃噬著我的心一般。對著窗外窗內一片廣漠的黑暗，年少好勝的我終於哭了。

賽後我就退出了棒球隊，因為我知道自己再也不能投了。而且我私下覺得既然日本人都打不過，怎麼可能打到美國去。我跟老師說的理由是家裡不要我打了，到底沒有把肩膀的事說出去。

颱風季一過，我們院子裡籬笆又修了起來。不久因為爸爸調職板橋，我們全家就搬離了這個濱海的小鎮。走的時候，瑛子哭得讓人手足無措，我一再保證，走了以後一定給她寫信，好不容易她才稍稍停下來。

剛搬到這個沒有海邊的城市，竟絲毫不曾有以前預料過的搬到大城市的喜悅，只覺得到處都是施工中的建築物，讓人異常煩悶，而且很想念海邊的鄉下和瑛子他們。但我和瑛子寫過幾封信之後，她家也搬離了小鎮，從此就失去了聯絡。

長大以後，「假如你要到舊金山去」那首歌已經不再流行。然而很久以後有一天在咖啡廳裡突然又聽到了。我翹著腿，半躺在舒適的椅子上，仔細聆聽著，恍恍惚惚覺得那年少時的情懷竟有幾分不可思議了。

——原載一九七七年六月《中外文學》第六十一期，後收入一九九三年兄弟棒球隊出版《幸球場的決鬥》

主編導讀

就發表時間來看，廖咸浩的〈入侵者〉發表於一九七七年六月的《中外文學》（第六卷第一期），比小野的〈封殺〉更早些，是本書收錄篇章中最早的一篇。但如果希望在小說中看到精采的「紙上球賽」，恐怕許多讀者會失望。

然而，棒球不只是「一種運動項目」這麼單純，它可以是成長的儀式，也可以是國族的隱喻。〈入侵者〉雖寫棒球，其實更著重描寫少年主人翁的青澀情愫。當他因肩傷放棄了棒球，也就結束了一段苦澀的初戀，球賽中的成長與情場上的啟蒙互為表裡。

另外值得注意的是，小說敘事者台生（不言而喻的外省第二代名字！）是眷村子弟，其父是在抗戰時期做過地下工作、吃過日本人的虧，大哥在美國留學；女主角瑛子則是本省籍女兒，其父母平常說閩南語及日語，對日本存有好感；而台生的球隊輸給「入侵者」日本伊勢隊……這一連串熟悉的政治／文化符碼，都不會是作者無心任取的。〈入侵者〉揭示出棒球與族群、國家的複雜糾葛，不只是棒球小說或初戀小說而已。

飛刀通緝令

郭箏

筆名陶德三、應天魚，一九五五年生。小說家，編劇。曾獲洪醒夫小說獎、法國杜維爾最佳編劇、新聞局優良電影劇本獎、金鐘獎最佳改編劇本獎等。著有小說《好個蹺課天》、《上帝的骰子》、《鬼啊師父》、《龍虎山水寨》、《少林英雄傳》等；編劇作品有《赤壁》、《去年冬天》、《國道封閉》、《十八》等。

郭箏說：

三十年前就曾說過：台灣有一流的球員，二流的教練，三流的裁判與四流的球場。

三十年後，依然如此。

在那年頭，「飛刀小高」是個可怕的名字，可怕到連我們這些哥兒們都不太願意去招惹他，即使十八年後的今天，當我偶爾憶起那張兇惡可憎的臉孔，仍會止不住做些沒出息的惡夢。

若非這差使糊里糊塗的落在我頭上，我實在不想再跟他打交道。

當年那夥人中唯一和我有聯絡的瘋狗，應我之召，火速開著計程車跑來，問明原委，不禁為難。「十八年了，要上哪裡去找他呢？」

「還沒開始動作，就先喪氣了？」其實我也沒多少信心。「只要人還沒死，總找得到的嘛。」

「說實話，」瘋狗苦笑了笑。「有時候我真希望他已經死到地獄裡去了。」

我剛剛搬進的社區裡住著一群棒球瘋子，一心想組一支棒球隊去打乙組聯賽，但他們的身手卻連丁組都夠不上。

搬到那兒的第一天傍晚，肚內滾動著未嚼碎的晚餐和明天就要交給雜誌社的斷章殘句，路過社區半大不小的棒球練習場，我忍不住冷笑了一聲，同時預感自己終有重操舊業的一天。

果不其然，不出兩個禮拜就有人登門造訪，竟還是個漂亮的妞兒，劈頭就問：「你高中打過『梅河中學』對不對？」

她對我們這座聞名全國的棒球高中歷屆所出產的球員知之甚詳，簡直已到了如數家珍的地步。

小妞兒名叫阿鳳，是咱們這社區地主的女兒。她老子不曉得那根筋打了蝴蝶結，對棒球痴迷成狂，不惜將可蓋好幾棟大樓的空地闢建為球場，更把女兒也調教得無可救藥。

此刻她興奮的望著我（可惜不是那種含有性慾的興奮）。「你是『梅河』第三代的四大天王之一，右投右打。民國六十五年高中聯賽，決賽出戰『樺樹中學』那一場，曾上場救援，接著飛刀小高，投了三分之二局……」她頓了頓，大約看見我臉上閃過一絲陳年尷尬，便硬生生的嚥下話頭。

「沒關係，」我說。「投了八個人，一次四壞，一次觸身，被安打四支，包括一支全壘打，責任失分四分。」

「那真是一個刻骨銘心的經驗。」她同情的說。「畢竟，那是有史以來，『梅河』第一次在決賽中敗給『樺樹』。」

她哪會知道刻骨銘心的滋味？從那以後我就沒摸過棒球。

我和瘋狗費了好大工夫，想要整理清爽昔日隊友的聯絡途徑，卻發覺這根本是一件不可能的事。我們打了十個電話，其中八個已換了主人，一個是空號，另一個則乾脆傳來一句：「伊撞車死去了啦！」

儘管如此，阿鳳仍舊興致勃勃，絲毫不減追尋當年球場殺手「飛刀小高」的企圖。「有你們拔刀相助，一定能在乙組聯賽中揚眉吐氣。」

「妳別期望太高。」我警告她說。「離開球場十八年的人，恐怕連鴕鳥蛋和棒球都分不清楚了。尤其小高……」

瘋狗威嚇的接住我的話尾：「就算他還能投，就算他還跟從前一樣厲害，對球隊也未必能有什麼幫助，妳懂不懂我的意思？」

「他真的那麼難纏嗎？」

「難纏太恭維他了，他根本是個殺千刀的王八蛋！」

小高在高一的時候就顯露出他的天賦異稟。我還記得那是新生剛入學第三天的中午，大家正抱著便當猛嗑，走廊上忽然騷動起來。

「幹架嘍！」「那小子真帶種！」

我奔出教室，雜在人群堆裡向樓下望去，只見一個滿臉青春痘的新生竟在操場中央和三個三年級的大塊頭狠幹成一堆。訓導主任、訓育組長的口哨吹得像送葬時的哨吶，他卻連理都不理，粗壯的胳膊如同兩隻怪手，重重敲在對手身上，使他們發出危樓倒塌的聲音。

打鬥的結果如何是另外一回事，才剛入學三天就被判留校察看，恐怕倒開了台灣教育史的先例。

不但全校的學生對他敬鬼神而遠之，全校的老師也視他為洪水猛獸，唯獨棒球隊教練——綽號「鬼眼」的傢伙雀躍萬丈，顛著屁股跑來找他，務必要他加入棒球隊。

他卻把眼睛一翻。「棒球？棒球素什麼東西？」

鬼眼笑著說：「你別管那是什麼東西，你只要把球當成那三個雜碎就對了。」

測試那天，一年級被看上的新生全員到齊。（我當然也是其中之一，原因為何，至今不明，我想大概是我的屌特別大的緣故。）小高第一個上場，鬼眼本來大概期望他成為一名強打者，但他抓著球便甩，球兒呼嘯出一百五十CC重型機車鋸短了排氣管的聲響，準而又準的逕奔捕手手套，直令那早已闖出字號的青棒國手級的傢伙哭爹叫娘起來。

「伊會駛！」

當然會駛，首度投球便有一百二十五公里以上的時速，豈有不會駛的道理？

我們後來才知道小高的本領並非天生，而是具有完全的實用價值。

一次上國文課，國文老師叫起睡眼惺忪的小高，要他朗讀課文，小高唸得結結巴巴，讓我們笑痛了肚子。老師沒好氣的罵他：「你到底識不識字？」

小高照例又把眼睛一翻。「老輸，哦請問你呵，兩個龍要怎麼念？四個虎要怎麼念？」

老師被他搞得傻住了。「你會念？你念給我聽聽。」

小高笑了起來。「哦也不會念啦，但素呵，哦能在一個不到半公昏平荒的鉛字上把它們刻出來啦。」

他在初二那年的暑假到印刷廠打工，從一個刻字老師傅那裡學到了用刀的技巧——我所謂的實用價值並不是在這兒，因為他大半時候不是用來刻字，而是用來射人。

「飛刀小高」在大龍峒一帶早已是塊響噹噹的招牌。

我和瘋狗在西門町一家觀光理髮廳前面逮到阿輝。那小子一時之間沒能認出我們，竟然還想把我們往裡拖呢，反被我們兩個巴掌打得七葷八素。

「幹這種不清不白的勾當？」

「唉，算了吧，你又清白得到哪去？」阿輝冷冷說著。「全台灣兩千萬人裡，最少一半是『三七仔』。」

從某個角度來看，他這話倒是真的有點道理。

瘋狗問他：「你是小高的死黨，後來還跟他在一起混了一段時間，總應該知道他的下落吧？」

阿輝聳聳肩膀。「也十年沒見了，你們找他幹嘛？」聽明我們的用意，他又冷笑一聲。「棒球？那是小孩子或白痴會做的夢。」

「做夢的人現在打職棒，不做夢的人只好拉皮條。」我無意刻薄，但實在氣不過他的嘴臉。

「是哦。」阿輝反脣相稽。「打出頭的人能有幾個，你算過沒有？再說，你要熬過多少難堪的歲月？我們今年已經三十七了，從十八到二十七歲的那段時間，打棒球的算是什麼東西？連狗都不如！我可沒那耐性等鹹魚翻身。」

阿輝和瘋狗當年都是名列「梅河」四大天王之中。阿輝的腿快，鎮守中外野大關滴水不漏，打擊又威猛異常，高中畢業後就直接進入成棒甲組球隊，但那時節確實沒有人相信我們的成人球員能在世界舞台上搞出什麼名堂，每次甲組聯賽觀眾稀稀落落，使得球員打起球來都不帶勁兒。他跟很多有天分的球員一樣，打沒多久，便離開球隊，另謀出路。

「你別發牢騷了，你到底找不找得到小高？」

阿輝打從鼻子裡笑了一聲，臉上閃過一抹陰狠的神色。「就算我找得到，我也不想去找他。」

「關於這一點，大家都有共識，不須你提醒。」

「自從他出獄之後，脾氣變得更怪了，你簡直不能碰他一根寒毛，隨時會像土製炸彈一樣的爆開，後來再也沒有人願意跟他一起混，只除了我這個傻瓜。」阿輝如此說著的時候，獰厲的瞳孔裡彷彿生起了魔鬼的面相。

這可令人納悶。

連死黨都恨之入骨的，會是什麼樣的人呢？我覺得我愈來愈不瞭解小高了。

我們在高一下學期，還只有替學長撿球的份兒，而小高卻已被列入先發陣容。

他的球又快又準又狠，每次球一出手，鐵定正對著打擊者射過去，彷彿想將他一箭穿心一般，但當對方心膽俱裂，倒拖著棒子往後閃躲的當兒，球兒卻發出一聲嘲笑的「嗤」，鬼靈精怪的拐入好球帶，留下一道連愛因斯坦都解不出的奇異曲線。

鬼眼經常私底下搖頭讚嘆：「什麼是球？只有小高才知道什麼是球，只有小高才摸得清楚球的筋絡、血管和靈魂。」

但在大夥兒面前，鬼眼從不給小高好臉色看，因為小高永遠不會替別人設想，球隊的勝敗完全與他無關，他可以隨自己的高興任意投球，隊友或是失誤漏接，則可能會挨上他幾個拳頭。

在一次重要的比賽裡，對手擊出一支滾地球，軟弱的從他腳邊滾過，他卻連動都不動，只伸出一根指頭，命令游擊手上前撈球。「梅河」差點因此輸掉那場比賽。

鬼眼忍無可忍，當下把小高踢出球隊，發誓永遠不再用他。但那三年內，鬼眼的理智與衝動時時交戰不休，使得小高進出球隊高達九次之多，創下了比趙子龍還要輝煌的紀錄。

阿輝帶我們找到了名義上的妻子——她已九年沒見著小高的影子，卻有一個八歲的男孩，和一個三歲的女兒。

「他不回來最好。」昔日綽號「大騷包」的美美，披頭散髮，面色槁黃得坐在客廳內裝配電路板。從微開的臥房門縫中，可以瞥見橫伸在床上的一雙男人大毛腿。汗味、屎味、消毒水味、香港腳味，充滿了狹小的屋子。生著一對豬眼睛的小女孩獨自坐在屋角玩耍，口水一滴滴的滴在塑膠玩具上。

「兒子上學去了，他的兒子從生下來就沒見過他。」美美頭都不抬的說。

我們面面相覷，默然無語。阿鳳這回也跟著我們一起來，此刻顯得非常激動，舞著雙手，似乎想說些什麼。阿輝卻忽然冷笑一聲，起身走向臥室，一腳踢開半闔的門，闖將入內，探手扯起床上的男人，不分青紅皂白，幾個拳頭就幹了上去。豬一樣的男子發出豬一樣的嚎叫，滿地亂滾。我和瘋狗趕緊跑進去拉出半瘋狀態的阿輝。

「你在幹什麼你？」

阿輝神經質的大笑：「這就是女兒的爸爸，對不對？美美，妳說對不對？」美美依舊頭都不抬的裝配著電路板。生著豬眼睛的小女孩左看看，右看看，猛地臉皮一皺，痛哭出聲，一大串口水淌在忍者龜的龜殼上。

我們互相揪扯著出門下樓，一直走出陰溼小巷，阿輝才喘過氣來。

阿鳳呆呆的問：「那個男人是誰？」

「誰知道是誰？美美後來姘上的姘頭嘛。」瘋狗沒好氣的說。「小女孩的爸爸嘛。」我說。

「混蛋東西！野男人！」阿輝說。

「你打他幹什麼？」這倒是我們共同的疑問。

阿輝臉色變了又變，不知道想哭還是想笑。「這都要怪小高。」他的瞳仁裡又浮起了魔鬼的面相。「美美本來是我的馬子，你們還記不記得？從高二她就跟我在一起。結果好了，小高出獄那年，沒地方住，我好心要他住進我家，一天下午我提早下班，回到家一進門，嘿他媽的，他們兩個竟脫得光光的在我床上搞把戲……」

阿輝臉上的肌肉痙攣成一團。「我當時就說，好，小高，你要她，我讓給你。我馬上搬了出去，從此沒再見過他們……」

一陣冷風颼來，颼得我們涼颼颼的。

「我那時真的想，他們如果能快快樂樂的在一起，就好，什麼都可以算了。結果我今天看到什麼？人不像人，鬼不像鬼……我的美美在哪裡？小高又在哪裡？」

阿輝像撕玻璃紙似的哭了起來。

我背地裡問阿鳳：「妳還想不想找小高？」

阿鳳茫然搖頭。「我真不明白，世上怎麼會有這種人？」

我說我不知道，其實這問題我早就問我自己千百次了。

小高一站上投手板，他的眼珠立刻就變成了兩顆透明而森冷的東西，他的臉、他的頭、他的整個靈魂也彷彿都變成了透明的。

沒有任何狀況能波動他的情緒。

一年級下學期，他首度正式登場比賽，在第一局就因裁判不欣賞他的球路，而連連保送對方上壘。鬼眼忍不住上前安撫，卻見他只冷冷的把頭一點，連根寒毛都沒動。下一球出手，球兒狠狠的砸在主審的面罩上，差點把他砸了個跟頭。

我們都以為小高一定完了，不料主審竟似被他砸開了竅兒，到比賽結束，小高一共三振了十五名對手，只被擊出一支安打。

鬼眼賽後的評論是：「主審也是人，對不對？只要他是人，就不得不懾服於小高的殺氣。」

我們幾個專攻投手的新生，簡直對小高佩服得五體投地，都想拜他為師，小高卻只看重我一個，練球時經常叫我跟在他旁邊。

「你比較有天混啦，丟東西呵，沒有天混素不行的啦。」我永遠記得小高跟我說過的這番話。「你呵，就素不夠兇。丟球一定要六親不認，趕盡殺絕才可以啦。」

「三信」有個傢伙，從一年級開始就打不到小高的球，大概至少被他三振過五十次以上。高三那年的春季準決賽，是我們這一代的青棒球員最後一次大結帳。「梅河」出戰「三信」那場，由小高主投，打到九局下半，兩人出局，壘上無人，又輪到那小子上場。

他帶著不成功便成仁的悲慘神情，走到了打擊區，小高迎面就給了他兩個好球。我們在場邊明顯的看見他幾乎都快哭了出來，那種絕望與哀求，真可令頑石也心軟。

「就讓他打到一次也沒什麼嘛。」我還記得瘋狗嘀嘀咕咕的說。大家的心裡也都這麼想。

但小高面色冷酷依舊，第三球投出，以一百五十公里的速度，毫無轉圜餘地的射進好球帶正中央。

「哦又不素開孤兒院的。」小高後來硬板板的說。「要慈悲，去找菩薩，別來打棒球。」

小高不管在什麼時候都是個鐵石心腸的殺胚。

一次我們在學校附近的冰店吃冰，當地的幾個混混沒長眼睛，竟然找我們的麻煩，其中一個還拖著把挺唬人的三尺六。

我和瘋狗都有點怕怕的，小高卻仍端坐不動，笑著對那傢伙說：你舉得動它嗎？你會用嗎？

那傢伙勃然大怒，當真掄起武士刀就想往下砍，但小高特製的飛刀已插在他的手臂上。

其餘幾個嚇得沒命飛跑，帶傷的連那個三尺六都不要了，才轉過身，另一柄飛刀又射上了他的屁股。他還想掙扎，小高已騎上他的肚子，不停的用手肘撞他的臉，他的七竅都冒出血來，鼻子也碎了，小高仍沒休止的意思。

「你想砍人？我叫你一輩子都砍不動！」

我們終於拉開他的時候，那傢伙的臉已經變成一灘爛泥。

那是我第一次見識小高的飛刀，小高不論何時，隨身都帶著四柄刀，怪模怪樣的，刀刃並不長，尾巴是條可笑的橡皮管，警察即使臨檢搜著，也看不出那是傷人的利器，更想不到小高憑著它們橫行江湖，從未栽過跟頭。

自從進入棒球隊之後，他的飛刀也射得更準更狠了，飛刀與棒球在他的命宮裡是相輔相成的一對吉星。

「我有兩個老婆。」小高經常這麼說——當然那時還沒添上美美。我們卻只知道，他的任何一個老婆都足以令人魂飛魄散。

阿鳳沉寂了好幾天，我以為她已打消了尋找小高的決心，哪知她在一個只適合打痲將的下午，又跑來我家。

「不行，我們還是需要他。」阿鳳堅決的望著正與高采烈圍坐在桌子四周的我們。

阿輝打出一張白板，加上很無奈的一嘆。

我乾脆挑明的告訴她，小高已成了傳說中的人物，而在座的瘋狗、阿輝和我也沒有重回棒球場的打算，我們給她的義務協助已到此為止。我話說得很絕，一點都不像我以往的作風，使得瘋狗與阿輝都愣愣的看著我。

阿鳳卻不以為忤，狡詐的閃動眼珠。「『梅河』的四大天王既然已到齊了三個，難道你們不想一雪當年之恥？」

「雪什麼恥？」

「今年乙組聯賽，實力最强的一隊是『樺樹校友』，主力球員便是跟你們同一屆，當年在全國總決賽裡痛宰過你們的『樺樹三劍客』。」

那是我永無止境的夢魘。

三分之二局，觸身一，四壞一，被安打四，全壘打一，責失四……

那好像是永遠打不完的三分之二局。

十八年後的今天，我仍然經常夢見自己滿頭大汗的站在球場中央，五臟好像被人挖去丟進了絞肉機裡，我顫抖的手中握著溼黏的棒球，球兒也在不停的發抖。我好不容易把球投出，但立刻就覺得不對，趕緊把球再抓回來。

觀眾大吼：「賴皮！賴皮！起手無回大丈夫！」對方的打擊者嘲笑的揮動著棒子。

我再投，又發現不對，又把球抓回來；再投，再不對……

往往一覺醒來，渾身臭汗，比連續主投了二十局還累。

當然，我有時也會在夢裡痛罵那場比賽的先發投手——小高。

小高主投前八局，把「樺樹」修理得慘兮兮，總共只被擊出兩支安打，「梅河」已一路三比零領先，看來「梅河」光榮的傳統勢必繼續保持下去。但第九局開始，小高剛解決了一名打者，我們就看見幾個警察走進場來，問了鬼眼幾句話之後，便正對小高走去。

小高仍然連眉毛都沒皺一下，倏忽間，球兒出手，正中一名警察的額頭，打得他如同木板一樣的倒下去。

小高的急速總在一百五十五公里左右，但那一球鐵定打破了所有的世界紀錄。我們只看見白光一閃，場中便多了一條殭屍。

「他媽的，平常怎麼不多投這種球呢？」鬼眼氣急敗壞的叫道。

小高卻沒閒著，彈簧般連蹦帶跳，奔向外野全壘打牆邊，警察們怒吼追趕。

那真是一場偉大精彩，深具歷史意義的球賽。

小高爬不上牆，又奔回內野，沿路還打翻了兩個警察，但最後終究在本壘板前被刺殺出局。警察們七手八腳的把他扛了出去，使他在社會上消失了八年，在球場上消失了一生。

我們後來才知道，小高在一場鬥毆中，用飛刀擺平了三個傢伙，其中一刀正射在一名對手的雙眼之間，就像他的快速直球發出轟雷也似的聲響，猛地鑽進好球帶一般。

小高牢獄生涯的開始，也正是我們的夢魘的開始。鬼眼一聲下令，我戴上手套，走向球場中央，迎接那永遠都投不完的三分之二局。

阿輝和瘋狗都有點失魂落魄的樣子。

「打還是不打？」我可以猜出他們心中的茫然。

「十八年沒摸過球了。」瘋狗呆呆的說。

當年他是最佳三壘手，和阿輝一起入選國家代表隊，遠征阿拉摩。不料練球時竟被球打傷了腳脛骨，從頭到尾無法上場。不過嘛，反正那年鎩羽而歸（最諷刺的是，那也是我們參加阿拉摩世界盃的首度失利），只打了三場便被淘汰出局，所以也沒什麼好怨的。

後來他既沒上大學，也沒打成棒，卻跑去跟幾個朋友做生意，虧得一塌糊塗，退伍後便以開計程車為業，一直開到現在。

「我們還行嗎？」瘋狗遲疑的望著我。

我聳聳肩膀。「問你自己吧。」

阿輝不改冷嘲熱諷的嘴臉，但這回說出的話卻令我們意外：「你懷疑什麼？就算我們十八年沒碰過球，也比『樺樹』的那些雜碎強得多！」

尋找小高的行動加緊進行。

阿鳳興奮得像隻跳蚤，一天到晚蹦東蹦西，甚至去拜訪小高的假釋官，希望能從他那兒打聽出一點消息。

「問他沒用的，他知道什麼屁？只曉得逼迫人家去當線民。」

儘管那段日子觸動阿輝椎心刺骨的痛，但他仍然勉強憶起小高出獄後的一點一滴。

「其實他變得滿多，我不曉得那是什麼，好像一種很奇怪的東西從他心裡長出來，他可能是因為想要抗拒它，所以脾氣才會特別火爆古怪。」

經過回憶的沉澱與反芻而直接溜出喉管的話語，使阿輝自己都愣住了。

「他好像一條蛻皮的蛇，既痛苦，又期待自己變化成衝上雲霄的飛龍。」

經過無數探詢，我們好不容易在違章建築群中找著了小高的老頭。

他一聽見小高的名字便是火冒三丈，差點把我們轟出去。「那個死東西！出獄後，我還以為他多少會變得好一點，老婆也娶了，對不對？誰曉得他惡性不改，把我的退休金輸得精光，從此不見人影。你們若找到他，千萬通知我一聲，我一定要把他的腳打斷！」

「這可好咧！」出來後，瘋狗苦笑著搖頭。「受害者不只我一個！」

我這才搞清楚瘋狗痛恨他的原因。他在高三的時候，帶著瘋狗到處去賭，還唆使瘋狗偷家裡的錢。如果贏了，多半都進到他自己的口袋，輸了則由瘋狗完全承擔。最後把戲拆穿，其實有很多賭局根本就是由他一手主導的騙局。

瘋狗被他老子打得半死，小高卻還講風涼話，笑他太笨。

「總該輪到他自己了吧。」瘋狗幸災樂禍的說，十八年的一口怨氣一口吐盡。

「他倒是真愛賭。」我說。「很少見到他這麼賭性堅强的人。」

一次比賽的九局上半，我們以一分領先，而對方兩人出局，進占滿壘。小高出場救援之前，跟我們打賭：「我只用一個好球把他三振出局。」

小高收下賭注，大步上場，連投三個壞球，第四球是個正中直球，依台灣球員的習慣，打擊者理所當然的不出棒，第五球小高投了個大弧度的壞曲球，吊得打者揮棒落空。

小高在場上向我們擠眼睛，第六球投出，簡直壞得離譜，在本壘板前三公尺處便已落地，但打者早急了，猛力一揮，連棒子帶人轉了個大空轉，撲地跌得蛋蛋滾。

小高下場後對我說：「你一定要把對方當成老鼠，他們都不是人，連你的隊友也不是。整個球場上只有一個東西是活的——投手。」

去過他家之後，我才明白這句話的真正含意。

他家果然沒有一個活的東西——除了他自己。

當然有很多老鼠，正好被他當成練習飛刀的靶子。

那天我們談了很多。他媽媽在他三歲的時候就死掉了，他老子是警察，一個禮拜難得回家一趟，他媽媽病發死在家裡，五天沒人發現。

「哦是吃媽媽的蛆長大的。」小高說這話的時候，臉上第一次有了表情，卻使我不忍卒睹。

他在初三以前一直不會說國語，天知道他上國中是怎麼畢業的，天也不知道他是怎麼樣考上高中的。

「但素呵，哦真高興能上這間學校啦。」

看得出來他真心喜愛棒球，真心喜愛丟東西。

「所有的討厭，一丟呵，全部都給它丟出去。」小高做了個動作，好像把心中的鬱結統統拋開了似的。

但人世間的軌道並非只如投手板到本壘板那麼單純，它總會從另一個方向飛回來，把你打得暈頭轉向。

沒人逃得出這個圈套，就像我們現在一樣。

十七、八歲的球員揮汗如雨，在烈日下苦苦操練，「梅河中學」棒球場景物依舊，恍惚間時光倒流十八年，我們好像又回到那段耗盡了青春體力的無悔歲月。

「他媽的，他們的球衣可漂亮。」瘋狗目瞪口呆的説。「咱們當年都穿從第一屆留下來的破衣服。」

阿輝冷笑不已。「現在他們有錢可以追逐，每一滴汗都能用成本觀念來計算。」

「那我們當初又追逐什麼呢？」我説。

這問題誰也答不出來。感傷也罷。諷刺也好，反正就是這麼回事兒。你別後悔，也別羨慕，如果你夠剛硬，也許會跟小高或阿輝一般，一去不回頭，否則你寧願柔軟一點，即使被人像皮球一樣的踹，卻仍能活得愜意萬分。

「很奇怪，小高的性格看似極剛，但他的球路卻是剛中帶柔。」鬼眼曾經這麼説過。「如果他能真正融合這兩種境界，那一定打遍天下無敵手了。」

但如今，小高又在哪裡？

「你們算是問對人了。」已現老態的鬼眼一見到我們就緊緊握住我們的手，居然有點婆婆媽媽的，回想起從前他帶隊時的狠勁兒，愈發叫人加倍的受不了。

「不曉得怎麼搞的，我最想念你們這一屆，雖然你們是十多年來唯一輸球的一屆。」鬼眼揉著眼睛說。「尤其小高，當年我對他最兇，他也對我最兇，其實我最珍愛他，只沒料到他好像也最尊敬我。」

鬼眼本是我們最後一線渺茫的希望，豈知他竟是小高與世界唯一的聯繫。

「近來幾年，他都住在汐止山上的一個小廟裡刻佛像。」鬼眼惋惜的搖搖頭。「看來他還是適合用刀。人總有自己的選擇，不管是對是錯。」

他又拍了拍我的肩膀。「你也是塊好材料，只可惜好材料老是用不對地方。」

廟後有一尊千手觀音木雕像，刀痕剛勁而流動，每一條衣褶、每一絲表情，都像是一道物體飛行的曲線。

「那個人幾年前來到這裡，就住下來，天天刻木頭。」小廟的住持說。「起先只刻些鳥獸蟲魚，後來就雕起佛像……」

「他人呢？」阿輝不耐煩的問。

「幾個月前離開了，沒人曉得他跑到哪裡去，我們到現在還不知道他姓什麼呢。」

好不容易尋出的唯一線索就此斷絕，現在大概只有神仙才能找得到小高了。

我們垂頭喪氣的往山下拖，忽然我想到了什麼。

「你們先回去。」我轉身走向小廟。

「你幹嘛？」阿輝、瘋狗和阿鳳都狐疑不休。

「叫你們走，你們就走，嚕蘇個卵？」

我行出十幾步遠，還聽見瘋狗在背後嘀咕：「那傢伙近來變得很古怪……」

我回到廟後那間放置千手觀音的小房間，對著佛像仔細打量起來。

在這一個多月通緝小高的過程中，過往時光不斷的在我腦中重現，早已逝去的生命彷彿又回到前面，我檢視它們，不帶一絲情感，在全然靜默的狀態裡，我所瞭解的自己，和很多很多的事情，好像都在重新組合、更新、滋長，對小高的印象尤其變動得厲害。我忽然發現；尋找小高其實就是在尋找我自己。

我在佛像前坐下，凝望著那些恍若行星軌道似的線條。小高的性格，小高的遭遇，小高的掙扎、歷練、痛苦與感悟，好像全部都融合在那些線條裡。他的刀就是他的球，他的球就是他的刀，他的刀痕毫無保留的透露出他投球的祕訣。

我說：「好，小高，我明白你的意思。」我真的覺得他就躲在佛像的背後看著我，督促我去打贏那場十八年前沒打完的球賽。

外面天色漸漸暗下來，佛像發出圓潤柔和的光澤，這大概是小高在世上顯露的最後一種顏色。

我知道從今天開始，我將不再做惡夢；我也已經想好明天碰到阿輝他們，要怎樣回答他們的問題：

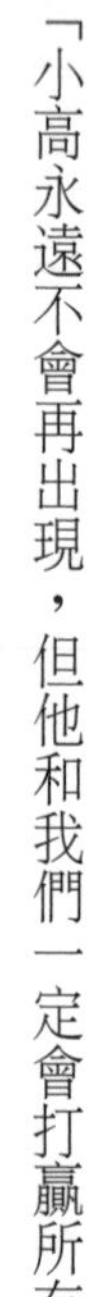
「小高永遠不會再出現，但他和我們一定會打贏所有的球賽。」

——原載一九九三年四～五月《兄弟雜誌》第九～十期，後收入一九九三年食貨出版《上帝的骰子》

主編導讀

名作家張大春曾替郭箏的第一部小說集《好個翹課天》寫〈序〉，說郭箏的小說不管寫什麼，「都是武俠小說」。用這樣的看法來讀〈飛刀通緝令〉，仍然貼切。「飛刀小高」是個絕跡江湖的武林高手，幾位老友為了一場武林大會，必須找他重出江湖。雖然小高始終未現身，但在尋人過程中，我們瞻仰了一個棒球好手／武林高手的風華，也窺伺了他的不堪——小高是球場上的狠腳色，也是現實生活中的失敗者。

這篇小說最迷人之處，無疑是把球技與武功巧妙結合。「飛刀小高」的稱號，很自然就讓人聯想到古龍筆下「例不虛發」的「小李飛刀」。但小說中並無秘笈與神功，小高的球技跟所有金臂投手一樣，都是天賦加上苦練的成果，這又說明了它是一篇「寫實」（相對於奇幻）的小說。

棒球小說的可能性有多大?球迷和小說迷都知道：它還有極大的空間待探索、待開發。〈飛刀通緝令〉結合武俠與棒球，是罕見但成功的嘗試！

殘兵記

金光裕

一九五五年生。建築師，作家。曾獲聯合報小說獎及中山文藝獎。曾擔任《建築Dialogue》雜誌總編輯七年，卸任後用了六年時間寫就歷史俠義小說《七出刀之夢》，獲香港《亞洲雜誌》選為二〇一一年度十大華文小說之一。著有《金字塔上》、《沙堡傳奇》、《浪滔盡・卡通英雄》、《恆河的鼻環》等。

金光裕說：

自幼愛看球賽，會不會懂不懂的運動全收，每天看隨時看可邊做事邊看，這已不是嗜好，而是一種癮、一種病，有如菸槍酒鬼的不能自已。

此病唯一好處，是我寫的棒球小說和我所參與的體育設施絕對沒有荒腔走板的錯誤。棒球故事不是用來反映社會現象，其本身就是個生命的現實。我常見棒球場把牛棚放在看台下，後援投手感受不到現場氣氛，果然提油救火，是不看球的人做的設計。去看看新莊體育館就知道，觀眾一定覺得球員很近，球員的練習區也一定及格，此無他，病入膏肓者，渾身帶著病菌，豈有失誤的空間？

夜幕初籠，附近的大樓開始稀稀落落的亮起燈來，街道上汽車引擎和喇叭的交響陣陣傳來，飄蕩在空曠的棒球場內。球場的夜間燈光已經打開，淅淅瀝瀝的雨，一陣一陣灑在球場上。在這天色將暗未暗的時分，深藍色調正主宰著世界，再多的水銀燈，似乎也揮不去壓到眉邊的抑鬱。溼冷的空氣裡，彷彿摻入了一種朦朧的佐料，任你怎麼看都是模模糊糊的。在天邊困獸猶鬥的那抹餘光，把世界弄得比晚上還要黑暗而無助。看盡了無數次興衰勝敗的綠色記分台，漠然的坐落在三百多呎外的圍牆邊，不帶一絲感情的記錄著這場球賽的狀況：八局下半，無人出局，十五比四，我們天雕隊一敗塗地；我們的隊旗，孤零零的立在休息室外面，垂頭喪氣的任由雨水蹂躪著，卻也沒有人願意出去收一下。

我坐在休息室的最後面，隊友們則橫七豎八的布滿了休息室，爛泥會和著汗臭味，隨著水蒸氣的上升，瀰漫在空氣當中。又有人把鞋子脫了下來，一股難耐的腳氣夾著酒味侵襲過來。我們的經理龔老師，正在偷偷的把酒瓶從身後遞給我們的教練廖老師，兩個人之間還夾著天雕食品企業的小開季先生；小季先生的表情，已經漸漸的恢復了平日的自信，原先在我們恐懼之下的惶恐，也已經被鄙夷的表情所取代了。幾支菸點了起來，一股乾熱的香味暫時壓制了難聞的空氣，但不用多久，又只能堪堪的戰成個平手。

這場比賽雖然沒有打完，可是誰都知道，我們已經輸定了，而且可能還不止輸這麼多。由於小季先生早已宣布了董事會的決定，那就是如果這次盃賽，我們要是打不到前兩名的話，公司便將撤銷支持了；好死不死，偏偏就有三支甲組球隊報名，也就是說，我們休想在冠亞軍賽以前不碰到甲組隊。果然，第三場比賽碰上了，果然我們不是對手。所以，這場比賽一結束，我們便都要失業了，也可能要結束我們的棒球生涯了。

說來也是好笑，我們從少棒打到成棒，真正喜歡打球的時候，恐怕只有少棒和青少棒初期的那兩三年，這以後，打棒球就成了義務、習慣、與衆不同的特徵，和不用念書的工具；到了成棒，又變成了吃飯的手段。根本談不上喜歡不喜歡，打贏了球，好像打了一針興奮劑，自我陶醉的做一番世界冠軍的春秋大夢，打輸了就喝幾頓悶酒，發一發常鋏歸來乎的牢騷。結果都是一樣，每天習慣性的練練球，偷偷懶，有氣無力的和陽光空氣水鬼混一番。直到今天，才突然發現棒球對我們的重要性，有如一群不怎麼孝順、也談不上忤逆的子女，一旦發現了平常有些礙手礙腳的老父老母就要斷氣了，不禁也要燒香念佛，良心發現地說些不存希望的禱告一般。

有人丟了一根菸給我，我把它夾在耳朵後面。我想，怎麼會搞到這步田地的？其實，這場比賽一開始的兆頭很不壞，一局上半，我們先攻，我打第一棒，號稱「急先鋒」符先鏞的我，一上來就靠對方游擊手的失誤上了一壘；接著第二棒，捕手「元寶」楊寶新，打了一支右外野的德克薩斯安打，我一口氣跑上了三壘；第三棒，我們天雕隊的隊長，游擊手「固齡玉」顧明義上場，被四壞球保送。無人出局，滿壘，輪到我們的第四棒，大塊頭中堅手「阿姆斯壯」，他猛揮了一支右外野的三壘安打，又趁著對方選手的疏忽——投捕手在商量的時候，衝回本壘，等於是一支滿壘的場內全壘打，四比〇，絕對的優勢領先。

但是對方馬上讓我們嘗到了甲組球隊的厲害，他們的投手很有效的把自己穩定下來，把下面三棒連續的三振出局。而且，在以後的比賽裡完全的壓制了我們的攻勢，而他們在攻擊的時候，又從容不迫的採取蠶食戰術。第一局下半扳回兩分，第四局一分，第五局兩分，這時候我們已經落後一分了。

六局上半，我們氣急敗壞的反攻，卻只能打出一些不三不四的滾地球。六局下半，我們死守成功，沒有失分。但是七局上半，我們還是上不了壘。然而在七局下半，我們的王牌投手紀仲雄不行了，他出球前那一剎那的眼光被對方看破，連連丟了三分。對方一名球員貪功，在三壘和本壘之間被夾殺，必死的情況之下，竟然給他回了本壘，但顯然偏離跑壘路線太遠，應該是出局的，主審老眼昏花，判得分。紀仲雄大怒，衝過去給了主審一拳，大家鬧了個不可開交，比賽中斷了近半個鐘頭。觀眾席上可以羅雀的幾十個觀眾，也不知道是在聲援，抑或是聲討我們，情緒激昂的亂吼了一陣，結果是改變原則，得分不算，但紀仲雄要被罰下場。對方表示不滿，認為裁判沒有權威，我們也不甘示弱，强詞奪理的要求讓紀仲雄繼續打，正要準備借題發揮的時候，我們的小季先生竟然扯我們的後腿，把我們叫回到休息室前。

他原本瘦高的身材，由於站在休息室出口的水泥塊上，便更顯得高人一等了。他用雙手由腿間叉開了筆挺的西裝，透過那副黑絲框眼鏡，斜眼睨著我們，一面吹著那撮發育不良的八字鬍，趾高氣揚的說：

「不用打了，你們是什麼球隊嘛?!簡直都把公司的臉丟盡了。解散，你們現在就給我解散！我們公司每年出一百多萬，不是要請你們這些無賴、酒鬼來丟人現眼的……」

在他的話還沒更加不堪入耳的時候，固齡玉已經無聲無息的走到他的面前，一舉手，把小季先生的整個身子戳進了休息室，把那套待會兒也許要上夜總會的時髦西裝，沾上了半個褲管的爛泥，固齡玉指著他的鼻子說：

「我告訴你，這場比賽我們打定了，你也看定了，你敢再廢話一句，還是敢離開一步，就嘗嘗我們的拳頭和棒子。」

小季先生自然也不肯讓步，陰森著臉說：

「好！大家走著瞧，我會告你們妨礙自由的，一個都跑不掉。」

但也許是想到了拳頭和棒子打在身上是會痛的，他只好乖乖的坐下來。龔老師和廖老師還不甘心，像是看犯人一樣，一人一邊把小季先生夾住，用一身的汗臭和酒氣來凌辱他。

老虎不發威，給人當病貓。主審也體會到這一點，於是向對方球隊提出警告：再不出來比賽，就要判棄權了。對方球隊只好搖著頭出來。我們推出第二號投手，擅長側投的何文章。何文章的曲球弧度很大，可是球速慢，其實從青棒後，他就沒有打過什麼好球了，但是對方的球員，不論好球壞球，球來了就胡亂掄上幾棒，連連三振下去。這局比賽，也就在這種消極的抗議之下，我們沒有再失分，比數八比四。

八局上半，我們還是欲振乏力。八局下，何文章果然罩不住，球被打得滿場飛，我們的守備也不爭氣，接到了又掉出來的有之，摔了跤不撿球的有之，暴傳、選擇錯誤，不一而足，對方還沒人出局，就一口氣鯨吞了七分。還有一個跑者在三壘蠢蠢欲動，幸虧一場及時雨，球賽暫停，但二十分鐘過去了，我們一點對策也沒有，只像在等死，還有人說：

「下吧！下吧！下到不能打最好！」

我們實在不夠格，我不得不承認了。現在想想，我們初組球隊時候的「目標」——其實不如說是夢想吧——一年內打進甲組，兩年內開始名列前茅，三年內打全國冠軍，向世界盃進軍，洛杉磯奧運會沒有棒球賽就罷了，有的話自然也要拿一塊金牌回來……，真是痴人說夢話，就看看我們的燕瘦環肥，怎麼會有這種夢想呢？再看看我們的生活習慣，抽菸、喝酒、熬夜打牌、看武俠，哪能有什麼好體能、好鬥志？再看看我們打起球來，領先了就得意囂張，小人得志；一落後就氣急敗壞，摔球棒摔頭盔摔手套，無所不用其極。再想想我們的合作，有幾個人就有幾個意見，打了好球都是自己的功勞，有了錯誤都是別人配合不當，我們真是憑什麼跟人家打呢？

再看看我們的龔老師、廖老師，各自挺了個大肚子，滿臉橫肉的坐在那裡，兩個人還不厭其煩的繼續掩耳盜鈴的遊戲，廖老師又把酒瓶從身後遞給龔老師，龔老師大概是有些醉了，空抓了好幾下才摸到。唉！若不是我們從小給他們教到現在，我會以為他們這副德行是什麼？不折不扣的無賴、酒鬼、賭棍！他們兩個，碰到了初認識的人就是只有一個話題：

「你有記得沒記得，有一年巨人隊輸給一個小球隊？那就是我們兩個弄倒的……」

其實，他們有什麼資格為人師表呢？就算不講品德、人格、學問，單看棒球素養，他們懂什麼呢？十年來就是那一套，而且，比賽不到緊要關頭則已，一到了寸土必爭的階段，他們就馬上發明一套輸球唯恐不及的辦法，而且是百試不爽，知過必不改。看來，好萊塢的電影都是胡說八道，一群無賴漢湊成的雜牌軍，加一點袍澤愛的酵素，就可以化腐朽為神奇，把德國大軍打得落花流水，這種事，在我們這群人身上是休想了。

再看看我們的贊助人，小季先生，我不知道他當初為什麼想要成立球隊，是想減稅？還是想做廣告？大概都有吧，或許，也有那麼點推展體育的使命感吧。他常常向我們說美國的職業籃球怎樣，職業棒球怎樣，大概也有那麼點妄想狂，以為我們的球隊也會發展到那種程度。一年半前，組織球隊的時候，他是怎麼說的？

「我要向公司爭取，每年兩百萬的經費支持球隊……沒錯！兩百萬……」

「我會在公司裡替你們安插好職位……讓你們學習一種技術……，宿舍！專車！絕對沒問題！……不論戰績，支持到底……。」

後來呢？大部分的人，每天都要在工廠做六個小時的苦工，我和阿姆斯壯在公司，可也好不了哪去。阿姆斯壯有如茶房，辦公室裡送公文、倒茶、掃地粗活，都是他縮著身子，唯恐虎背熊腰會妨礙到別人似的，忙上忙下，還要被那些塗紅抹綠的女職員呼來喚去，取笑消遣。我則獨享一部寬敞的送貨電梯，上至頂樓，下至地下室，成天在那股機油、鐵鏽、霉味、死老鼠味揉雜的氣息裡搬這搬那。還有些隊友，因為在上班時間喝酒、賭錢、睡覺，或在倉庫裡抽菸，而被停職、扣薪，甚至開除的；空下的名額，補進來了一些不會打球卻很會做工的廢料。我們的專車也被取消，連摩托車油錢都申請不到，宿舍越換越小，球具的添置永遠趕不上報銷的速度，打壞了球還要自己縫……，直到現在，終於要解散了。

雨勢漸小，裁判已經出來檢視場地了，對方的投捕手也已經出來練習，固齡玉也叫何文章出去。何文章不甘願的丟掉了半截香菸，抓了手套出去，往椅子上狠狠的拍了一下，龔老師和廖老師這才發現我在後面，我正眼也不瞧他們一下，大踏步的走出去，天色已經全暗了，水銀燈透過霧氣，把場地照得白濛濛的，我猛力的吸了兩口空氣，看見何文章垂著頭站在一邊，捕手元寶還在找他的手套，我對何文章叫道：

「喂！我們來練投。」他驚愕的望著我，我感到一股不可遏止的怒氣：

「快啊！」

我有沒有弄錯？他哭起來了！固齡玉也和我一樣驚訝，我們向他走過去，他哭得更是稀里糊塗：

「我不要投了……我球速太慢了……一局就丟了七分……我對不起你們……」

「不要哭，不要哭。」

又跑來了好幾個人，我被他哭得心慌意亂，只好把帽子捏成一團：

「你要給別人看笑話嗎？」

「你不要罵他了。」捕手元寶對我說。

「我又沒在罵他。」我瞪了元寶一眼：

「我講話就是這個樣子，你又不是不知道！」

「你們不要再講了。」我們的三壘手陳長達插進來說：

「文章，你不要難過，姿勢改正一下，好好練一陣，球速是可以加快的，你的變化球投得很好……」

「你不要這樣婆婆媽媽的好不好？」我沒好氣的對陳長達說：

「球隊都要解散了，還談什麼練不練的？現在的問題，就是怎樣把這場比賽打完！」

何文章還是哭得沒完沒了，若不是還要他投球，我真恨不得揍他一頓。這也要怪小季先生，把我們另外兩個投手給開除了，補進來一個沒打過棒球的體操選手，根本就派不上用場。否則，怎麼會有這麼尷尬的局面呢？

「我想，」陳長達說：

「文章這個樣子是不能投了……」

「他不投誰投啊？阿雄已經不能上了。」

「嘻！天雕隊，準備開始。」裁判跑過來通知，我們點點頭。

「我想讓鍾建國上來投。」

「鍾建國？」

大家都叫了起來，鍾建國，就是那個體操選手。

「他只會快速直球，不行的。」捕手元寶說。

「這是暫時的……」

「你們還不上場，在這裡幹什麼？」

龔老師衝了過來，廖老師仍然和他的酒瓶看守著小季先生。

「就是因為他的直球快，」陳長達有條不紊的繼續說：

「所以我想叫他上來，保送兩人，然後……」

「還保送？」龔老師擠開了陳長達，霸住了中心位置：

「這場比賽已經完了，你們現在是一點防禦能力也沒有，上壘幾個人就會丟幾分，還保送什麼？我跟你們說，你們振作精神，奮戰到底，懂不懂？輸多少都是輸，怕什麼？何文章，你給我站好，站好！男子漢大丈夫，哭什麼？死沒出息，你給我回去投，輸一百分也要投，陳長達，你不要廢話……」

「嗐！天雕隊，開始！」

主審剛才被紀正雄揍了一拳，餘悸猶存，向我們走了幾步就停住了。觀眾席上僅有的十幾個觀衆也鼓譟起來，對方的球員莫明所以望著我們。

「好，快點，回去比賽，輸就輸，不准給我丟臉。」

「我覺得陳長達的話有點名堂。」

我正要走向守備位置的時候，聽到固齡玉說。

「少廢話，」龔老師說：

「你們要幹什麼?丟人丟得還不夠，還要起內訌嗎?」

「我想至少讓陳長達把話講完。」固齡玉堅持的說。

「顧明義，你們不要以為你們長大了，老師就不能修理你們。」龔老師說著捲起袖子來。

「我們尊重你，可是你別太過分。」

「老子現在就修理你。」

「龔老師，」阿姆斯壯站在固齡玉身邊說：

「你太累了，回去休息吧。」龔老師就要衝上來，但被捕手元寶一把抱住。

「喂!幹什麼?鬧革命啊?」對方球員叫起來：

「先打完球再幹好不好?不然你們先買飯給我們吃。」

龔老師在元寶的兩隻胖手裡扭動了幾下，臉孔漲成了豬肝色；固齡玉和阿姆斯壯仍然不讓步。龔老師狠狠的瞪了我們一眼，推開元寶，轉身回到休息室去了。

「陳長達，快說。」

「嗐!天雕隊，再不開始就要判你們棄權了。」主審終於鼓起勇氣，走過來說。

「好，馬上開始。」固齡玉說：

「裁判，我們換投手。」

裁判有些吃驚的猶豫一下，才意會過來：

「可以，請換！」

固齡玉對鍾建國招了招手，鍾建國趕緊跑過來。

「然後怎樣？」

「他們滿壘以後，我們再換投手，在他們不能適應新球路的時候守住。」陳長達說。

「構想很好，」我冷冷的說：

「可是換誰啊？」

「換你。」陳長達說。

「我?!」不只我吃了一驚。

「你是左手的，你平常練的那手高低球，正好和鍾建國的球路相反……」

「少來！」我叫道。

「我從青棒開始就沒當過投手了，我是練著玩的。」

「鍾建國、元寶，先去練球，」固齡玉當機立斷的說：

「何文章下去休息；急先鋒，你和我對投，快！」

「開什麼玩笑？」我說。

「快！爭取時間，聽我一次，好不好？」

這時候我能說什麼?!

我還是沒有完全想起高低球的訣竅的時候，比賽就開始了。下一場要比賽的兩支甲組隊，也已經在場邊看我們耍寶了，觀衆席上，也多了幾十個趕來看下場比賽的人。

鍾建國果然連投了八壞球，把對方第四、第五兩支强棒保送上了壘；捕手元寶起身對主審講了兩句，主審無可奈何的點頭。我要上場了，天啊！

我投完了練習球，陳長達在旁邊對我眨眼睛，真討厭！你不知道我在發抖麼？

「急先鋒，」固齡玉叫我。我回頭看到他露出了兩排牙齒：

「假裝，假裝你是道奇隊的費南雷拉，要給洋基隊一點好看。」

這是什麼意思？

元寶對我打了一個投壞球的姿勢，我感到不耐煩，肚子裡餓得發慌，我猛投了一只直球，差點打到了打擊者的大腿。

「嘩！不進壘，不進壘！」對方球員夾雜著國台語，和日本英語叫道：

「進壘就轟母掄（homerun，全壘打之意）。」

哼！你們就試試看。你們越叫，我就越慢慢來；我牽制一壘，再牽制，第三次，二三壘也得照顧照顧。

「我不敢投麼？」

我投給你看！

「噫！」

裁判高舉右手，哈哈！高低球，見識到了吧？

我再投，沒進壘的直球，一好兩壞。

我再把拇指、食指，扣住了球的下半部，準備再給他一個高低球的時候，突然瞥見紀正雄跑出了休息室，對我平攤著左手，這是我平常打給他的暗號，什麼？三壘跑者離壘太遠麼？好！

我做了一個很大的牽制動作，向一壘手的鍾建國砸過去，他嚇了一大跳，一壘跑者很快的滑了回去，我一個轉身，快傳三壘，好小子！果然上當，他以為我真的傳出去了，連重心都已偏離三壘。陳長達拿球追他，他向本壘衝，球回本壘，他又折向三壘跑，我跑到本壘補位，他果然又折回來。叫你死在我手裡，還撲壘，嘩！我被他撞得四腳朝天，但我趕緊爬起來，裁判跟著我高舉右手。一出局了，二三壘有人。

「別得意，下面給你好看。」在本壘旁邊拿著球棒的傢伙對我說。我對他笑笑。我回到投手板，元寶打給我保送他的暗號，可以！

又滿壘了，我回頭看看固齡玉，他又露出牙齒對我笑，陳長達鎮定如常，鍾建國蹲在一壘邊賊頭賊腦，其他的球員也都走動起來，中堅手阿姆斯壯跳了跳，腳底飛起了幾塊泥濘。

我給了一個高低球以後，又連投了兩個快球，一好兩壞，他的眼睛裡露出了一絲精光，他已經發現，我只用高低球投好球了。嘿嘿！費南雷拉也沒有這等詭計。我看他好整以暇的樣子，我給他一記中間的快速直球，可是好球哩！他打了，未中球心，球高彈起來，固齡玉衝上來接到，直傳本壘，好球！兩出局了，還是滿壘。

觀眾裡有人鼓掌了。對方輪到第八棒，弱棒，先吊一球，一壞，別急！高低球來也！沒揮，壞球?!混帳主審！這怎麼是壞球？元寶叫我別急，我牽制一壘，差點鍾建國沒接到，球回來，我投了！高低球，糟糕！暴投，還好被元寶擋下來，三壞，滿壘。

「再牽制也沒用啦！」

「轟母掄吶！」

我又牽制了兩次。

「出球啊！」

我望望休息室，龔老師廖老師不再夾著小季先生，而和沒有上場的隊友站了出來，小季先生也站了出來。

元寶再喊暫停，內野手開會，連阿姆斯壯都從外野跑回來。

「不要怕，給他打。」

「已經投得很好啦……」

「這兩下就很夠面子了……」

我點點頭，他們跑開了，是啊，比起剛才，我已經夠盡職了呀！給他們得幾分又如何呢？但是我一踏上投手板，就無法再釋然了，是誰說過的呢？

「在投手板上的人是最寂寞的。」

我不能讓他們得分！

「哐！」好清脆的聲音，他把我的一只內角直球打成了界外全壘打，觀眾又歡呼，又是好惋惜。

「沒關係，沒關係！」

固齡玉的聲音是勉强而酸澀的，沒有人不在乎吧？

牽制已經失去意義，因為三個跑者都不離壘了，打者老虎生風的搖著棒子，我的高低球已經沒有把握，只有投直球了，他揮了——

「哐！」

球直飛中外野，把我的眼淚都打了出來，我看到阿姆斯壯跑的樣子，就已經不抱希望了，漫天細雨裡，我根本找不到球的軌跡，阿姆斯壯碩大的身軀飛躍起來，一個觔斗栽下來，在積水的外野草地綻出一大片的水花來，他還不能停止，在地上滾了兩滾，他高舉手套什麼，我沒弄錯麼？等到他把球從手套拿出來，裁判才舉起手來，表示出局，觀衆們大聲喝起采來，阿姆斯壯撿起帽子，滿身泥濘的跑回來。鍾建國竟然又蹦又跳的向他跑去。

「鍾建國！回來！」固齡玉叫他。他愣了一下，不明所以的樣子，但是隨即在大家鎮靜的眼光之中，有模有樣的小跑步回來了。

大家面對面，卻什麼也沒說，觀衆席上卻出現了自動的啦啦隊。零星的聲音，又漸漸的匯成了有組織的運動。

「天雕隊，加油！天雕隊，加油！」

還有一位唯恐天下不亂的傢伙，把我們的隊旗借了上去，觀衆也跟著他的揮動叫起來，我們輪到第八棒，三壘手陳長達打擊，他站在打擊區旁邊，聚精會神的觀察對方投手的球路。說也奇怪，和他同隊了十年，竟然從沒有留意，他是這麼樣一個人，從少棒開始，他都只是副將，體型也一直屬於中下，可是他從沒有放棄棒球的念頭，直到青棒末期，他才因為防守好，終於當上了正選的三壘手。

他一上去就連吃了兩個好球，他退出打擊區，沉思了一下，再等了一個壞球，他出棒，球落游擊區，在一壘前被封殺，觀衆席上的加油聲頓時空洞了下來。

下面是第九棒，鍾建國上了，我看他的表情，就知道他要被三振了，這是一個天大的悲劇，也是最無可奈何的事。我們最後的一場比賽，最後一個打者，就是我，急先鋒符先鏞。

果然，兩好一壞，鍾建國掄空了兩次，陳長達又跑到我身邊，對鍾建國做了一個分段挑球的揮棒姿勢，對我說：

「沒有錯，是這麼打，固齡玉和阿姆斯壯也同意。」

「哐！」

好清脆的一聲，打出去了，球飛到全壘打牆邊，但是個界外球，鍾建國已經沒命的跑到一壘去了，又回來重打，觀衆們不大確定的鼓掌了幾下。

對方的投手很有經驗的配了一只慢速墜球，鍾建國出棒太快太猛，掄空以後一個踉蹌，又跟剛站起身的捕手撞了一下，頓時坐在地上。觀衆們帶了「我早知道他不行」的意味笑了起來。

「都靠你了。」陳長達對我說。真是一個奇怪的人，不累嗎？

我在一好一壞以後照他的辦法出棒——

「哐！」

好球，觀衆也猛叫好，我撒腿就跑，我隱約的看到球直往右外野飛，至少是二壘打！我衝向一壘，卻聽到一陣嘆息聲，接著是更大的叫好聲；我抬頭，看見對方的右外野手緊握著手套，在外野草地上滑行了好遠，被他接到了，我們的棒球生涯，也這樣結束了。

與對方握手，向觀衆致意以後，我們回到休息室，紀仲雄卻從記錄台跑回來。

「你去哪裡？」

「我去向主審道歉。」

大家沉默了一陣。

「還道什麼歉？」有人喃喃的說：

「以後又不會打球了……」

大家又沉默了，下一場比賽的球隊，已經進駐了休息室，我們只有把東西搬出來，攤坐了一地，大家似乎都不願開始收拾。

「小季先生，」固齡玉過去對他說：

「你如果要走的話，我們不會再攔你了。」

小季先生似乎要維持自己的尊嚴似的點點頭，固齡玉又說：

「如果你要告我們妨礙自由，告我一個人就好了，不要把每個人都牽連進去。」

小季先生眼睛盯著地面，今天這件事，可能是他有生以來最大的屈辱了吧，他想了一會兒，抬起頭望望我們，還是用他那副吊兒郎當的神情，誇張的聲調說：

「是我自己要留下來看球的，你們打了一場好球，我要代表天雕食品企業謝謝你們。」

我有沒有弄錯？這是小季先生？我從沒想到，他會是這麼能收能放的人物。

「我從沒想到，你們可以打得這麼好。」

小季先生用演講的語調，拖長著某些轉折的聲音說：

「不愉快的事情，我們就不要談了；我也很抱歉，沒有能夠維持這支球隊的生命，我必須很慚愧的承認，在董事會投票，是否要解散這支球隊的時候，我也沒有投反對票……，公司的財務，也真的是有困難，而董事會對球隊，也一直印象不佳，對一些不愉快的事，又一再提起……」

「小季先生，」阿姆斯壯說：

「我不會講話，可是你自己說過，不愉快的事，我們不要談了，我們不是什麼好球員，練球不認真，工作又不勤勞，還常常喝酒、鬧事、賭錢、打架，所以，你們支持了一年半，已經是很難得了。但是，我希望，你們以後，如果還有養球隊的意思，一定不能希望，錢拿出來就要有成績，還應該出精神、出頭腦；困難一定是很多的，需要我們大家來解決。你們出的是錢，我們出的，是我們的青春，這兩樣都是我們應該愛惜的資源，所以我們應該同心協力，把這些資源好好利用，對不對？」

「好球！」我們不禁用口頭禪喝采起來。

小季先生連連點頭，說：

「對，對，對，我實在很慚愧，這樣吧！我請諸位吃晚飯，大家好聚好散……」

「我想不用了，小季先生，」固齡玉說：

「我們髒得要命，也不適合去餐廳臭別人，這些球具，我們會繳到公司的。」

「不用不用，」小季先生連忙說：

「這點主我還做得了，諸位就把這些球衣球具當作紀念品吧。至於吃飯的事，既然今天不方便，那就改天吧。日後，諸位要是有什麼困難，務必請來找我，只要我小季幫得上忙，一定義不容辭，那麼，我現在就告辭了。」

「好的，好的。」

我們目送他離開，他又恢復了筆挺的姿勢，從容的由記錄台出去了，在他的背影消失的時候，我突然有一股叫住他的衝動，我感到一陣鼻酸，恨不得真能扯下臉來，哀求他挽回球隊。

「這小子，」元寶說：

「就會講場面話，剛才要不是阿姆斯壯打斷他，他還有很多好像客氣，其實是要罵我們的話要說咧。」

「就是！」

若是換了平常，大概每個人都要罵上幾個鐘頭才甘心，但是現在，似乎一切都是白費力氣罷了。

「集合。」

固齡玉突然宣布，大家這才像想起了什麼似的，連忙排成兩列，在固齡玉指揮之下向龔老師廖老師敬禮，龔老師仍然怒氣未消，背過身去說：

「免啦，免啦！」

「請老師對今天的比賽講評。」

「免啦！」龔老師狠狠的甩了甩手：

「你們眼裡早就沒有我們老師了。」

廖老師拉了拉他，說：

「不用生氣啦，一切都過去了，何必還跟他們過不去呢？」

龔老師忿怨的眼光漸漸渙散了，只是仍然凝視著遠方，不肯別過頭來。廖老師又對我們說：

「你們不把老師放在眼裡，也不能怪你們。」

「老師，請不要這樣說。」

固齡玉真是個能夠控制情緒的人，我在緘默的情況下，都已經噙著淚水了。

「我不是在講氣話，」廖老師說：

「這麼多年來，我們實在沒有教你們什麼；抓住你們，就像抓住一個鐵飯碗，但是，我們當時也只有三十多歲，一混就到了四十多了，一個人最重要的時光，就這樣耗掉了。」

「老師，我們也是一樣。」紀仲雄說：

「小時候打球，可以不用念書，長大了可以混飯吃，我們根本沒有付出代價去苦練。現在二十多歲了，一點其他的本領也沒有。」

「唉！」龔老師的表情已經鬆弛了，說：

「你們以後要怎麼辦呢？」

這是多麼難堪而熟悉的問題，其實，我們每個人都隱隱約約的知道，這是遲早要面對的問題，而我們是一次又一次的逃避掉了，現在終於走到了絕地，「再回頭，已百年身」，我不能思議，為什麼會鬼混這麼久，怎麼會把青春當兒戲，毫不吝惜的就揮霍掉了？

下一場球賽已經開始，兩隊受了我們最後奮戰的影響，一開始就高潮迭起，散落在觀衆席上的幾百位觀衆，發出了好幾千人的吶喊。

「我還要打球，」陳長達說，大家都疑惑的望著他，他微笑著說：

「我要去毛遂自薦，一直到有球隊要我為止，等到打不動了，就去做教練，我會想盡辦法，賺錢養球隊，養不起成棒，養少棒，打不起硬式球，打軟式，總之，我絕不放棄棒球。」

「我也要，我也要。」鍾建國附和著。

我不禁把頭垂下來，陳長達真是一個隨時都在進步的人，他實在不應該在我們隊裡。

「可以打，可以打，」元寶的眼睛閃爍著興奮說：「發明打跑戰術的美國職業名將米勒，身高只有一六三，我們誰比他矮呢？」

「我也要打。」阿姆斯壯和固齡玉一起說。

觀眾又起了一陣歡呼，是一支全壘打，一種奇怪的情緒在心裡鑽動，我想起我們打過的，和被人家打出的全壘打，我脫口而出：

「我不打。」

這也引起了一陣驚愕，我想了一會兒，說：

「我覺得，我沒有辦法對棒球付出那麼多的心力。我想去做事，但是，棒球已經是我生命的一部分，我還會回來，當作興趣，打著玩玩；我也可以出錢，支持球隊，出不了大錢出小錢，小錢都出不了，可以出點力氣，出精神，出頭腦，是不是？對了！為什麼不這樣？我們裡面，不打球的，出去闖；決定要打的，拚命練，有錢的供應沒錢的，有辦法的幫沒有辦法的。我們不一定要很有錢，只要可以養我們的球隊。有錢人不知道怎麼培養球員，可是我們知道……」

「對，對。」

大家鄭重的點頭，但我們的聲音，隨即淹沒在觀眾們揚起的叫好聲中。大家紛紛拿起自己的東西，在阿姆斯壯擎著的旗子後面，魚貫朝出口走去，沒有觀眾留意到我們離去，球賽正打得如火如荼。球場，是一個扇形的舞台，多少的年輕人，在這裡粉墨登場，在這裡投下他們的青春、體力、智力，上場時，一群由四面八方趕來，素昧平生的觀眾向他們歡呼、吶喊、咒罵。成名的，被當作偶像、英雄、茶餘飯後的談笑資料。不成名的，如我們，就徹底的從他們的腦海裡消失，我不禁啞然失笑，我們的社會，還沒有到達一個真正熱愛運動，懂得享受健康美的階段，無論是運動員、訓練人員、行政人員、球迷，都還不能把運動當成情緒與力量的疏導，反而大多當成了不正常情緒的發洩工具了。但是，我們不能怪任何人，對不對？看看我們自己，進步是多麼的慢啊！我們走出空洞的大廳，暴露在台北市的街道之上，大家湊錢準備吃頓飯，固齡玉說：「找個麵攤，喝點生啤酒，替我們的球隊取個名字。」

於是我們又歡呼起來。

——原載一九八三年聯合報社出版《小說潮：聯合報第七屆小說獎得獎作品集》

主編導讀

金光裕的〈殘兵記〉寫於一九八二年，是第七屆「聯合報小說獎」入選之作（當屆不分名次，入選五篇一同獲獎）。如果棒球小說也有「本格派」的話，我願意以〈殘兵記〉為標準範本。它扎扎實實地寫出一場高潮迭起的「紙上球賽」，讀者跟著球賽的起伏而心情起伏，有球技，也有戰術，既示範了棒球專業，也展現了小說技巧。

尤其難能可貴的是它寫出了球員的熱血（不難想像作者本人對棒球有高度的熱愛！），讀者若讀這篇而感動，那樣的感動想必等同於球迷看到一場好球！

無可諱言，這是一篇「前中華職棒」的作品，篇中情節已不符台灣棒球現狀，但看到篇末主人翁說：

棒球已經是我生命的一部分，我還會回來，當作興趣，打著玩玩；我也可以出錢，支持球隊，出不了大錢出小錢，小錢都出不了，可以出點力氣，出精神，出頭腦，是不是？

如果是個棒球迷，就不會取笑他的癡傻，反而會理解：原來，每一代的棒球狂對棒球的熱愛都是一樣的！

七月

林宜澐

一九五六年生，台灣花蓮人。政大哲學系學士，輔大哲研所碩士。現為東華大學兼任副教授。著有小說集《人人愛讀喜劇》、《藍色玫瑰》、《惡魚》、《海嘯》、《耳朵游泳》等，散文集《夏日鋼琴》等。

林宜澐說：

棒球的精華都在「瞬間」：瞬間脫離投手指尖的速球、瞬間揮舞的球棒、瞬間躍出攔球的身影、瞬間被刺殺的盜壘者、瞬間結束比賽的三振……。而在這些「瞬間」尚未來臨前，有更多的時間，大家都只能安靜地等待、觀察、思索、祈禱。這種在動與靜之間的巨大落差，使得這項運動帶有強烈的浪漫風格。它之所以讓人痴迷，或許原因即是在此。

四歲時，爸把一個鍋蓋般大小的黑影壓到我眼前，我迅速閉緊眼睛，在霉枯的氣味裡像隻小猴子那樣蹲下來叫媽。媽在廚房，她正要把一塊豬肉剁得碎爛，摻點醬油後拿到鍋子裡蒸。爸才從大門進來不久，他白色汗衫上沾了不少泥垢，抖動的笑聲裡帶著汗臭。我想他是個巨人，可以輕易地搬動一塊大黑影壓得我無法動彈。

三年後我才知道那塊黑影其實是個棒球手套。那時候我和哥在花崗山球場看爸的業餘球隊和日本撒隆巴斯女子棒球隊交手。那球賽滿滑稽的。爸和他的朋友個個都有比月亮還渾圓的肚腹，而撒隆巴斯這些女人則人人隨身攜帶一片白色藥膏，在有人把頭衝上壘包或不慎扭傷筋骨而痛得哇哇大叫時，她們立刻一擁而上要幫人家貼一片她們公司的奇妙產品。球場的播音員看見了便用日語說謝謝。啊！謝謝美麗的服務小姐哪！這時候四周會有陣哄笑，笑聲像雲一樣地柔軟舒服。那天是有陽光的，在有陽光的下午三四點鐘的花崗山球場，一隻狗的影子可拖得比兩根球棒還長。沒多久，那位女一壘手便帶著棒球手套和一身女人味道像龍捲風那樣滾到我眼前。她那時努力要接住一個從遠方飛奔而來的牽制球，卻在倒退幾步後一個踉蹌將手套壓在我臉上。至今我還能準確地描述那塊黑影的大小、她嬌細的驚呼聲，和隨後壓在我身上的那種體溫。

我跟媽媽說這是棒球。一種充滿了歡樂、詭計、失誤和意外的競技。那是星期三。前兩個禮拜的星期三晚上。我和媽在客廳看爸生前拍的Ｖ８錄影帶。他退休後用這東西拍了許多奇怪好笑的畫面：三個模糊的大鼻子、幾隻失魂落魄的野狗、阿智換尿布、一排光禿禿的旗杆、出殯隊伍中打呵欠的喇叭手和嚼檳榔的道士、溝仔尾倚門候客的娘兒們、東警部營區旁邊那一整道乾燥無趣的水泥牆，和一大堆他帶著便當到各地棒球場記錄下來的球賽精華。

那是一個高飛球。爸的鏡頭急急忙忙跟著小白球拉高，可是球卻不見了，只幾朵白雲在藍天裡説哈囉。爸放棄找球，他把鏡頭跳到本壘，剛剛那人打了全壘打，他把兩腳在壘包上像踩鹹菜脯那樣興奮地踩了幾次。爸的鏡頭有點抖，他正跟著人家一起樂。

你爸喜歡看球飛得高高的。媽說。這我知道。種種證據顯示他一點都不喜歡球在內野裡跑來跑去。哥六年級時打縣聯賽冠軍戰，爸帶我坐了兩個鐘頭車子到玉里督陣，他跟教練熟得很，教練讓他在賽前跟球員訓話。爸隨手從地上撿起一根球棒：「看好！這樣抓，一截、兩截，打了就放，這樣——」他把揮出去的球棒指向遠遠的天邊，「球就會像那兩隻小鳥那樣飛。」我發現哥在隊伍裡笑，他是爸的知己，爸那一套戰術他背得比書本還熟。

贏了沒？我這時按住阿娟的手，她問我贏了沒？哥那場縣聯賽的冠亞軍決戰贏了沒？我在全場突然冒起來的驚呼聲中說輸了，輸了輸了！阿娟沒聽見，這時一個球從本壘往中外野飛，弧度太大，沒什麼希望。我告訴阿娟不要激動，歷史上有太多的高飛球都跟狗放屁一樣地到頭來沒消沒息。在妳嫁我之前這種事就已經多得不勝枚舉了。

阿娟嫁我之後才看棒球。棒球在我的記憶中起碼占了兩個倉庫。我結婚那天晚上被灌得像隻醉貓後告訴她。我小學三年級時最崇拜的英雄便是我們明義國小棒球隊的當家投手阿比仔，我想他比金龍魔手陳智源還厲害，他的球可以震得你從掌心痲到尾椎。他的球可以在空氣中畫出一道拐彎的S，還發出呼呼的怒吼聲。

但那場縣聯賽的冠軍決戰還是輸了。阿娟，我指著那在離觀衆還有五公尺遠就被抓下來的球説：「哥在那場球賽裡總共打了三次這種叫人哭不出來的高飛球，信不信？爸惱得把他腳四周跺出一個六尺四方的大坑洞。」那晚吃過飯後，他抓了一把日本木劍當球棒，在哥前面示範了二十分鐘。你應該這樣的，抓中心點，盯住，左腳跨出去，扭腰，放手……應該這樣的。

「躺到床上還説夢話。」媽説，她還記得那事情。我哥這一輩子的棒球校隊生涯就那次和冠軍離得最近，卻在我爸睜得圓滾滾的眼珠子前面搞丟了。我告訴阿娟，那比丟掉大陸還痛苦。她搞不清楚這裡頭的奧妙。她不知道這世界上會讓一個男人興奮的地方除了戰場、床和立法院之外，便是球場了。媽懂嗎？媽只知道當爸説夢話時把他鼻子捏緊五秒鐘便可以將他拉回現實。

媽還記得那場縣聯賽冠軍戰，但她記不得我四歲時被爸的棒球手套黑影壓在臉上，以及三年後一個撒隆巴斯女球員用同樣的黑影和她的身體壓得我動彈不得的事。其實這事情對我滿重要的，我日後對生活的概念多少受到那黑影以及從其中散發出的氣味的影響，我甚至從那個角度理解父親和我身體之外的一個龐大的現實。那是一種力量，一種速度，一種使你不得不跟著走的魔力。

棒球的魔力。

我這時把阿娟倒到我手上的蝦味先一把塞進嘴裡，像隻豬那樣地大口咀嚼，讓碎屑跟芝麻糊一樣黏在我的牙齒上。九局下半，二比一，一、三壘有人，兩好一壞兩出局，再幹掉一個就贏。左撇子投手啐了一記口水在地上。我想那是個神祕的暗號。我告訴阿娟。妳看！多麼奇妙的畫面！那個矮壯的捕手蹲在那裡像什麼？像個水缸？像隻青蛙；像隻鼓脹著肚子一口便要吞噬三隻蚊子的青蛙？而各壘前分別站著一個彎腰垂臂準備像豹那樣衝出去抓球的內野手，外野地帶則有三個心懷鬼胎不停地猜測風向和球速的男子。我說阿娟這可真是大車拚，人人想當上帝，人人都要在這樣一個凝止的片刻裡把時間抓在自己掌上，像算計一隻洞裡的老鼠那樣掌握敵人的死活。可人人都不是上帝，在這節骨眼隨時闖進來的一個魔鬼或天使，都會讓人發覺自己其實卑微得像隻小昆蟲。小昆蟲什麼都不能做，牠只能等，等著被踩死或沒被踩死。在棒球場上，命運往往是一個最深刻的主題。阿娟看好！左撇子投手已抬高右腳弓起身子，他這叫做低肩側投，那球會像幽靈那樣飄浮，在打擊手的褲襠前面竄進捕手的手套中，妳看著……。

爸看著要從他褲襠前邊竄進捕手手套的白球。那球不信邪，要直通通硬闖，不拐彎不抹角，不把爸放在眼裡。爸興奮地漲紅臉龐，兩眼如捕吏般堅定地盯住飛馳而來的白球。那是七月，某個七月的一個中午，花崗山球場上頭有火紅的太陽和乾淨的白雲，空氣裡有淡淡的乾燥泥土氣味。沿著球場出口旁邊的小巷道走下去有一排長得很密的七里香和一家販賣糖果雜貨的小店，然後便看得見比較寬闊的街道，偶有幾輛三輪車經過，一個正睡著午覺的靜默市鎮。而此刻爸的四周就要騷動起來，爸左腳像隻機靈的貓那樣輕輕抬起，被他緊握的球棒如神劍般挺立，決戰就要爆發，在窒悶無風的七月，在我冗長晃動的記憶裡，爸扭腰，揮棒，兇狠地擊球，在球往很遠的地方飛去的同時，他放下球棒，在四周隊友和觀眾快樂的鼓譟聲中緩慢地跑壘。我想他是個巨人，可以輕易地攻下球場上的任何一個壘包，輕易地搬動一塊大黑影壓得敵人無法動彈。

媽聽我一說便笑了。那時候我剛告訴她大黑影和日本撒隆巴斯女子棒球隊以及爸在很久以前某個七月的中午打了一個大號全壘打的事，她笑得跟錄影帶裡的爸一樣張著大嘴巴。她其實不喜歡看這些帶子，爸過世三年，她一直將它們擺在廚房旁邊的小矮櫃裡頭，像歷史課本那樣放著，阿娟甚至不知道有這些東西。她不知道的事情滿多的，她不知道我們在鐵路醫院後邊那塊空地打球時聞到的鹹溼海風，也不知道金龍隊的四個投手除了陳智源和郭源治之外，還有張瑞欽和陳玉佼，她甚至不知道尼加拉瓜的巴茲，那位在民國五〇年代末期讓全台灣一起痛哭流涕的左投手。有時候她讓我覺得她來自另一個時空。

錄影帶裡是另一個時空。爸在客廳張著大嘴巴哈哈笑，然後畫面跳到他和他的幾位朋友。北埔吧！那是一座花園，七、八個六、七十歲的男人，戴鴨舌帽的曾樣叔叔，留了八字鬍子的賴醫師，一片鮮花、在飄落著樹葉的小徑上走路的兩個背影，農舍前面對著鏡頭大叫的黑狗、大家圍圈圈吃飯糰、像火雞那樣抖動著肩膀說笑話、一股流動而濃烈的古老空氣。然後爸出現，他將一個V字手勢擠到鏡頭前，隨後退了幾步到一棵粗壯的樹幹旁邊。他要擊球，要在一座美麗的花園裡打幾個飛得高高的高飛球，他的朋友像熱情的觀衆那樣簇擁四周，曾樣叔叔搶著跑到前邊當投手，他丟出一團空氣，爸用力揮棒，球飛得好高，他們全用手掌遮住刺眼的陽光仰頭看著空無一物的天空。

空無一物的天空。

爸那張相片有個一樣的背景。就他在某個七月中午打了一個大號全壘打的剎那，李叔趴在地上用那種有個由上往下看的觀景窗的古式相機，幫他抓了一張仰角相片。那相片好極，聲勢嚇人，爸放大框起來，還題字，一棒定江山，皇帝似的。一個棒球皇帝，一個發了福的中年業餘棒球皇帝，一棒定江山，那江山有片空無一物的天空。

那江山在熾熱的陽光底下融化、消逝。

這時候我握住阿娟略微冒汗的掌心，跟一個場子裡的觀衆一同屏息靜待……低肩側投的白球掠過壘板，眨眼之際衝入捕手手套，像一粒子彈打入多肉的軀體。裁判微怔，搖搖頭，壞球哪！捕手不服，原姿勢蹲著不動，煞有介事的。還有兩球，阿娟說。快了，我說快了。那些人知道怎麼做。我遠遠看見那投手眼裡流動著我十分熟悉的一種詭譎笑意。這是棒球，常會讓你想開個玩笑的棒球。沒錯！那捕手站起來大吼一聲，衆兄弟應和，最後一球，我相信是最後一球。一、三壘有人，左投手腹背受敵，他將球和手套放在腰前，盯住他一壘上的敵人。親愛的，我殺死你。我聽見他心裡這麼說。這將是棒球史上一個罕見的獵鼠行動，這裡頭的每一個笨蛋都將名留青史。

在我又咬下三條蝦味先的剎那，那左投手驟然臉色大變，他猛地轉身朝背後的三壘放冷箭，他像隻長臂猿那樣將長長的手臂從空中畫下。這有趣，我告訴阿娟，這是假動作，每個投手都會的假動作。阿娟興奮地滾動著大眼睛猛點頭。可不？那球還緊緊地扣在他三根指頭裡。天啊！阿娟説。天啊！他眼珠子竟然暴突了出來。於是，他暴突著眼珠子一百八十度準確地將龜殼花般柔軟有勁的身子扭向一壘那邊蠢蠢欲動的跑壘者。然後他死命地將球擲出，他機靈的身子甚至還踉蹌了兩步。噢——阿娟和一場子的觀衆都嘟著圓圓嘴巴驚呼起來。這蕩漾著詭譎笑意的投手在這偉大的節骨眼裡，竟然就這樣糊里糊塗甩出一個激動的大暴投。力挽狂瀾的一壘手跳起來攔球，大家看他跳得有司令台的紅布條那麼高，耶穌基督那樣在空中掙扎。他跳起，宛如奇蹟般地在空中停留了四秒鐘，落下，一屁股坐上壘包，再躍起，轉身，彎腰，小碎步快跑，跌跌撞撞地要去抓那粒出軌的白球。對方快樂的三壘跑者快步前衝，他要趁這失誤直搗站在壘包上焦急等候的捕手胯下，情勢像一條扭擰中的毛巾那樣地逆轉，阿娟用兩掌摀住了嘴巴……嘿！我拍拍阿娟的肩膀。別急！別急！妳看！妳看哩！這一切其實都沒發生過。看清楚！那球還在那蕩漾著詭譎笑意的投手手套中，他的暴投只是一個精心設計的玩笑，他其實是丟出了一團狡詐的空氣，可那團空氣大概有著跟球一樣的影子或翅膀，而因此讓一壘手那樣子跳躍攔截，那樣子跌跌撞撞地追球。

果然，快樂的跑壘者迅速地變成一隻蠢豬，當捕手從投手那方接過白球像堵牆般出現在跑壘者眼前時，他困惑地揉揉眼睛，拍了拍自己的腦袋瓜。誰跟我開這個玩笑？

誰開這個玩笑？在一場子譁然騷動的聲影中，一名男子氣憤地朝地上噴出嘴裡一大口烏黑的可樂。幹！欺騙社會。他說。而令我驚訝的是，在那群垂頭喪氣的敗隊選手後面，我竟然看見了爸，他像小精靈那樣快樂地手舞足蹈，那樣子彷彿在說：是他策動了這個偉大的詭計，是他顛覆了這場球賽的命運，在這樣熾熱灼人的七月陽光底下，他永遠是棒球歷史裡無法缺席的角色。

——原載一九九三年麥田出版《藍色玫瑰》

主編導讀

林宜澐是個善寫日常生活的小說家。乍讀之下，〈七月〉寫的不是棒球，而是生活。然而，棒球在台灣早已是日常生活的一部分，這篇小說是最好的見證。

小說如此寫道：

四歲時，爸把一個鍋蓋般大小的黑影壓到我眼前，我迅速閉緊眼睛，在霉枯的氣味裡像隻小猴子那樣蹲下來叫媽。

……

我日後對生活的概念多少受到那黑影以及從其中散發出的氣味的影響，我甚至從那個角度理解父親和我身體之外的一個龐大的現實。那是一種力量，一種速度，一種使你不得不跟著走的魔力。

棒球的魔力。

家中若有個熱愛棒球的老爸，生活中怎可能離得開棒球？有趣的是，除了對棒球癡迷的父子之外，小說中也安排了一位對棒球不怎麼熱衷的媽。當爸過世後，媽對爸的回憶想必充滿著棒球吧？

主人翁的老婆阿娟對棒球似乎也少根筋（她婚後才開始看棒球），但有爸媽的前例在，我們不必擔心他們的婚姻。

在台灣，這樣的家庭應該不少吧？

幸球場的決鬥

劉克襄

一九五七年生，台灣台中縣人。自然觀察解說員，從事自然觀察、歷史旅行與舊路探勘十餘年。曾獲《中國時報》新詩推薦獎、台灣詩獎、吳三連獎、台灣自然保育獎、金鼎獎等。曾擔任《台灣日報》、《中國時報》美洲版、《中國時報》等副刊編輯，自立報系藝文組主任、《中國時報》人間副刊的撰述委員及執行副主任。

至今出版詩集《巡山》、《革命青年：解嚴前的野狼之旅》等；長篇小說《野狗之丘》、《風鳥皮諾查》、《永遠的信天翁》等；散文《劉克襄精選集》、《11元的鐵道旅行》、《十五顆小行星》、《男人的菜市場》、《裡台灣》等二十餘部。

劉克襄說：

很難想像，從小到大的生活裡，如果沒有棒球，那會是一個什麼樣的日子。小學時，書包裡一定有手套。中學時，腳踏車的籃子裡也會放置，有時還架了一根球棒。等出了社會，後車廂裡，隨時都有整套的球具，可以組一支九人球隊。棒球場不只意味著球場，它也是寬廣的荒野和自由的象徵。我習慣從那兒走向世界，也從那兒退回自己的過去。

黑青和昆仔在幸球場的對決，後來每次回憶起時，我總是想像成宮本武藏和佐佐木小次郎在巖流島的生死決鬥。

這是準備升上國中那一年暑假的事。那一年，在幸球場的空曠與炙悶下，我度過了童年的最後一個棒球季。

但是，幸球場！你聽過這地方嗎？在介紹黑青和昆仔之前，我覺得有必要告訴讀者們這個充滿歷史意義的球場。若是沒有這個球場，相信他們的對決不過是兩個小流氓的鬥狠罷了。

關於這個球場，今天五十歲以下的人，恐怕沒有多少人聽過它的名字，更遑論說知道它的輝煌歷史。光看這個「幸」字，我也相信，大家八成會猜，這是一個日本名字的球場。沒錯！這個球場位於台中，從日據時代就有了。至於到底是什麼時候建的？就不甚清楚。我只知道，父親第一次帶我到那兒觀賞球賽時，它就有一種好像在那兒座落好幾個世紀之久的感覺。

等到我也在那兒打球時，它已變成居仁國中的操場，右外野有一部分地方被劃為籃球場與憲兵隊的營地。

不過，對我們這些才國小五六年級的學童而言，縱使它已縮小，仍是相當開闊的地方。在靠近市中心的這裡，像這樣寬廣的場地也絕無僅有。所以一遇例假日，這裡便集聚了許多打棒球的小孩，組成隊伍來比賽。暑假到了，有的球隊更是一大早便去搶佔球場。

幸球場坐北朝西，左邊有一排枝葉繁茂的老榕樹，井然地將它和馬路隔開。老榕樹一直延伸到左外野去，比全壘打線還遠。榕樹上釘了許多木板當觀衆的椅子，供人爬上去觀戰。那樹的外皮也早都被磨蝕殆盡，只剩光滑的樹幹。一遇較精彩的比賽，樹上更是處處掛著人，遠看像一大群猴子在那兒攀爬。

榕樹下也固定圍聚有一群賣香腸和枝仔冰的小販，在那兒呼么喝六，玩各種賭博遊戲。最特殊的是，這些小販還常觀衆兼當裁判，維持球場的秩序。

小販們也在幸球場立下了只此一家別無分店的不成文規定。每場只能打七局，彼此一定要「卡莫」。「卡莫」的意思就是賭博，打輸的一隊不僅下場休息，還要付給贏的一方球具。五分以內，只須付一個準硬式棒球。五分以上，加送一根球棒，而且，在第四局提前結束。

他們以這種賭博的方法遏阻一些菜鳥球隊的攪局。來挑戰的隊伍，若沒有三兩三的實力，就會嚐到賠許多準硬式棒球與球棒的苦頭。

一個準硬式棒球現在說來當然不算什麼。當時，我們卻視若珍寶，平常比賽只敢用軟式棒球練習。準硬式的實在太貴了，即使球線鬆脫得一塌糊塗，還是得帶回家去，引針穿線，小心地重新縫補。

平常捨不得用，我們還要準備一兩個全新的以備不時之需。那是準備萬一輸球時要付給敵隊的。當時就因為用得少，還流傳過一個笑話。如果被準硬式打到了，雖然身體痛得很，那還是你的福氣呢！

幸球場的左外野，除了剛才提及一排老榕樹與它並行外，整個左外野是一望無垠的平坦地面，只有三兩撮草皮的綠意。

那裡是沒有全壘打線的，任何球擊過去，守備者就是要想辦法快點攔下，盡快丟回內野，阻止打者繼續往前推進。

那麼右外野呢？這就是本文的重點了。它的右外野十分特殊。右外野手位置的後方，有一排十分高大，近二層樓的鐵絲網牆橫隔。網後是一座籃球場，然後才是居仁國中的老師宿舍。而中間手的位置，最遠的邊陲，有一棵被鋸了一半的油加利樹，醒目地矗立在地平線上，成為全壘打的地標。

少了右外野怎麼打呢？這一點卻未難倒我們。大部分人都是右打者，球落向左邊的機率比較高，落到右邊的少之又少。縱使將球擊成右邊的高飛球，能打到網上的也屈指可數。所以擊到網上的，一律以二壘打計算。

這樣，你或許會問，那麼打過鐵絲網的呢？打上去自然是全壘打了。可是，來到幸球場，如果你會問這樣的話，套一句現在年輕人常用的話，那你這個人也未免「太遜」了，因為任何熟悉幸球場的人都知道，從來沒有人能夠把球打上鐵絲網上。縱使他是昆仔——我們小虎隊上那位號稱第三代台中金龍隊的候補投手——與第四棒，刻意餵好球，叫他朝那兒揮，頂多也只能把球擊到鐵絲網，讓鐵絲網嗡嗡作響。

可是，左打兼左投的黑青出現，讓我們浮升了這個看見球飛過去的想像空間。

那天，他率領一支叫一〇四的隊伍在比賽。這支隊伍來自美村路向上國中附近。

當時那兒仍是郊區，農田特別多。

這支隊伍原本實力平平，卻不知從哪裡冒出黑青這號人物。他們的對手，南區國光路隊的整體戰力並不下於我們，這一場比賽卻遭黑青完封，全場不過擊出兩支零星的安打。

這種比賽結果在當時倒是常事，因為每隊的投手往往是隊伍裡年紀最大、個頭最高壯、最有氣力者。他們多半是五專或工廠的小工，投出的球速又快又猛，像我們這樣國小或國中年紀的小個頭，能將木棒握得像一把劍那樣挺，已屬不易之事，何況是擊中他們的球。

所以，嚴格說來，我們這些球隊其實都是一人球隊，勝負全看投手的投球與兩三個大個兒的打擊表演。輸贏不過一兩分，勝負常在一支全壘打或二壘打的表現。

小虎隊能幸運地縱橫幸球場，主要也是靠昆仔的變化球與強力打擊。那一年暑假，我還沒看過別的隊員從他手上擊出全壘打。我的意思（很驕傲的）也是在說，包括我在內的外野手，那年暑假每次出賽，我們仰頭看天空的時間，比注意場內的時間多。

我甚至無聊地發現，黃昏時，中堅手後邊的油加利樹上，總有一隻斑鳩會準時飛回來，在那兒咕咕叫。

而那一年，我們贏回去的球棒排起來的長度，絕對可以排回本壘。我們贏得的準硬式棒球，也可以當史諾克恣意地敲打，到明年都消耗不完。

一〇四隊與國光路隊的比賽，我們剛好在場邊觀戰。原本，我們只是想觀察國光路隊的，沒想到竟然看到了黑青的精彩表演。那場比賽到第六局時仍是〇比〇。結果，最後一局，黑青輕鬆地揮出一支擊上鐵絲網的二壘打，把二壘上的打者送回，擊敗了國光路隊。

說起這支二壘打，因為親眼看到，非得大書特書一番不可。一般二壘打的球，總是呈拋物線，到最後才像洩了氣般，斜落下來。這一支二壘打像平射炮直射出去。狠狠地撞擊到鐵絲網後，鐵絲網還發出清楚地鎯鐺聲響。那聲音並不很大。但對在場觀戰的人，卻有震耳欲聾的效果，這只球一下子就把鬧哄哄的球場給打靜了。

這一擊也打出了那年暑假的高潮，小販和許多工人都在「卡莫」，如果他們和我們對壘，黑青是否能擊出昆仔的球。反之，昆仔是否也能守得住黑青的打擊？這一擊更把我對昆仔的崇拜，一種也混合著對他畏懼與討厭的心理，結實地打出局。

對於黑青的表現，那天昆仔也在場看到了。有人問他覺得如何，這位幸球場自詡為不敗投手的五專生，最先的反應是惡狠狠地瞪了發問者，好像這是很大不敬的問題。但他還是忍不住說了，「幹！打擊三次，最後一次才擊出，有什麼了不起。像這樣高度的左外野球，我不知打過多少回了。」

我們這位脾氣暴躁的當家投手還誇口，「假如他能從我手上打出一支安打，伊娘，我就是王八烏龜。」

這句話也不知如何流傳出去的，兩天後，傳回到我們這邊時，竟然變成「昆仔只會找其他弱小隊伍比賽，不敢和黑青碰頭。」

阿仁從其他隊伍聽到這句擺明地衝著昆仔的話，一把鼻涕一把眼淚，哭喪著臉跑回來，告訴他哥哥時，昆仔的臉像是被狠狠揍過，近乎扭曲地青腫了起來。二話不說，啐了口痰，道了聲：「幹伊娘！」隨即便跨上他那輛舊鈴木五十，衝到小販那兒下戰書。

這場將於兩個星期後舉行的對決傳開時，整個幸球場好像變得沒有什麼球賽可觀了。大家都在等這一戰，賭看看是哪一支隊伍誰會贏，當然說穿了，就是他們到底誰厲害？

和黑青宣戰後，昆仔清楚意識到此戰非同小可，攸關自己的一世英名。第二天下午便把我們一群外野手召去集訓。我們再沒有時間拔草、看天空了。更奇怪的是，他不知從哪裡偷打聽來的消息，以為黑青喜歡往上撈，於是專打高飛球餵我們。結果，我們被他的高飛球和各種三字經操得滿場飛奔。

有一次，我又不小心漏接後，他也不再吭聲，只是叫我到他前面，冷冷地說：「你最好祈禱黑青打出去的球，不會往你那兒跑，不然就永遠不要讓我看見你出現在球場。」

阿仁更慘了，一個穩可接殺的高飛球，竟然從中漏掉。黑青見狀，從本壘破口大罵：「幹你老姆雞歪，你呷你爸我用爬的回來。」

阿仁當然是打死也不願意，一直站在那兒不動，又是一臉哭喪相。阿仁已經慌了，他從未想到自己哥哥竟會對他如此兇。

昆仔眼看他不聽指使，更是火上心頭，大步衝上前，掄起棒子就往他身上揮過去。虧得阿仁還懂得拔腿溜開。兩個人一前一後，在操場追著繞圈圈。最後，阿仁被逼急了，居然爬上榕樹的頂端。昆仔噸位太重，上不去。乾脆撿起旁邊的石子，朝樹上猛力地亂丟。他們哥倆這一鬧，把整個下午的練習時間都給浪費掉了。

好像就是這件事隔一天下午吧？麵包即將出爐時，店裡的師傅臨時有事。媽媽叫我幫忙她看顧麵包店。我正在櫃檯忙著和一個歐巴桑算帳，有一個年輕人走進來往窗櫃裡瞧。

「少年耶，要找什麼東西？」我一邊裝出大人那種常有的不客氣地語氣質問，一邊尋思，這個臉相黝黑的人真面熟，像是在哪兒見過。等他把臉轉過來時，我不禁呼出：「黑青！」

後來，我才知道黑青每天都要路過，到我家買麵包。黑青是來市內打工的，暫時寄住在姑媽家。他住的朝陽街離我們家不遠，但打工的地方在美村路，自然便加入了一〇四隊。

那天之後，每天下午，我都會到樓下幫媽媽看店，讓她好生驚喜，還以為我變懂事了。其實，我只是想等黑青經過。他在幸球場那一擊，讓我產生一種莫名的好感。

就這樣，我和黑青認識了。後來也不知是何因，有一回，我便抖起勇氣，羞怯地提出請求，希望他有空時教我投變化球。黑青聽了請求，卻未置可否。他似乎很忙，每次買了麵包後，就匆匆跨上腳踏車，趕著回去。

為什麼我會要求黑青教我投變化球呢？原因無他，因為我已受夠了昆仔兄弟的氣。昆仔總認為，我的體型太單薄，資格不夠。最近，一次練球時，矮我半個頭的阿仁卻告訴我，他哥哥平常在家都會教他投變化球。

知道這件事後，我覺得自己好像被某種原本應該很公平的遊戲所蒙蔽般，胸口長久以來積累有一股不平的鬱氣，急著想把它吐出。

後來，沒過幾天，我也忘了這檔子事。未料到，要決鬥前幾天，黑青竟意外主動找上我，問我還想不想學變化球，他的改變心意，對我而言，當然是喜從天降的佳音。想到自己也能練投變化球，以後可以和昆仔兄弟互別苗頭時，心裡更萌生了某種勝利的報復心態。

他帶我穿過一處甘蔗田，抵達一個糖廠廢棄的小火車站。那兒是他們球隊練球，偷摘甘蔗吃的地方。

他教我在那兒學會了用兩指合併，緊貼著球線邊，以高壓的方式投出下墜球。我還記得自己首次學會下墜球時的興奮。我像是獲得祕笈寶鑑，即將練就超世武功的劍客，對棒球又有了另一層的新認識。

投完球，他又教我練習揮棒，調整我的打擊姿勢。練完揮棒後，我們坐在月台啃甘蔗，一時興起，便談起了幸球場和各隊的狀況。我順便把昆仔為人自私的行徑，狠狠地臭罵了一頓。

「你認為我們兩人誰會贏？」在我發洩完後，黑青突然反問我。

我搖頭，想了許久，才老實地答道：「昆仔。」

者。」

「為什麼？」黑青很好奇。

「因為右外野有那個牆擋著，你是左打者，最多只能打出二壘打。昆仔卻是右打者。」

我指的牆是鐵絲網。

黑青嘆了口氣，形容有點沮喪，似乎默認我的看法。

「昆仔打的全壘打能力如何？」黑青問道。

「一場至少有一支。」

「怎麼會那麼高？」

「他打的都是左外野。那邊沒有邊緣，球飛出去，如果未接住，會一直滾。他跑得快，一下子就跑回來。大部分比賽我們都是那樣贏的。」

黑青聽完我的話未再說什麼，只是跳上鐵棚，抓住月台上的一根鐵桿，讓自己懸吊在那兒，不斷地擺盪。

看著黑青又黑又粗壯的手臂，心裡充滿欽羨，不知自己何時才能有如此粗壯的手臂。可是，不免有一絲惋惜，假如他是右手打擊，昆仔絕不是他的對手的！

比賽那天，榕樹上和圍牆都坐滿了人，榕樹下更像是大拜拜似的，燻氣繚繞，熱鬧異常。這場比賽也勞動了小販們的頭頭，賣香腸的胖子來裁判。他的聲音相當驚人，平常判一聲好壞球都能把外野的鴿子給嚇飛。

昆仔安排我們的棒次仍如往常。第一棒是阿仁，第二棒是我，第三棒是打擊僅次於昆仔的臭頭，第四棒則是昆仔自己。

我和阿仁分居第一、二棒，並非我們兩人有不錯的打擊能力。主要是，我們兩人的個兒最小，對方投手要將球投入好球帶的機率較小。這意思也是說，我們獲得保送的機會十分大。所以，昆仔下達的指令，往往是等保送。

他常常語出威嚇，「你們兩人都給我像樹一樣，栽在那兒，除非獲得我的命令，否則，什麼爛鳥仔球都不准打。」

有一陣子比賽，連續兩好以後出現的好球，他也蠻橫地不准我們揮棒。為何特別重視前兩棒？他的想法很簡單，只要我們當中有一人獲得保送，縱使臭頭出局，他都還有機會上場打擊。如果對方投好球，他都有八九成的把握，將壘上的我們送回來得分。如果，臭頭也上壘，情況更是大好一片，至少有領先兩分的局面。其他棒次的打擊，他就較少要求，因為他從來不指望，別人能幫忙打分數。

那天，胖子儼然是要主持一場世紀職棒大賽，居然還戴起了頭盔和護胸，走起路來頗像星際大戰裡的黑武士。

我從未看過他如此神氣。只聽他大吼一聲：「比賽開始！」那「始」字像是歌仔戲苦旦剛開始起哭的怪異腔調，讓人起雞皮疙瘩，什麼阿貓阿狗的癢症都給喊出。可是，那一怪叫也把要比賽的我們叫得心慌意亂，全身都緊繃起來。

我們先攻，黑青他們守。阿仁上去時，昆仔依舊雙手抱胸，沒吭什麼氣。這個暗號的意思十分明顯，就是站在那兒別動。

阿仁完全遵照他的意思。黑青連投了兩好球，快速進壘後，似乎知道阿仁不會打他的球，第三球故意緩緩地投出。那球幾乎是從他的眼前走過去似的。阿仁就這樣傻傻的被三振出局。

被胖子宣判時，阿仁用棒子狠狠敲地，好像最後沒有去揮棒很懊惱的樣子。今天來看球的不少是行家，這樣作態反而惹得外面觀戰的人哄堂大笑。看見阿仁被三振，我也充滿快感。

然後，換我上場了。昆仔仍在抱胸，不准我打。雖說如此，我還是吐口水，在手心搓揉，小心地掄起棒子，做出要揮棒的姿勢。同時，我的心裡也在盤算。萬一，黑青也投出慢速球時，我要怎麼辦？或是，如果昆仔改變心意，下令可以打。打出去，變成安打，這樣是不是對不起黑青？

我正遲疑時，那球已投出。還好是支快速球，快得我根本不清楚，是否有通過本壘板。胖子右手一揚，比交通警察誇張一百倍的姿勢，指向榕樹，大吼一聲「水伊！」好球。我鬆了一口氣，希望他繼續投這種球。

這時，我才注意到，黑青把帽簷壓得十分低，他的臉本來就很黑，這下子更是看不清。我也隱然有一種不祥的預兆，自己像是被一隻獵豹盯上了的獵物，想逃也逃不掉。黑青似乎變得不認識我了。

果然，第二球一樣快速。那是個非常離譜的壞球，竟從我眉心掠過。唰地一聲，嚇得我連退兩三步，驚出一身冷汗。

「幹伊娘！」我心裡暗罵一聲，這算什麼朋友？難道他不知道是我在打球，不會對我好一點？至少，不要用這種內角球嚇我。

接下來第三球又是快速直球進來。

胖子又是一聲高昂的「水伊！」

黑青的好球率真高！好吧，就這樣也好，我想如果都是被這種球三振，至少不會丟臉吧！

但第四球，他竟投出慢球來了，我又不能打。眼睜睜地看著白球，像一個詭異的幽靈飄過，自己也跟阿仁一樣被K出局了。他投出三振時，滿意地露齒一笑。那一笑，突然讓我恍然大悟。那天在月台，他教我練球，說穿了，只是想從我口中獲知我們的打擊情況吧？

我愣在那兒好一陣後，在觀眾的催促下，垂頭拎著球棒下場。接下來，臭頭急躁地連揮三棒，棒棒落空，也是一臉詫異的表情。昆仔失去了第一局就上場的機會。

攻守交替後，一〇四隊接連兩個打者，都被昆仔刷掉，昆仔的球速沒有黑青快速，但下墜時十分犀利，而且多半是從本壘板邊緣擦過。我自己看到都嚇一大跳。很顯然，這幾天他也偷偷勤練過球了。

接下來，大家都安靜了，因為換黑青上場揮棒。我站在右外野，聽到旁邊有兩個人說話，「伊一定是想麥多打幾回，才會把自己往前排。」

另一個人附和道：「幹！這個少年咧，聽說做人真奸巧。」

昆仔不疾不徐地投出第一球。胖子懶洋洋地左手一抬：「某喔！」

大家仍屏息以待。黑青的姿勢現在想來，倒是有點像中華隊奧運代表隊的廖敏雄，猶若泰山壓頂般，給投手很大的壓力。他端看得十分詳細，站在那兒始終未出棒。

第二球投出時，仍是靠內角的壞球，但黑青像武林高手拔劍般，迅速揮出。「匡」的一聲，那球像上回那樣直射出去，朝我的方向奔過。我驚出一身冷汗，因為連追的份都沒有。只見那球直接擊中鐵絲網，猶若平地一聲雷。榕樹下，眾人發出一片驚叫與讚嘆。還好是一支界外球！我鬆了口氣。

昆仔愣住了。他大概沒想到，這種壞球居然能打出去，如果被他擊到場內準是支二壘打。若是向左外野飛去，更鐵定是一支全壘打。

昆仔的第三球投出去時，明顯的是支壞球。他似乎怕了。如果我是他，恐怕也會採這樣的方式。場外開始有人發出噓聲，我在外野都聽到本壘那邊有人大喊：「幹！卡嘸爛巴啦，和伊拱啦！」

昆仔的第四球又是壞球，周遭的噓聲更大。昆仔顯得十分畏懼，不像他以往的篤定。在下午的陽光下，他的背影被晒得又小又孤獨，猶若沙漠裡不知方向的旅者，沒有人可以幫他任何一點忙。

我開始有點可憐他了。黑青讓他打，他卻保送黑青，這事若傳出去，恐怕要被恥笑一輩子的。

他暫停了好一陣，我感覺世界都要停止窒息時，他才勉強舉起臂。「唰」的一聲。是好球進帶！黑青恐怕未料到。我替他高興地拍手叫好。連昆仔都興奮地向我們舉手示意，藉以穩定軍心。

可是，胖子很慢才舉手，老天，他竟判為壞球！黑青被保送上壘。但這一球又幫昆仔拾回信心。接下來的打者，被他輕鬆地三振。

二局上，第一名打者就是昆仔。黑青似乎也不管來者是誰？照舊信心十足地投他的快速球，昆仔連揮三棒，竟然都未摸著邊，糊里糊塗地被K下來。連昆仔都打不到，我們還能比賽嗎？大家的心情頓時都涼了半截。接下來，又是三振，下一棒則打了個軟弱無力的內野高飛，被草草接殺。

換一〇四隊。還好昆仔的變化球威力如常，仍教他們連著兩局都三上三下，我們又開始有機會享受到觀看天空的日子。不過今天，我卻不敢太放鬆，隨時把視線緊盯著本壘板，連油加利樹都不敢去張望。

四局上，輪回阿仁打擊。黑青看到他上場，又露齒一笑。這回一開始，他就玩起慢球的把戲，連著兩球都是從他眼前緩緩滑過。又引得眾人譁然大笑。接著又是兩壞球。第五球過來，仍是慢球，未進好球帶。

可是！阿仁卻揮棒了！但他有點要揮又不敢打，結果只揮到一半，被裁判一聲誇張的淒厲怪叫給三振出局。

在眾人哄笑聲下，阿仁沮喪地拖著球棒走回來。昆仔氣得一個大步上前，一腳踹過去。還好，臭頭機伶地從中攔住。阿仁若挨了這一腳，恐怕上場都有問題了。昆仔眼看無法得逞，轉而大罵三字經。

我的精神完全不在這場小插曲，因為又換我上場了。我仍跟上一次一樣緊張，不知道，黑青這回如何對付我？難道又是慢速球？果然，他的第一球又是慢速球。大家為他這種耍寶似的遊戲，開心地笑鬧了好一陣。

我轉過頭看昆仔，他大概是氣瘋了，竟忘了將雙手抱胸。我隨即決定，黑青若是投慢球，我一定要狠下心揮棒。

第二球又投出。我猛力一揮，差點把身子都給揮了出去。可是這一球略快。我又被吊中！我有點畏怯地再轉頭去看，沒想到昆仔的眼神，毫無責怪之意。那一天，昆仔後來為何放心地讓我打，一直到我長大後都未曾知道原因。

他再投出第三球又是一只慢球。還好是壞球。我噓了口氣，回頭再看投手板，黑青那張遮在帽簷下的臉似乎是猜透我的心事般。難道就這樣等死？我愈想愈憤怒。

第四球投出，也不知哪來的勇氣，我還是朝它揮擊出去，「匡」一聲，那是一支球速頗快的直球，伊娘！我打到球棒邊，被震得手心發麻。一時間，幾乎抬不起來。那一棒，我揮出了界外球。沒想到自己仍能揮到他的快速球。手雖痛，心裡卻是一陣狂喜。

我回頭看昆仔，仍舊沒有抱胸。這使我更加吃了秤砣鐵了心，再進入打擊位置時，似乎變成另一個人。

黑青的第五球投來時，我又揮棒，慢了一拍！被他輕易地三振出局了。

第四局下半，黑青再度上場打擊。昆仔的第一球是壞球，馬上引來噓聲。大概是他平常人緣差，大家都希望黑青給他一點顏色。接著第二球仍是壞球。大家的噓聲更大。但他隨即投出兩個快速變化時，黑青都未打到，也引來外頭一陣叫好聲。

昆仔的第五球卻被結實地擊中了，那一球恐怕是讓昆仔一輩子都難以忘懷的一球，任何在場的人也不會忘記的。

它就直接飛過我上頭的天空，毫不猶疑、遲緩；真像一隻鴿子的優雅，輕盈地飛過了鐵絲網。哦，不！不只是那樣！那是一顆流星。一顆像流星的全壘打。黑青創造了一個新紀錄！

所有在場的人都歡聲雷動。如果是今天以前，我想自己也會瘋狂地擊掌叫好！但是，我看到那白球上去之後，突然也有了某種不悅。雖然他是靠實力，我仍强烈地懷有那種被欺騙的感覺。那支全壘打裡面就有這種欺騙的成分！

現在，最痛苦的人無疑是昆仔了。他整個人呆愣在那兒，在偏斜的陽光照射下，影子拉長了，身子卻顯得小了許多。我也頭一次覺得，昆仔的身子好瘦小。

接下來幾局，雙方都是三上三下，一〇四隊偶爾有人保送上壘，但也過不了二壘包。

第七局上，換我們最後一次反攻，憑誰都無法相信在黑青的主投下，連一壘板都上不去的我們，在過了六局後，還會有什麼機會？

又換阿仁打擊，這回黑青不跟他玩遊戲了，他愈投愈猛，連著兩個快速球進壘。黑青似乎急著想盡快結束比賽似的，阿仁眼看又要慘遭三振的命運，但第三球意外地擊中阿仁的屁股。阿仁當場跌坐地面，痛得哇哇大叫。

昆仔可是板著臉，毫不客氣地開罵，「幹伊娘，介嘸志氣，打到屁股，又不是什麼大條代誌，你馬上給我站到一壘去。」

其他隊友扶他上一壘時，不知在他身邊說了些什麼，有人敲他腦袋，阿仁竟露出笑容。下場的隊友又回頭朝他大喊，鼓舞我們的士氣，「賺到了就好，莫賺太多。」

接上來，換我打擊。這回，昆仔也沒有指示不要打。真不知昆仔到底在想什麼？我實在沒心情去想這個事。反正上打擊區後，信心又大增。黑青大概是有了上一局的經驗，或許以為我還會再觀察一陣吧？所以第一球故意投慢球吊我。未料到，我一上場就揮棒，硬是擊中了。

匡噹的清脆一聲，老天！那是我所聽過童年裡最美妙的聲音。那種觸擊的感覺像吃了什麼迷幻藥，眼看著那小白球飛到游擊手後方，自己的雙手也變成一對翅膀。整個人像隻鳥，飛奔到一壘。

這下換我們的隊伍大吼大叫起來。最初，我還以為他們是為我的安打喝彩。後來才發覺不對勁，原來他們是要我繼續跑上二壘。但我興奮過頭了，根本不知道要如何處理自己。阿仁卻已跑上三壘。

黑青看到一、三壘有人，仍舊滿臉不在乎。他繼續猛力地投快速球。第一球再投出時，臭頭機伶地朝一壘短打。阿仁衝回本壘時，我也奔向二壘。

黑青早料到會有這一擊，衝過來，抓球。但他未站穩，差點滑跤，觸殺阿仁已來不及，只好封殺奔向一壘的臭頭。一比一。我們的隊友在本壘後方，快樂地擁成一塊。

這下黑青的臉看來有點僵硬而紫黑。下一棒的打者又是昆仔，黑青不得不提高警覺。黑青連續投出兩個快速球，昆仔猛力揮了兩次，都差點把自己揮出去似的，可惜，仍舊落空。

黑青再投出第三球時，昆仔一改往例，改像林易增那樣握短棒。我們的當家第四棒居然委身不求長打了。黑青在投出第三球時也注意到了，因為投出時，他便衝下投手丘試圖攔截。可是那球應聲而出，仍游刃有餘地穿過他的胯下，滾到二壘去。

我在隊友的呼叫下，快馬加鞭，努力地衝過三壘。接著，他們繼續揮手，要我往本壘過關斬將。我遵照指示，像專程奔馳返京救援的急先鋒，只顧往那白色的五角板關口撲回。

但我的眼前突然有一團黑影斜殺進來，橫擋在關口。我驀然驚覺到是黑青。他正站在我返鄉的去路上。我霎時想起，他雖然長得粗壯，我的體重並不輕，加上重力加速度，他一定會被我撞垮。可是，來不及了！外野的球已傳回，我若不硬衝，根本無法回到本壘板得分。

在害怕彼此都受傷下，我略微遲疑，側閃了一下。一個踉蹌，整個人的臉、頭、全身都斜著撲進滾滾灰塵中。我顯然也估錯衝擊的後果，沒想到自己還是像一部撞上砂石車的大發銀翼。在迷濛的塵埃裡，整個人暈頭轉向。好不容易，手才摸觸到本壘。摸到之前，背部又像被結實地打了一記摧心掌。那是黑青的手套。

我痛苦地躺在本壘板前，臉和手臂沾滿汗水、血漬和塵埃。我急切地抬頭看著胖子，渴望胖子會判黑青犯規。但他單手一揮，還是被硬生生地給黑青「它去傲脱的」。黑青在旁興匆匆地高舉起雙臂蹦跳，向他的隊友歡呼。

我的隊友呢？他們用一種不解，又夾雜埋怨的眼神看著我。他們實在無法相信，剛剛我是如何跑的，明明是二壘安打，居然跑到腿軟，被刺殺出局。

沒有人過來扶我。我兩邊的耳膜像是被震破了般，嗡嗡作響。我一跛一停，好不容易把自己拖回榕樹旁休息。我疲憊地靠在樹身，兩眼無神，茫然地看著球場。全身彷彿有上百處傷口都在疼痛，我只想快點躺下來休息。

球場上仍是鬧哄哄的。至於，最後一局是誰代我防守，而球賽又是如何結束的，我已不甚清楚。最後只聽到結局是一比一。

大家回到我身邊收拾球具，我仍痛得爬不起身。阿仁離去時，朝我很跩地說：「有人跑得太慢，不然我們早就贏了。」

我連爭辯的力氣都沒有，仍舊茫然地躺著。只依稀聽到昆仔吆喝他上摩托車，一邊繼續數落我的不是；聽到賣香腸的人重新圍聚，繼續在樹下擲骰子；聽到隊友問我要不要搭便車回家，我搖頭拒絕了。

好累好累，真想就這樣一直躺下去。我略微抬頭，球場剩沒多少人，連樹上也空了。仰看著它的空盪，我突然有一股想爬樹的衝動。好像只有上到那兒才能擺脫下面的喧囂。

於是，我努力撐起身子，往樹上爬。爬到最高的一塊木板上後，再靠著樹發呆，遠眺。遠方的油加利樹上仍無動靜。真奇怪，那隻斑鳩今天還沒出現。

過不久，我發現下面也有人爬上樹來。一個黝黑的頭冒出，是黑青。他爬上來時，我故意讓自己平躺，把眼閉起來。

又過了許久，聽到他說話了，「沒想到坐在這些榕樹上觀看那麼舒服。」

我仍舊不吭聲。

「我教你的打擊方法不錯吧！」

哼，他竟想邀功，我在心裡默想。

「其實，這樣的結局也不錯，大家都不會傷和氣。」他又開腔。

「我下星期就要回屏東，明天來月台那兒，我教你練下球。」

我聽得模模糊糊地，一股疲憊之意又襲上來。當我意識到旁邊很久沒有聲音，突地驚醒時，才發覺黑青已離去一段時候。

我可能在樹上小睡了一覺。想到此時，自己也嚇了一跳，急忙起身。

整個球場只剩兩個小孩在那兒丟球。

黑青最後的話，又逐一浮上我的腦海。但我的結論並不一樣，對他們而言，這或許是一場和局的比賽，我卻輸了。

那一隻斑鳩又出現了。在夕陽的餘暉裡，牠像枚棒球快速而準確地投入捕手的手套，飛進隱密的油加利樹。不久，樹叢裡又發出低沉地咕咕聲。

再過幾天，就要升上國中，每天將有讀不完的書，考不完的試。我突然有一種失落感，以後要再回來打棒球，不知是什麼年紀。

幸球場似乎就是在這場球賽後不再開闊了。它變得愈來愈小，最後沉入我內心深處，最隱蔽的一個角落。

——原載一九九三年兄弟棒球隊出版《幸球場的決鬥》

主編導讀

即使未經調查驗證，我猜想，大部分的台灣人與棒球結下不解之緣應該是在十來歲的少年時。十來歲已經稍微懂事，懂得輸贏，也知道為了贏球必須付出相對的代價，而不是更小的時候，打球只是好玩，對輸贏沒有概念。十來歲時打的一場棒球，很可能幾十年後仍銘記在心。〈幸球場的決鬥〉所寫的，正是這樣的一場球。

小說開頭便極有氣勢，把一場球賽比喻為「宮本武藏和佐佐木小次郎在巖流島的生死決鬥」，突顯出兩位主角黑青和昆仔，雖然相對地抹煞了其他隊員，但這些球隊畢竟不是有組織的正規軍（有別於小野的〈封殺〉、李潼的〈洪不郎〉及廖咸浩的〈入侵者〉），劉克襄說得好：「嚴格說來，我們這些球隊其實都是一人球隊，勝負全看投手的投球與兩三個大個兒的打擊表演。」打過這類球賽的人都知道，他說的是事實。

〈幸球場的決鬥〉台味十足，連棒球術語也是道地的台式日語：賭博是「卡莫」、好球是「水伊」、壞球是「某喔」。這又與以「外省掛」台生做為敘事者的〈入侵者〉大異其趣。

小說最後以「幸球場似乎就是在這場球賽後不再開闊了。它變得愈來愈小，最後沉入我內心深處，最隱蔽的一個角落。」結束，經此一役，少年主角懂事了、成長了。毫無疑問，〈幸球場的決鬥〉也是一篇傑出的少年小說。

兄弟有約

張啟疆

一九六一年生，台大商學系畢業，是各項知名文學獎的常客，曾獲時報文學獎散文首獎、梁實秋文學獎散文第一名、幼獅科幻小說獎首獎、《中央日報》文學獎小說第一名暨散文第一名、第一屆九歌年度散文獎、《聯合報》文學獎短篇小說第一名等獎項。有小說集《如花初綻的容顏》、《小說·小說家和他的太太》、《導盲者》、《消失的□□》等。

張啟疆說：

站在草地的外野遠眺紅土區和觀眾席（比讀者更稀少的寥寥數人），我的心靈魔球不是從投手丘擲出，而是天外飛來：一道直線、一種曲徑、無窮盡的繚繞或自我迴旋。紙上揮棒，意念接殺，那永不服輸、不肯出局的駐守，是回味、是緬懷，是不甘放棄，也是對照亮天際的星點能量的此情不渝。

沒有人會相信，我生平第一次走進台北市立棒球場，居然是面臨這種場面。

現場滿得不能再滿。內野、外野、走道、階梯和出入口全部塞滿人頭；放眼望去，左外野方向燈架下窩聚著黑白相間的人潮，右外野一直延伸到一壘看台則是鮮黃色的一整面。這些人安靜地看球倒還好，事實上，他們無時無刻不在躁動、喊叫；喊打喊殺喊加油不在話下，場內一旦出現狀況，安打、保送、盜壘、刺殺……任何動靜都有人興奮或沮喪，拍手或跺腳。壘上有人的時候，每投一球之前，四周還會響起鑼鼓哨笛齊鳴、壓迫性極强的噪音。受不了，受不了。我剛要落座時，下巴冷不防挨了一記重拳，我以為是某種暗號或什麼狗屁指令，隨即發覺附近所有的人都揚拳舉臂，動作整齊劃一，齊喊：「嘿！嘿！嘿！嘿！」

半小時前，我在敦化北路旁內野一號入口正前方的垃圾桶的淺藍色部分翻搜了足足三分鐘，找到一張沾染檳榔汁的內野入場券，然後尾隨人群擠入這座更髒更臭的高燃性球場。在好不容易找到指定的座位前，（座位上放著一份《民生報》！《兄弟雜誌》「金冠軍專號」和一張「紅白明星對抗賽」票選表格），我淪陷在陰溼蜿蜒的通道、迴廊、樓梯和揮之不去的汗腥、惡臭、便當味、油煙味之間，腦子卻不停地想：如果我只是一位純球迷或旁觀者，可以好整以暇觀賞球賽以及球賽背後默默進行的勾當的話，坦白說，我還真有點佩服那位看不見的對手，懂得選擇棒球場當作「決勝點」——封閉而流動，敵我難辨，不利於部署卻方便躲藏，紊亂的表面下埋伏著清晰的節奏……當然，如果我不必抱著這個重逾五公斤、價值六千萬的白色旅行袋滿街亂逛，像個智能不足的暴發戶，我的心情會更愉快些，思緒會更冷靜些。

平心而論，我就所扮演的角色而言，我的表現絕對不輸給剛才那位一連三振對方三名打者、背號十七號的投手：老練、鎮靜，精於配球，尤其擅長外角滑球，完全掌控打者的心理。同樣地，整個早上，我忍受風吹日晒和各種磨人的指令，踏遍東區的大街小巷，每一步都像棋局的攻防進退；可是我心裡清楚得很，那些都是虛招，都是以棒球場為圓心的圓周運動，最終目的地仍是棒球場。一切都在預料之中。半個月來不下百回的通話、談判、偵測、沙盤推演，敵人至少露出三處破綻：

一、話筒裡不時傳來棒球場獨有的加油、哄鬧聲。

二、對方曾說過一句沒頭沒尾的話：「除非蓋巨蛋。」

三、關於付款人選，對方要求「換一位兄弟來」，於是才有我這位偽球迷出場。

此刻，目標「我」已經現身，身懷鉅款，目光如鷹，面色想必如土。問題是，敵人在哪裡？號稱動員千人的警力在何處？以及，最重要的是，光天化日、眾目睽睽下，對方用什麼方式取款？

有人回頭看了我一眼，會是他嗎？不止一人，在我前方，每隔二、三排就有一、二個傢伙以不自然的眼神對我進行「監視」。我的背後呢？我的背後又有多少不露聲色的跟監？有位頭綁黃巾條的漢子走到我的正下方高喊：「來！為我們兄弟隊加油。」這個人又是誰？或者，左前方那個精赤上身、又叫又跳像起乩般的男子，不時帶頭喊著：「啊ㄘㄨˋㄚˋ起來，死啦！死啦！」可能就是警方的臥底或敵方的取款人。我算過，方圓二十公尺之內至少有十個人戴耳機，八支望遠鏡，三、五具大哥大……。

大哥大響了。

「今天的比賽誰對誰？不要東張西望，立刻回答。」

「什麼？你說什麼？」我假裝聽不懂對方的「最新指令」，順勢瞄一眼計分台……媽的，居然看不到隊名，這時剛好輪到攻守交換，場內一時間看不清楚球員和隊衣；至於看台上，我當然知道黃色的這邊是兄弟象隊，對面那撮黑麻麻像烏鴉般……。

「笨蛋！不會看你手中的票根嗎？時報鷹對兄弟象，不過票根上的時間不對，因為這場是補賽。叫你不要東張西望，你他媽來這裡是幹什麼的？」

「我才要問你叫我來這裡幹什麼？純看球嗎……。」

電話斷了。狡猾的傢伙，不讓我拖延通話時間；這傢伙的每一通電話不超過四十秒，簡短，有力，經常前言不對後語，或以突如其來的「考試」讓人措手不及。

譬如說，第一次談到贖票條件，對方冷不防丟來這麼一句：「職棒元年第一支全壘打由誰擊出的？投手是誰？」

沒有人知道。急壞了滿屋子屏氣凝神交頭接耳的人。就在對方揚言「為了懲罰你們的無知，贖金加倍」時，我偷偷撥電話到職棒聯盟，然後用「强棒出擊」的速度搶答：「汪俊良。投手張永昌。你他媽惡唬誰！」

「很好。我想你和你媽媽一定知道汪俊良的第二支全壘打什麼時候打的？什麼地方？投手是誰？」

「王八蛋。」我忍不住罵出聲。

「錯！答案是職棒四年四月二十一日。台南。投手還是張永昌。贖金再增加一千萬。」

有一回，他居然問我的身高。「一八五，怎麼樣？」「很好，太好了，一八五的老兄，你害我勃起了。」

諸如此類與案情無關的問答，害我們神經衰弱，也讓贖金像股票漲停板般，一路飆到六千萬元的「天價」。弄到最後，還是由陳議員哀求對方「笑納薄酬，保證不報警」，你猜那王八蛋怎麼說？

「當然要報警。否則我恐懼會因為寂寞難挨而撕票。還有，那包東西不要玩假，否則E先生會還你們一具頭尾不分、男女莫辨的假屍體。喔！這一句免費送給你旁邊那幾個戴耳機的人：想抓我嗎？除非蓋巨蛋。」

氣歸氣，急歸急，敵方的狂妄或許正是我方反攻克敵的關鍵，不到最後關頭，誰敢輕言勝負？套句棒球術語，我正在等待「九局下半的大逆轉」。

其實，經過這些日子的有限接觸，警方歸納出幾條無關痛癢的線索：一、綁匪人數不清，因為從頭至尾皆由一位操外省口音、年齡約三十上下，自稱「E先生」的男子負責通話；二、綁匪精通棒球知識，顯然是球迷或刻意製造球迷印象以便作案；三、綁架動機疑與陳議員「反對市立棒球場原址興建巨蛋」有關。

坦白說，我不太相信「球迷」的說法，就像我經常懷疑「恐怖分子」這張狂熱的面具下的蠅營狗苟的心。這位「E先生」（Elephant的縮寫？）究竟是為了棒球而綁票？還是為了綁架而鑽研棒球？一個會跟隨群眾鬼吼亂叫，控制不住自己內分泌的fan，怎麼可能策劃出如此一樁周密、嚴謹，幾乎令人束手的綁架？至於「為巨蛋請願」的動機論更是胡扯，六千萬的贖金不知道夠不夠買一張巨蛋的充氣屋頂？

換作是我，我也希望成為球迷、歌痴、電腦狂或情聖，如果熱情的結果能夠帶來金錢與權力。可惜我不是E先生，就算E先生索價一千億或綁架我老母也與我無關，唯一與我有關的是：為什麼這王八蛋不去綁架陳議員的祖宗十八代，偏偏要向他的獨生女陳小玲下手？

「觀眾朋友王八蛋先生，王八蛋先生，您的朋友E先生請您立刻打三壘四號口樓梯間的公共電話回家，你媽媽找你。另外，觀眾朋友陳××先生，您的老婆在國泰醫院快要生了……」

一陣哄堂大笑。這王八蛋，居然利用棒球場的播音設備消遣我。不過說來說去還是得怪我自己，有一回我情急了破口大罵：「王八蛋你要錢要黃金要鑽石都成，人一定要活著回來，否則我操翻你祖宗十九代王八蛋……。」

「說得好，王八蛋先生，以後你的代號就叫做『王八蛋』。」

三壘四號口在哪裡？我站起身，游目四望，突然發現不對……。我坐的地方是一壘的內野區，三壘豈不是在對面？我惡幹兩聲，一面撥開人堆，登上階梯，轉進水泄不通的通道，這時，隨著我的走動，四面八方忽然站起十數名穿黃T恤的漢子，緊跟著我向前移動。怪怪，這些傢伙是敵是友？還是與我無關的純球迷？坦白說，我不太相信台灣的警察已經聰明到懂得利用「保護色」；而且，由於賽前無法預知我會被指派到哪個位置哪個角落，他們得先聽交手的兩隊，準備兩套加油衣以便隨時換裝。我倒覺得，是那些無從規範的球迷不知不覺間成為敵人的幫兇，讓我們陷在黃色的迷陣難以自拔。換言之，我寧願E先生就是這些「兄弟」中的一個或全部，貼肩而來的某個或擦身而過的下一個，出其不意拿走他的獎金，以他一貫冷漠、低沉的音調在我耳旁宣布：「比賽終了，謝謝您的捧場。」

很遺憾，一直繞過本壘後方，贖金還在我懷中，我身後的人早就從一壘的各個出口逐批消失，只留下我，繼續在「對不起」、「借過」聲中蹣跚前進，奔赴敵陣。

條子到哪裡去了？我很擔心，真的很擔心，雖然史隊長再三保證：「你放心！棒球場有多少座位，我們就塞多少便衣，再把所有的出口封死，一隻螞蟻也爬不出來。」真是屁話連篇，連我這種不看球的人都知道：職棒比賽採門票預售制度，有些「票房保證」的比賽早在十天半個月前即宣告滿座，在時間、場次不明，而我直到開賽前才接到進場指令的情況下，警方如何先行部署？所謂「一隻螞蟻也爬不出去」也可以解釋成「一個便衣也擠不進來」。

「聯盟報告，聯盟報告，今天雖然是補賽，但是從上午十一點開賽後即告滿座，可是場外還有很多位球迷不肯離去，想要硬擠進場。松山分局已調派警方協助維持秩序，請場外的觀衆朋友不要想不開，趕快回家吧！」

這下有趣了，被擋在門外的肯定不是E先生一夥人，搞不好是穿便衣的遭到穿制服的阻擋。說不定，我的身邊一個警察也沒有，史隊長根本在唬我。不過，這點才最令我擔心：看不見警察並不等於沒有警察（我寧願警察白忙一場，也不希望在陳小玲回來之前看見綁匪落網）。也許身上便衣隱藏在神祕的角落、巧妙的制高點，譬如說，外野看台頂端、計分板內，甚至夜間燈架（此刻擠滿了像蜘蛛人般的免費觀衆）上，以高倍望遠鏡監視我的一舉一動。E先生的左邊站著不相干的球迷，右邊挨著不相識的便衣，所有的人以一種共同的凝視，專注於場內不同的廝殺……誰知道呢？

可以確定的是，「打電話回家問候媽媽」是一記吊球，目的是在引蛇出洞，看看我周圍埋伏多少警力。史隊長沒有上當，雙方的老K都還沒有亮牌，愈發讓我感覺這場比賽勝負難分（此刻，計分板上掛著九個零，僵持不下的投手戰）。而且，如果我沒猜錯，警匪大戰的決勝期會出現在球賽的後半段，很可能就在結束的一刻或某個關鍵性的高潮瞬間。只是，沒有人抓得準那令人窒息的一點，就像從前深夜收看棒球轉播，每逢兩好三壞、二出局滿壘，或九局下半的絕地反攻之類的「終極情境」，我總是關上電視，拒絕預測無從洞悉的底牌；就像十五年前那場關鍵性的比賽，原本排定我為先發投手，比賽當天我卻稱病缺席，理由很簡單：我那顆惶恐的小腦袋估算不出勝率、敵我氣勢、臨場表現和穩定程度，我不確定自己是不是贏家。

可以確定的是，三壘出口的樓梯間不會是付款地點，我還得繼續奔波下去。

果然，公用電話的顯示幕打出「停用」兩個字。

大哥大響了。

「電話壞了，對不對？不要哭，乖，繼續往下走，右轉，再右轉，看到從左邊算起第二扇門……。」

「做什麼？」

「你不覺得內急嗎？」

第二扇門的裡面只有一口破損、阻塞的抽水馬桶，馬桶倒是沒有停用，裡面的東西卻不算少：一包檳榔盒、幾截碎布、鋁罐、成團的衛生紙、成打的菸屁股……，一起混合在半黃半黑、逼近座墊高度的黏稠表面。不過，話說回來，馬桶裡的東西再多，不會比廁所裡排隊的人多；廁所再擁擠，不會比這座球場更擠。我發誓，如果我能活著離開，這輩子絕不再踏進這鬼地方半步。

一分鐘、兩分鐘、三分鐘……五分鐘過去了。外面不斷有人敲門。强忍的一口氣快要憋不住。等等，他們不會要我把贖款丟進馬桶裡吧？

指令來了：

「打開旅行袋，拿出黃布包，包石頭的那包，丟進馬桶裡。如果可能，攪拌一下最好。」

「黃布包」一共有六包，內容分別為石頭、柳丁皮、愛之味辣瓜、雞腿、生肉片和總值六千萬元的一袋鑽石。此外，還有一只棒球手套、半條吐司、一根黃色加油棒

（上午繞到兄弟飯店去買的）、一小包火種、烤肉醬……總之，任何人翻開旅行袋一看，都會以為我是出來野餐的。

「離開廁所了吧？那麼你一定看見廁所門口的大型垃圾桶，拿出柳丁皮的那包，塞進去，愈下層愈好。記住！動作要緩慢、曖昧，東張西望，確定有人跟蹤再離開。然後到時報鷹的內野區……。」

真他媽夠狠，六個黃布包儼如六枚活棋，每一著棋都足以牽制敵方大軍。我一想到此刻可能正有人忙著挖大便、翻垃圾桶，或眼巴巴瞪著一口臭馬桶到球賽結束，說真的，連我都忍不住想笑。

更絕的是，我還得來一招「飛象過河」，在壁壘分明的白熱化關頭（比數還是零比零），單槍匹馬闖進時報鷹隊的勢力範圍，而我身上正好穿著很不合時宜的指定服裝：印著「兄弟棒球隊」字樣的黃T恤。

台灣球迷的暴力傾向我可是早有耳聞。什麼群毆、恐嚇、鬧場、砸椅子不在話下，對球員、教練乃至裁判不滿喊話；輸了球鬼吼不說，贏球時也要發出噪音。唉！民進黨的聲音都沒有他們大。有時遇雨停賽，害他們沒球看，他們淋雨包圍棒球場，叫囂不散；天公作美，比賽順利進行但結果不盡如人意，他們也要藉機鬧一鬧。

有一回，好像是兄弟隊得冠軍，怪怪，那場面哪像慶祝，簡直就是革命，滿天火光，萬人瘋狂，整個球場被黃絲帶淹沒。隔著電視畫面，那股震波宛如無堅不摧的飆浪，破框而來。

咦？情況不太對，一疊看台的象迷全部站了起來，發出各種可怕的聲音。緊接著，保特瓶、鋁罐、水袋、加油棒、碎紙統統下場了，三壘這邊也有一些零星的炮火呼應。好像是兄弟象的球員衝回本壘，被判出局。地上的東西愈扔愈多，愈扔愈遠，有一瓶未開封的礦泉水甚至直接飛上投手丘……我總覺得這些痞子不像是在發洩，倒有點像在玩三鐵比賽。

大哥大響了。

「你的臂力怎樣？」

「什麼意思？」

「拿出愛之味辣瓜那包，瞄準本壘板，別急！等場面清掃乾淨後再去。先深呼吸，轉動轉動手臂，你知道直球的握法嗎？」

我一聲不吭，掛斷電話，立刻執行。雖然扔得不是很準（結果我連三壘壘線都擲不到），卻像拋磚引玉般，帶起第二波砸場行動，那些瓶瓶罐罐又下來了，現場又陷入混亂。其實我真正想做的是：如果袋子裡裝的是整包現鈔……如果我突然對這場無聊的比賽感到不耐煩……如果這見鬼的球場和見鬼的台灣令我憂鬱、窒息、絕望……如果我剛好不小心爬上內野看台屋頂，滿手滿嘴滿口袋都是鈔票……如果……嘿嘿，看誰狠！

我當然不會那麼搞法。

事實上，在我自己的「球場」，我的遊戲規則只有贏或輸，沒有多餘的憤怒、悲傷，也沒有發洩性的丟加油棒、撒鈔票。一切無關利害的情緒進不了我的壘線；或者，反過來說，謙卑乃是倨傲的羊皮，失意正是得意的偽裝，每一回不痛不癢的人際人情意味著一次次貨真價實的撲壘或假盜壘。所以，我看運動競賽只注意最後比數，對人類的終極關懷，僅限於對方的剩餘價值。

譬如說，我在陳氏集團奮鬥三年，陰人無數，奉承上司打擊下屬（有時候反過來做），圖的就是台北總公司總經理的位子。不過，這只是開頭的一小步，我的目標是擁抱陳小玲，征服全世界，霸佔陳家相傳八代的祖產。只要我的心肝寶貝親親甜心我的小玲玲平安歸來。

提到陳小玲，我可是使盡渾身解數，用足吃奶氣力，呵護寵幸，絲毫不敢馬虎。她說東我不敢往西，只能暗地調整座標，騙她朝反方向走；她堅持在上面，我只好閉目假寐（不能發出鼾聲），順便思考一下女男易位後的男權問題。面對這種對手，即使她投來一記暴投，你還是得毫不猶豫揮空棒，讓她天真地以為你上了當。理由無他，只因除了她以外，她的周圍及背後的一切，都會讓我達到性高潮。三年來，我多麼努力讓她相信：我之甘願拜倒石榴裙下，純粹是發自內心深處的尊崇、愛戀與仰慕，而不是為了偷看她的內褲。事實證明，我的每一句誓言仍不足以形容我對她無關肉慾的重視程度。

陳小玲遇難，我比她親爹還急。所謂患難見真情，這臭婊子的客兄、炮友、乾爹、契弟們早就逃之夭夭，唯恐惹禍上身，只有我深情如一，發憤重讀棒球經，堅持「活要見人，死要見屍」。開什麼玩笑，陳小玲有個三長兩短，我的一生也跟著掛了。從某種角度看，陳小玲既是E先生等人的肉票，又何嘗不是我的飯票？他們綁架她的「現在」，我劫持她的「未來」。我們這些雜碎立場雖異，幹的卻是同一勾當。進一步想，這筆六千萬的贖金，等於是由陳議員出資，E先生做莊，協助我買下「成功」的通行證，在精神上，我和E先生簡直就是共犯。

所以你們這些殺千刀的綁匪，隨便你們對她怎麼挖她雙眼、挑她腳筋、毒啞她、蹂躪她，都與我無關，只要留她一口氣……啊嗯哦我的至愛小玲玲……。

大哥大的響聲嚇了我一跳。

「混帳東西，注意你的表情，李居明被三振你他媽居然在冷笑。」

李居明被三振關我屁事？不過，萬一兄弟隊輸球，害那個王八蛋心情不好，可就關乎我的寶貝小玲玲的生死大事了。不得已，我努力讓嘴角上揚，做出一副抱歉的表情，為了讓E先生看清楚我的誠意和謙卑，我甚至站起身，左顧右盼，對一萬多個人頭傻笑。

「很好。保持原姿勢，在原地大喊：兄弟萬歲！」「你知道嗎？我一直以為你那個E字是Elephant的縮寫，現在我才發現是另一個字。」

「什麼字？」

「EGG，王八蛋先生。」

我當然還是照做了。而且是用超過啦啦隊長的音量，在時報鷹的內野區連喊三聲聲調壯烈的「兄弟萬歲」，左鄰右舍當然投來狐疑、仇視的眼光，連看台最下方那位披鷹袍扮老鷹的壯漢都回頭瞪我。這一刻，我幾乎懷著一腔子犧牲的情操，在衆目睽睽下，獻祭我對陳小玲的至愛，表達必死的決心。沒有人聽得懂，那高亢的分貝下隱藏著反叛的詛咒，乍看之下，我是身陷鷹陣的象諜，其實不然，我寧可自己是時報鷹派赴象營接受假命令再回來搜集假情報的臥底，披著雙重羊皮的死間；而骨子裡我什麼都不是，利之所趨，我隨時可為雙方獻上假忠誠或真背叛。就像我所扮演的假球迷或真情聖的角色，就像我為陳小玲所做的一切都記了帳，而她得用陳家的一百年來還。是的，沒有人比我更勇敢，我真的感動了，就在時報鷹隊一個叫廖什麼雄的被三振的同時，我又扯足嗓門喊出第四、五、六聲「兄弟萬歲」，然後抬頭挺胸，等待被激怒的群衆將我拖到廁所或停車場克爛飯。

可惜，我的等待落了空，埋伏在等待後面的期待——E先生等人趁亂取走鑽石或某個沉不住氣的蹩腳便衣挺身為我抵擋拳腳，如果這些人就在我身邊——也未能實現。倒不是沒有人理會我，回應我的喊聲的不是人或物，是聲浪，排山倒海而來的聲浪。彷彿，我的喊話激起了鷹迷的同仇敵愾，我的「萬歲」一結束，立刻有人帶頭喊：「時報鷹，加油！」加油聲整齊宏亮，迅速擴散到外野區，外野的聲勢更强，又鑼又鼓，搖旗加鳴笛，好像還有電子琴演奏。象迷也不甘示弱，一波波「兄弟」聲此仆彼起，右外野並豎起「飛刀射鷹」、「兄弟祭鷹組」的紙板或布條。

時報鷹這邊也熱鬧，十幾面大旗不停揮舞，夜間火鉗架的兩根柱子間橫鋪著一面巨大的彩色群鷹圖，看台頂端升起兩面鷹形風箏……一眼望去，很像是一大群老鷹穿梭飛舞。

「今天的觀眾朋友好像特別捧場，看台上的演出比場內的比賽還要賣力，尤其時報鷹隊為號召球迷，最近推出『飛鷹計畫』活動，在台北棒球場展示和鷹有關的圖片、海報、模型和產品，甚至出現訓練有素的老鷹……。」

「現在是九局下半，兄弟象最後半局進攻，如果還是不能突破僵局……。」

大哥大響了，時候差不多了，應該有決定性的動作。

「從三壘四號口出去，繞到右外野八號口進場，盡量向中外野擠，直到最靠近計分台的出口為止。有沒有看到『龍獅虎象加鷹熊』的看板，熊字下面。」

我迅速離場，繞過棒球場正門，一、二號入口，敦化北路人行道，朝右外野快跑前進。不知為何，我的心情有些浮躁，我忽然很想知道這場比賽的結果，那最後一擊是支再見全壘打？再見安打？抑或再見三振？就像那即將揭曉而我始終摸不著邊的謎底：E先生到底會用什麼方式取款？陳小玲的命運，我的未來，隱藏在這座豁亮的萬人球場裡的哪一個陰暗的角落？

球場內傳出一陣喧鬧聲、喇叭聲和大會的廣播聲音：「九局結束，雙方依舊零比零平手。由於時間未到，比賽將延長，直到滿四小時或十二局，或是雙方分出勝負為止。」

轉進外野的鐵門時，一位中年男子故意和我撞了個滿懷，且利用擦撞的瞬間在我身邊丟了一句：「待會對方再叫你拿出黃布包，如果是假的，用左手；真的，用右手。」

直到我到達「熊字下面的出口」前，我的左手和右手都由不得我作主。右外野是兄弟象的加油區，擁擠的程度猶勝內野，不說座位，連立足之地都很難找到，我幾乎每前進一步，都會踢到別人的胳膊或屁股，就在這種手腳打結、肩靠肩肉貼肉的情況下，我奮力穿越群情激昂的樂隊、加油區和旗陣，黃絲帶灑落肩頭，鳴笛聲隨時可能震破耳膜。我甚至找不到自己的雙手，藉以保護懷中的鑽石。等到我氣喘吁吁站定了位置，左右前後一瞥，赫然發現至少三張熟面孔——曾出現於陳府的史隊長的手下，距離我各約五步，一個坐著，兩個站著，構成以我為重心的正三角形。

他們什麼時候進來的？我的四周有多少警力？E先生也在附近嗎？他們三個看都不看我一眼，神情還真像是在看球，事實上，周圍所有的人都露出一種令我恐懼的專注，緊盯場內的變化。我感覺出，此時此刻，這個世界受到一股神祕的力量牽引，我的心跳漸漸加快。

「三壘安打！廖敏雄擊出三壘安打，十局上半二出局後，時報鷹隊出現得分契機……。」

十七號投手像椅子般釘在投手丘，一動不動，彷彿一隻眼睛看捕手手勢，另一隻眼盯三壘跑者。

那種模樣令我極度不安。不知為何，我的思緒飄到十五年前，那場對我而言未發生的比賽，台北市中學聯賽冠軍決戰，我站在同一個投手丘，面臨勝負難卜的最後關頭……下一球該怎麼投？我該怎麼辦？糟糕！我控制不住自己的心跳甚至看不清楚捕手的暗號，只想找個地洞鑽下去……決戰前夕，我不斷夢見自己釘死在投手丘的正中央，橫躺，臉朝天，四肢抽搐，身體像陀螺般原地打轉，一根紅木球棒貫穿我的心臟直入投手板。那場虛虛實實只有那場比賽是在我們口中的「大球場」——台北市立棒球場舉行，我缺席了，缺席的我從此放棄泥土、草地和烈日，成為優秀的大學生、研究生，成為都會精英的一分子，陳氏集團未來的龍頭，主宰一切、論定勝負，不再因為內角曲線或外角滑球而猶豫發抖的真正的贏家。

背脊發冷。雙手發麻。我猛回神，發覺自己全身都是冷汗。不知何時，我的右手緊緊握著一只黃布包（好像是鑽石那包），而且是用我最拿手的內角曲球的握法。

「三振出局！陳義信三振時報鷹打者褚志遠，化解了十局上半時報鷹隊的攻勢，這是陳義信今天演出的第九次三振……。」

頓時，黃絲帶、加油棒飛滿天，一壘看台上的象迷全部動了起來，像波浪般，一波接一波，一起一落密密匝匝向外野區捲來。我終於吐出一口氣，放掉半溼的黃布包，剛才打者揮棒落空的一瞬間，我錯以為那一球是從三六十呎的全壘打牆外——我的掌中——直飛本壘板。

指令來了：「不要發呆，趕快拿出那包雞腿，等波浪舞到的時候，順勢拋下場，然後把烤肉醬倒進生肉包裡攪拌。」

波浪湧到的時候，我使盡氣力，投出這場比賽的第一球，用我的右手。我知道這麼做不對，我應該用左手，問題是，從小到大我一直是右投右打；更要命的是，到了這種關頭，我才發覺放棄棒球的自己依舊是右打右投，再也變不出新花樣。從現在開始，這件事與條子無關，贏也好，輸也罷，我唯一不明白也就是我唯一想做的是：三振E先生。

那「球」當然飛不遠，像一顆鉛球般重重地落在中外野的草地，伴隨著黃布雞腿包下場的，還有幾支興奮的加油棒、拋過頭的易開罐、塑膠袋。比賽又被迫暫停，工作人員出場了，大會又開始廣播：「請觀眾朋友保持冷靜，千萬保持冷靜……。」

史隊長出現了，就在那群穿著綠色聯盟制服的工作人員中。低著頭，佝著背，一副快要斷氣的狗模樣。這隻老狐狸很技巧地將黃布包掃到一邊，故意不撿，等著看那個倒楣鬼先去碰那個假陷阱，然後在對方運送垃圾出場的同時或稍後（經過一段無效的跟蹤），一卡車的笨警察手忙腳亂地擒下不知情的假綁匪……很不錯的構想，連「垃圾管道」都防到了，可見這一路上由我製造的垃圾都經過專人處理，警方確實下過工夫。可惜老狐狸史隊長還是算錯了。是的，包括我在內，全世界都想大聲地問：他媽的，E先生您老兄究竟在何方？

大哥大響了。

「你一定很好奇，我會用什麼方式和你做『第三類接觸』，你的四周至少有六至八位露餡的刑警，隱形的還不知道有多少，我根本跑不掉。坦白說，我也不知道下一球該怎麼投？比賽還沒結束，不是嗎？也許待會兒李居明、王光輝的打擊會給我靈感，你也幫忙想一想，怎麼樣？還記得去年的金冠軍之夜嗎？十四局下半，王光輝的那支再見安打……算了，你當然不會關心那一段。現在，先拿吐司出來……。」

「又要做什麼？」

「你不覺得肚子餓嗎？放輕鬆點，從早上到現在你吃過什麼？」直覺告訴我：E先生快要「露餡」了。理由很簡單，這一通電話居然破例超過一分鐘。顯然，對方開始嘮叨、聒絮，過度興奮，而且，最重要的，過度緊張。

問題是，那一段通話期間，我趁機掃瞄周圍的人群（感覺出果然不止三個便衣在監視我），竟然看不到其他使用大哥大的人，難道E先生不在我身邊？或是另有人負責取款？或者，E先生等人根本不在球場內？我抬頭環顧球場四周，從這個角度望去，才發現除了夜間燈架、體育場擠滿免費觀眾，附近的大樓、新建的綜合體育館樓頂也有人。情況好像愈來愈複雜。我的手心又在冒汗，悄悄翻開旅行袋：裡面還剩下一支加油棒、一只球套、一包火種和最後兩個黃布包。如果我猜得不錯，兩個黃布包會分別藏在加油棒、球套送出，一實一虛，何者為虛？何者為實？

球場又騷動起來。

「安打！李居明擊出三游間强勁滾地安打，二出局後攻占一壘。接著輪到第四棒王光輝的打擊。」

「王光輝，全壘打！」「王光輝，全壘打！」球迷的喊聲掩蓋了其他所有的聲音，我趕忙拿起大哥大貼近耳朵，這時候一定有電話進來。

大哥大果然響了。

「你猜這局兄弟隊會不會得分？」

「我不知道。」噪音太大，我幾乎是用吼的。

「你最好賭兄弟贏，否則恐怕得等到下一場……。」

「你說什麼？」

又出現安打了，王光輝推出一支右外野的安打，一壘的李居明一口氣跑到三壘。觀衆全部瘋狂了，一壘看台已經有人在放鞭炮。一時之間，我分辨不出任何聲音，原先遠遠監視我的便衣也開始一步步逼近。

「你剛才說什麼？再說一遍？」

「你聽好，立刻取出黃布包裡的那袋鑽石，塞進生肉片那包裡。空下來的黃布包則塞進那包火種，再把裝火種的黃布包夾進手套裡。然後，注意聽，只要兄弟隊得分，馬上把手套連火種包交給你左邊的人，對他說：『你的朋友在出口等你』。你自己則帶著真貨往上走，一直走到『龍獅虎象加鷹熊』的看板，緊靠著『鷹』字……。」

話還沒說完，場內就出現狀況，體型龐大的王光輝居然往二壘盜，捕手快傳補位的游擊手，三壘的李居明同時向本壘衝，游擊手跳起接到那記偏高的傳球，再回傳本壘……我操！令人匪夷所思的大膽的雙盜壘戰術，出現在這種關頭，一時間我感到恐懼莫名，因為我手中的兩個黃布包正如一實一虛的兩個壘包，誰會來「盜」我手中的壘……球傳偏了，李居明像飛魚般滑進本壘，沙塵飛揚，主審平攤雙臂。

天搖地動，聲浪像核爆般炸開，球場彷彿快要崩坍了。此時此刻，我正千辛萬苦一步步移向看板，綠色的看板也宛如長了手腳般上下躍動。除了頭暈目眩、四肢顫抖的我之外，幾乎所有的人都沉浸在勝利的狂歡中。不過，球賽雖然結束，我的耳後仍有五、六個滿頭大汗的傢伙緊隨而至，還有一位剛剛拿了我的球套，不明就裡往外走的傻瓜蛋正被一堆人制伏在通道上，這場真正的比賽卻好像才剛開始。只是，沒有人理會我們，不，應該說我們融化、消失在這種氛圍中。那些被我撥開或迎面而來的手臂好像在歡迎我，通道上扭成一團的真警察和假綁匪看起來像是在擁抱。愈是如此，我的不安愈深，剛才在內野的感覺重又浮現：這些「兄弟」都是E先生，E先生就是這些球迷的一個或全部……。

大哥大響了。

「很好，緊靠著鷹字，面向球場，拿出最後那包好肉，踮起腳，手臂盡量向上伸，超過看板頂端，你身高一八五沒問題的……。」

這時，所有的象迷伸出右手，向上高舉，齊喊：「嘿！嘿！嘿！」和我的動作一樣。

「哇！各位觀眾朋友，最近頻頻出現的老鷹又在中外野上空盤旋。這個月每逢週日下午的比賽，這隻老鷹都會飛進場，停在『龍獅虎象加鷹熊』看板的『鷹』字上方。記者、球迷和聯盟工作人員都很好奇，可能是有心的鷹迷從附近的大樓放出，為『飛鷹計畫』造勢。雖然這場比賽由兄弟象隊獲勝……。」

老鷹？什麼老鷹？我抬頭一看，一片黑影壓下來，瞬間攫走我手中的黃布包，只留下指縫間滲著血絲的爪痕，以及，五、六張幾乎撲到我身上的驚愕的臉。那隻鷹已飛向北面的天空。

電話還沒有斷。

「我明白了，你這個王八蛋，原來『E』字不代表Elephant，而是Eagle。」

「你又錯了！E先生既是Elephant，也代表Eagle，也許你寧可稱呼我Evildoer，但實際上我是Emperor……。」

是的，我錯了。想要三振天殺的E先生就是錯誤的想法，因為我弄混了角色，我不是投手，他才是；這是他的球場，他的比賽。我連他媽的揮棒的機會都沒有就已被判出局。

我頹然坐倒在地。

「你知道我花費多少工夫訓練這隻鷹？你一定不知道，今年的職棒比賽絕大部分在晚上，我等了多久才等到這場白天的補賽，我的『鷹雄』才有用武之地？我早就暗示你們：想阻止我，除非蓋巨蛋。還有，我說『第三類接觸』就意味著『天外飛來』。謝謝你來為咱們E隊捧場，怎麼樣，我知道你一定不服氣，別傷心，職業比賽不是只打一場，有沒有興趣？下回巨蛋再見！」

——原載一九九九年九歌出版《不完全比賽》

註：本文榮獲第一屆兄弟棒球小說獎首獎。

主編導讀

張啟疆是現今台灣書寫棒球小說最具成績者，是「台灣棒球小說第一人」。他的小說集《不完全比賽》（九歌版，一九九九）所收的十三篇全都是棒球小說，是台灣文壇第一本由單一作家創作的棒球小說集。此外，他也是第一屆「棒球小說獎」（一九九三年）的短篇小說首獎兼極短篇推薦獎雙料得主。

〈兄弟有約〉即是第一屆「棒球小說獎」短篇小說首獎作品。這是一篇毫無冷場的推理小說。小說場景設在棒球場中，讀來臨場感十足。而歹徒與主角以棒球知識問答鬥智，更豐富了小說的棒球專業性，棒球迷來讀會更加過癮！張啟疆也是專業的球評，曾用筆名「棒槌子」寫過棒球相關論述，因此，小說中大量冒出的棒球知識應是作者的當行本色，讀者切莫以為他有意炫學。

二〇〇八年，張啟疆出版《球謎》（三民版），是台灣首部長篇棒球推理小說，該書人物、情節與〈兄弟有約〉有所關聯，可視為〈兄弟有約〉的續作。〈兄弟有約〉與《球謎》都是推理小說，從小說類型的角度看，張啟疆也替棒球小說開拓了疆域。

超級棒球賽

侯文詠

一九六一年生。台灣嘉義縣人，台大醫學博士，目前專職寫作，兼任台北醫學大學醫學人文研究所副教授，台大醫院麻醉科主治醫師。

出版有長短篇小說與散文：《我的天才夢》、《白色巨塔》、《大醫院小醫師》、《離島醫師》、《危險心靈》、《沒有神的所在：私房閱讀《金瓶梅》》、《不乖：比標準答案更重要的事》等。

侯文詠說：

小時候寫作文，「我的志願」有三個：當醫生，作家，還有棒球小國手。

想想，我大概是少數童年志願大都實現的人。至於實現了志願以後的人生，是否像童年的想像一樣，那實在是另一回事了。

或許正因為如此，唯一沒有實現的那個「棒球小國手」的夢想，變成了一種童年時代，或者說生命中，真正私密的美好。

而所有棒球的小說或故事，對我來說，真正吸引人的，都是能夠連結那個美好的部分。

在我們那個時代，一個小孩子最偉大的夢想就是當一個編輯以及棒球小國手。編輯偉大的地方在於他可以退回小朋友的稿子，所以在我心中的編輯老爺以及編輯大娘都是崇高至尊的。如果那時有哪位叔叔阿姨自稱是編輯，我當場見了一定行三鞠躬禮。至於棒球小國手那就更不用說了，像是王貞治、郭源治、許金木、楊清欉、鄭百勝……。那真是無人不知無人不曉。

我的球棒是老爸送我的。這件事老祖母非常不能諒解。她覺得一個父親再怎麼說，也不應該送給孩子玩樂的工具。老祖母年輕的時候據說是大家閨秀。她心情好的時候會送我墊板、鉛筆、作業簿……。她常常告訴我一些偉人的故事，教我背《三字經》，還買了字帖、毛筆、硯台……，要我寫字，做一個有用的人。

顯然我們的志向並不相同。

每天一大清早，拎著球棒，我就出門去了。

「你知道嗎？要打好棒球一定要苦練。」莊聰明告訴我。

「怎麼苦練？」

「你可以觀察蒼蠅。」

「觀察蒼蠅？」

「對呀，觀察蒼蠅嗡嗡嗡地飛，可以訓練眼力，這樣就不怕快速球。」

有時候，我們實在是半天找不到一隻蒼蠅，只好跑到鐵軌旁等火車觀察火車上面的阿拉伯數字，以訓練反應能力。

到了中午接近午餐時刻，老祖母找不到小孩了，怒氣沖沖地拿著家法到處找人。通常在學校操場很容易找到我，我一定在那裡練球。老祖母很胖，她全身跳動著脂肪，一跳一跳地跑來，旁人見了遠遠地就對我通風報信：

「你祖母追殺來了。」

我還不甘心，等到她喘吁吁地追得很近了，我才準備開溜。我先跑一段停下來看她，她也停下來看我。等到真的追殺起來了，我才嘩啦一下子溜回家。

我從後門溜回家，正得意我的策略成功時，冷不防被下班的老爸抓個正著。

「幹什麼？」

「我，我……。」

「跑給我追？」老祖母也回來了，「存心要把我累死是不是？」

「誰叫你把阿媽氣成這樣？」老爸接過祖母手上的棍子，不分青紅皂白，先開打再說。

「哎喲！哎喲！我下次不敢了。」我靠著牆角，其實沒怎麼打到，可是一定要叫得很大聲！並且要配合打的動作。

「上次就說下次不敢，上上次也一樣，你哪次不是同樣的台詞？」

「哎喲，這次真的不敢了。」果然不久，吳美麗的媽媽，隔壁的阿姨，還有討厭的吳美麗都跑來了。

「小孩子知道錯就好了，這次就原諒他吧。」吳媽媽幫我說項了。

「哎喲，我知道錯了，下次一定不敢了。」有了生力軍，我的聲音更大了。

這樣的努力多半需時不久，老祖母馬上看不過去，心軟了，她說：

「好了，好了，這次原諒你，再有下次，一定把你打死。」

一切都很好。除了那個討厭的吳美麗，對我做羞羞臉的動作，讓我覺得很沒有尊嚴。

我的乖巧通常只維持一天，隔天一早，我完全忘了挨打的事，又拎著球棒苦修去了。勇於認錯，決不改過。

我最大的願望就是能參加比賽。可是我只是一個小小孩，大孩子多半不希望我加入戰局，那會削弱他們的實力。萬一不幸人數不夠，或是被我苦苦哀求，勉強湊數，那他們一定規定我不准揮棒。

站在打擊位子上，不得揮棒，到底能做什麼呢？你猜對了，等四壞球保送。再不然，觸身球保送也可以。總之，我的階段性任務就是如此，一旦我被球打到，人人拍手叫好。

偶然，我心血來潮在二好三壞之後放手一揮，一旦揮棒落空，三振出局結束這局攻擊，包括前面兩個被三振出局的孩子立刻怒目相視，異口同聲地說：

「都是你害的。」

反正我們那個球隊老是輸球，歸結到最後都是我害的。

我常常做夢，夢見自己擊出一支漂亮的全壘打，像大力水手吃了菠菜一樣，力挽狂瀾，反敗為勝。然後我慢慢地跑回本壘，接受所有人的歡呼。

我不斷的努力，相信終有一天，機會會來敲我的大門。

等待呀等待，終於有一次，輪到我上場了。

比數是一比三，敵人暫時領先兩分。兩好三壞滿球數，兩人出局，一、二壘有人，最後一局的比賽。

「要想辦法被球打到，造成滿壘。」這是教練的指示。

「我一定要好好表現一下。」我告訴自己。

可是就在投手準備投球的一剎那，天啊！你猜我看到了什麼？

沒錯，我的祖母，早不來晚不來，這時候持著家法，一喘一喘地跑來了。

「死囝仔，幾點了，還不曉得要回家吃飯。」她的聲音遠遠就聽得到。

投手就要投出，老祖母愈跑愈近，時間不多。

這時候我不管三七二十一，閉上眼睛，用力就是一揮——

那個球飛得又高又遠，我的媽！是個全壘打。

全隊的人都歡呼了起來。我的老祖母愈跑愈近，她可不管什麼全壘打或是什麼三振出局。

「你再跑，看我今天會不會打死你。」

「跑呀！快跑。」全部的人都已經鼓譟起來。先是二壘的人奔回本壘，接著一壘上的人也奔回本壘。

全壘打呀！我告訴自己，不顧一切拚命往一壘衝。

「看你還跑到哪裡去？」我奔上一壘，祖母也追了上來。轉個彎，奔上二壘，她扠著手，氣呼呼地站著看我。

等我奔上三壘，天啊！祖母已經站在本壘板上等我了。

我站在三壘，猶豫不決。

「跑！跑！跑！跑！跑！」

所有的人馬上激動的大叫，跑！跑！跑！跑！

「有膽你跑回來啊！」老祖母站在本壘板上揮動她的棒子，彷彿她也正準備擊出一支全壘打。

三比三平手，「快點，再不跑就完蛋了。」希望與榮耀，只差一分就贏了。

「跑！跑！跑！跑！……」

我終於鼓起勇氣，深呼吸，決定硬著頭皮奔回本壘。這時我聽見了震天雷動的歡呼以及掌聲。

就在水泄不通的掌聲之中，英雄被他祖母抓個正著，邊挨打邊求饒：

「下次我不敢了，救命，下次我真的不敢了！」

——原載一九九二年皇冠出版《淘氣故事集》

主編導讀

侯文詠的〈超級棒球賽〉將讀者帶回睽違久遠的童年，是一篇趣味橫生的憶往「故事」——它原本收錄在侯文詠《淘氣故事集》一書（皇冠版，一九九二）。嚴格說起來，它比較接近散文，而非小說。但因為它具體寫出一場球賽，情節完整，故也不妨視之為小說。

童年時代在社區糾集幾位鄰家小孩打棒球，是許多台灣人的共同記憶。相較於劉克襄〈幸球場的決鬥〉低壓的懷舊氣氛，侯文詠的〈超級棒球賽〉搞笑多了。然而，誰說不能開開心心地懷舊？侯文詠以他強烈的個人風格，替棒球小說示範了一種可能。

一九九七

楊照

本名李明駿，一九六三年生，台灣大學歷史系畢業，美國哈佛大學博士候選人。曾任《明日報》總主筆、遠流出版公司編輯部製作總監、台北藝術大學兼任講師、《新新聞》周刊總編輯等職；現為《新新聞》周報總主筆、「博理基金會」副執行長、新匯流基金會董事長，並為News98電台「一點照新聞」、BRAVO FM91.3電台「閱讀音樂」節目主持人。

著有長篇小說《吹薩克斯風的革命者》、《大愛》、《暗巷迷夜》；中短篇小說集《星星的末裔》、《黯魂》、《獨白》等；散文集《軍旅札記》、《悲歡球場》、《場邊楊照》等；文學文化評論集《流離觀點》、《文學的原像》、《文學、社會與歷史想像》等。

楊照說：

棒球在日語中稱「野球」，其「野」字開啟了許多談論與想像的空間。棒球不只是用看的，更是用說的、用吵的、用神話與傳奇串聯起來的。

我是南部出身的少棒選手，和李宗源同屆。

打棒球、看棒球那麼多年，我還沒看過比那年南部七縣市選拔賽更恐怖的場面。後來中華職棒最好的年代，台北棒球場擠滿了，一萬四千人。南部現在有澄清湖球場，擠滿了，兩萬人。那年南部七縣市少棒決賽，大家都說至少有五萬人擠到球場。喔，那個場面。看得見的地方都是人。走路的、騎腳踏車的、騎摩托車的，最拉風的不是坐轎車的，沒辦法，轎車遠遠就被擋住了，最了不起的是犁車，那時候農會正在鼓吹「機械化」，農戶可以貸款買喝柴油的犁車，換掉家裡的老牛，連柴油都有補助。不過還是很多人沒看過什麼是犁車，這下子在球場外見識到了，好多人為著那簇新新、亮晶晶的犁車，東看西看、東問西問。

其他人另外圍成一個個圈圈，圈子最裡面的，一定是手拿收音機的人。旁邊還跟著兩個重要人士，一個手裡抱著乾電池，還拿著螺絲起子，一旦收音機沒電了要馬上換。再一個負責有一句沒一句將收音機裡的國語播報翻譯成台語。好球、壞球不用翻啦。聽聽就懂了，可是什麼盜壘啦、平飛球啦，這種就需要翻譯再附加說明。最需要翻譯，是球場上有了爭議的時候。

那場球，爭議還真不少。我們縣代表沒有打進決賽，不過只要是選拔賽參加球員，都可以進場，排隊坐在看台底下，休息區旁邊，我看到已經很有名氣的李宗源，左投，球出手，「咻」一聲，真的像箭一樣，又像一道白閃的劍光，沒看過那麼快的球，連我們教練卯起勁的猛投，都沒投過那麼快的球。

一九九七

「咻」，球進捕手手套，我們隊上的捕手阿德說，光聽球打中手套的「噗」，他的手心都會覺得痛。我目不轉睛盯著看，試著搖動臂膀，看看他一出手就揮棒，來得及打到球嗎？

難怪人家說李宗源是全國第一左投。

「咻——噗！」喔，是個壞球，再來「咻——噗！」啊，又是個壞球。「咻——噗！」還是壞球。……

我們呆呆地看著李宗源的球怎麼投都是壞球，進不了壘，連一個好球都沒有。大概投到了第三個保送吧，李宗源哭了，邊投邊哭，先用皮手套擦額頭上的汗水，再拉球衣短袖把眼睛裡的淚水抹掉，然後抬腿、舉手、跨步、球出手，「咻——噗！」又是個壞球。

我忘不了李宗源的動作。奇怪，我後來常常夢見他的動作，有時甚至變成是我自己在用那種動作投球。哭、擦眼淚，好像變成投球中的一部分。好像他，或我，早已經練過幾百遍，邊哭邊投的動作。

球場開始有罵聲，先是罵李宗源，罵他們教練為什麼不把他換下去。然後是有人罵罵李宗源的人。然後有人罵裁判亂判。就有人罵罵裁判的人。罵得我們在看台下坐立難安。那種罵法，不是很認真卻很衝動，讓我們想起自己的爸爸打人之前的預備動作。

我們幾個同學討論過，怎樣不要被打，爸爸如果很用力很努力的罵，罵得很兇，往往反而不會出手，像有時候我拿成績單回家，數字當然很差，爸爸會一直罵一直罵，罵我笨罵我懶惰罵我打算將來沒出息嗎罵我別以為打棒球就不用唸書別人打棒球成績也沒爛到這種程度，他可以罵很久，但不會出手，可是我如果嘴巴裡唸唸有詞，學布袋戲裡的「二齒」講話，爸爸聽到了會咆哮一聲、咆哮第二聲，不多講什麼道理，巴掌就過來了。

看台上好像真的要打起來，還好李宗源投到第六個四壞球保送，李宗源的媽媽衝進球場裡，對著主審破口大罵。主審本來把面罩摘下來，趕快又戴回去，看台上迸出笑聲，大家說：「怕她指甲啦，怕她抓他臉！」戴著面罩，距離又遠，主審講話聽不清楚，只隱約聽到他說「沒收」、「沒收」，而且用國語、台語、日語三種語言說「沒收」、「沒收」。

長大後才知道他應該是威脅要「沒收比賽」，不必打了，直接判李宗源那隊輸，那時候誰懂這個？看台上有人大喊：「夭壽喲，欺負囝仔還要沒收他老母！」我們那區看台觀眾聽了大家笑成一團。

不過李宗源媽媽尖銳的叫聲，我們倒是聽得清清楚楚，「你沒良心啦！你收人家多少錢你說？還是你自己賭了多少錢你說？好球你都判成壞球，你這樣沒良心，出去還要不要做人？他們敢買你，難道賭我們這隊贏的，就不敢打死你嗎？你這樣害我們輸球，走出去看看，外面這麼多人，他們不敢把你打死嗎？」

好多人上來，終於把李宗源媽媽拉開，比賽繼續。李宗源邊投邊哭，「咻——噗！」所有人目不轉睛盯著主審，主審遲疑半秒，右手緩緩舉起，哇，是個好球了！

全場歡聲雷動，真奇怪，好像大家統統打了勝仗似的。

球賽接下來怎麼了，我完全沒印象，大概是因為我一直在想李宗源媽媽的那番話，我沒有聽過，清楚簡單卻又困惑的話。

賭球賽，不是新鮮事。我們校門口走出去，附近的文具行、雜貨店就可以賭。不好意思說，我爸爸也有賭。不過那個時候，我根本不會覺得有什麼不好意思。

因為大家都賭啊。那種賭，比較像啦啦隊的一種加油表示吧。我們學校的家長、附近的人，當然都賭我們自己球隊贏。文具行、雜貨店收了錢，比賽前就去對手球隊旁邊的文具行、雜貨店跟人家換賭。規則很簡單，連我們這種不唸書的小學生都懂，如果我們這邊一共有六千塊賭金，人家那邊有兩千塊，那我們贏球，三塊錢賺一塊：我們輸球，人家那邊一塊錢就賺三塊。

我們很強的啦，要不然怎麼打到縣代表隊？所以賭金就變相成了家長、鄰居們的外快。我們那個校長，外省人，連台語都不會講，聽說也不怎麼看得懂棒球，卻很厲害、很會經營球隊。其中重要的一招就是拉攏家長。家裡小孩打棒球，家長不爽不情願嗎？沒關係，下次比賽比完，校長會突然出現在家裡，像變魔術似的，從他那口破舊的皮包裡拿出一疊鈔票，對著驚訝的家長，改用國語，共謀革命起義大計般地解釋：「學校先幫你們下了注，球隊贏球就換來這樣一筆錢，不過……」校長戲劇性地皺起眉頭，好像要預告什麼倒楣的大災難，家長的心被逗弄得緊張起來，校長慢動作，沉重地從那疊錢裡抽出一張，「要拿回先前幫你們下注的錢……」然後又抽一張，「希望你們同意捐這一部分給學校，當作小孩的加菜金……」最後，將剩下的錢瀟灑地推進家長懷裡。

那筆錢，可能是家裡爸爸半個月的薪水！

不好意思說，我一直以為賭球賽是件好事，不好意思說，我一直沒有意會過來，賭球賽也是賭，跟大圳邊菜寮裡躲警察玩四色牌的那些人做的，是一樣的事。因為賭球賽，我們校隊幾乎沒出過因為家長反對拉不到好選手的事：因為賭球賽，我們球隊一向經費充裕，可以買球具，還可以練完球一個人吃一根酸酸甜甜的鳳梨冰棒。

那時候從來沒想過（我小時候特別笨嗎？）賭球賽會有什麼問題。有聽過一次吧，傳言我們這邊的人，偷偷跑到崇文國小那邊去下注，崇文是我們的死對頭，去那邊下注當然就是賭我們輸。爸爸聽了很氣憤，忘掉了自己再三的訓誡禁令，在飯桌上拿著筷子在空中猛指猛戳：「這種人！抓出來打死好了！打死好了！」

一直到李宗源邊投邊哭的那場球，我才突然發現，對啊，原來可以這樣賭！賭了想贏，就拿錢去買裁判，再一想，對啊，裁判知道自己要來當裁判，他可以先去下注，然後就可以操控球賽讓自己贏。再一想，對啊，那些輸球的人怎麼辦？他們不會生起氣來，把裁判打死，還是把李宗源打死嗎？

我的人生，從此不一樣了，自從聽了李宗源媽媽對著主審大吼大叫的一番話之後，我長大了，不能再那麼懵懂活著了。

奇怪的是，悲哀的是，長大了之後我好像也就不再長了。我的意思是說，心裡懂事了，身體就停頓。

小學六年級，我就長到一六七公分。而且手長腳長，家長會代表來參觀校隊練球，校長會刻意把我叫出來，要我表演投球動作。舉臂、抬腿、跨步、揮臂，手臂伸到最長，球要出手的瞬間，停——我定格在那裡，校長興奮地說：「看！看！我們這位王牌投手，手腳伸出去，就已經到本壘的一半了，有沒有？這樣投的球，別人哪裡打得到？」家長會代表立刻興奮地回報以熱烈的掌聲。

其實我不是「王牌投手」，我是隊上的二號投手，真正的王牌投手，身高只有一五八，頭小小的、手瘦得像竹竿，一點都不起眼。可是他練得成小便球、轉彎球，我就練不來。我的小便球，如果要能往下掉，就會慢得像牛在散步一樣。稍微快一點，奇怪，就變直球不下墜了。教練說我的手臂不會轉彎，所以球才不會轉彎。

「不過沒關係啦，這麼大漢，站上去嚇嚇人也可以。」

小學畢業，我們球隊裡七個人集體進同一所初中，繼續打青少棒。天邊的烏雲一天天靠近過來。我還是一六七公分，而別人卻一直長一直長。我記得那一天，初一下學期，校隊要出發打中正盃前，和我們初一隊進行練習賽，球賽打到一半，教練突然過來，說：「你上去守一壘，以後你就專心守一壘好了，把動作練好。」我跑進場，原來的一壘手阿松，則走上了投手板。阿松一上去，第一個球是暴投，我在心裡偷笑，可是第二球，阿松調整了一下姿勢，投出一只到本壘板掉進好球帶的小便球。我的心和那球一起往下掉。連續三個好球，阿松竟然解決了初三的學長。

我知道我的投手生涯提早結束了。心裡很慌，不當投手我當得來一壘手嗎？不可能，一壘手的基本動作就是朝向三、游劈腿接球。我沒辦法劈腿，教練知道我的身體沒那麼軟，也沒機會、來不及再練得那麼軟了。

我連續好幾晚睡不好覺，一生當中，第一次知道睡不著覺是什麼滋味。第一次聽見深夜裡外頭的種種聲音。有蟲聲，春天來時格外吵鬧的蛙鳴。還有再平常不過的，有人開窗有人咳嗽有人從巷子裡走過的聲音，然而這些聲音似乎都溼溼的，像是浸在水裡才又傳過來，也像是我自己泡在河水裡聽到岸上活動那樣，不真實到恐怖的地步，害我一直起雞皮疙瘩。

偏偏我想的事，也都是可怕的事。想起我們那個校長，他講話老是顛三倒四、零零碎碎的，「棒球隊，很重要。農夫種田，天要下雨才好。學校，就是要贏球。棒球隊出賽贏球，證明我們莊敬自強，處變不驚。國家都是這樣，不能靠別人，要靠自己。大家要努力讀書，才對得起家長。不然就要努力打球。成績單上會有紅字的話，很不好，對不起學校，更對不起國家。就要更努力練習去贏球，把藍字贏回來，我們這個社會就是需要年輕人爭氣，幫自己爭口氣，千萬不能被留級。留級很丟臉唷，別的同學畢業去娶老婆爽歪歪了，你們還在唸初中。這種事不可以的。爭氣，就會升級，以後還會升學，國家莊敬自強嘛，現在也已經要訓練青棒隊了。青少棒打完升級打青棒，這樣才對，贏球就對，不然留在初中就變超齡了。超齡被抓到是不行的，現在從縣市選拔賽到威廉波特、美國蓋瑞城，都嚴格抓超齡，你們知不知道……」

校長每隔幾天就這樣對我們訓話。奇怪，他講得那麼亂，跳來跳去的，可是他要講的，卻又那麼清楚明白。球隊打贏球，我們就可以升級升學，要不然依照我們考試的本事，一定會被留級，說不定永遠畢不了業。

如果不能打球、不能留在校隊，怎麼辦？英文二十六個字母，我沒認得幾個。好不容易才曉得數學課本上跑出來的兩個英文字，一個唸「愛克斯」、一個唸「歪」，而且小寫的「歪」腳長長的，可是大寫的「歪」，腳會變成正的。可是數學裡幹嘛要有英文？我怎麼聽也聽不懂。

完蛋了。如果不能打球，我就完蛋了。我會留級，永遠也唸不完初一。每年每年回學校，都還是初一。不，我根本不會回學校。我出不了門，爸爸會打斷我的腿讓我出不了門。爸爸講過無數次，家裡藏著一支人家練武術用的鐵棒，就是為了我們如果幹出什麼大壞事，打斷我們的腿用的。

越想越害怕。拚命讓自己改想其他的。然而其他的，從布袋戲到歌仔戲到廟埕下的豬血糕，通通都不耐想，一下子就消失，一下子就擋不住捲土重來的棒球恐懼。除非我想鬼故事。鏡子裡本來是我自己的模樣，慢慢地頭髮變長了一點點，我覺得奇怪，這是我嗎？手腳動一動，鏡子裡那個人也同樣動作。可是他頭髮一直長一直長，然後他的舌頭從嘴巴裡吐了一點點出來。我沒有吐舌頭啊？我試一試讓自己吐舌頭，糟了，不管怎麼用力，吐出來的舌頭都收不回去了。鏡子裡那人也吐著舌頭，然後他的舌頭竟然跟頭髮一樣長，越來越長、越來越長……然後，更可怕的事發生了。鏡子裡那個長頭髮長舌頭的影子，竟然試著像爬窗子般要從鏡子那面爬過來，我被嚇得倒退一步，背上撞到東西，回頭一看，長髮長舌的鬼已經貼在我背後……

這種鬼題材，會自己衍生沒完沒了。會讓我忘記棒球和藏在閣樓上的鐵棒。會讓我更害怕更睡不著。

沒多久，我改蹲捕手。教練說這樣應該很好。當過投手的人，知道怎樣配球怎樣打暗號。而且青少棒開始跑者可以提前離壘、隨時盜壘，捕手牽制變得很要緊。傳一壘、對角長傳二壘，都需要像我這種投手式的臂力和準確度。我來蹲捕手再適合不過了。只有一個小問題，從蹲著到起身的速度。我反覆練捕手基本防守動作，準備接球，接球、起身同時掀護罩、跨步、傳球。還有：準備接球，球沒進手套，起身同時掀護罩，找擦棒球或暴投球在哪裡。還有：準備接球，球被打出去，起身同時掀護罩，跟著打者跑一段，順便用手勢指揮球該傳哪裡……

教練很不滿意我起身的速度。「緊啦！緊起來！緊起來！」他每次都這樣大叫。可是我的腿就是沒法那麼快將沉重的上身撐起來啊！我也告訴自己快啊快啊，快快快，啊——扭到腰了！

扭到腰我才知道，好像教練也才知道，原來要能快起身，靠的不是腿，而是腰。應該有腰力，武術館的師傅冷冷地說：「這沒腰力，當然會扭到。仰臥起坐練到有兩百下，就不會閃到扭到了。」媽喂，每天練三十下仰臥起坐都像要我命一樣，什麼兩百下？

扭到腰，差不多兩個星期，連學校都沒辦法去。教練有來家裡看我，看我爸媽。教練一進門，我非但沒有去躲起來，反而忍著腰痛，一步一痛地迎上前，一字一句像背劇本般講出我晚上睡不著覺擬了千百次的話：「失禮啦，教練，給你給球隊添麻煩了。我一定會儘快好起來，早日回到球隊加倍努力，一定！」

教練顯然吃了一驚。而且顯然被感動了。原本嚴峻的臉色突然柔和起來，對同樣吃驚意外的爸媽說：「這個小孩教得好啊！這種教養幾乎讓我想起日本時代。這種精神……」接著教練改用格外熱情、親切的日語說：「懷念哪——今日不再有的修身少年，不簡單、不簡單……」

我知道自己暫時逃過一劫。我第一次知道原來自己有這種能力這種本事，找出辦法來，改變局勢。在對的時刻講對的話，多麼重要！原本一定是要來通知爸媽球隊不再需要我了，結果教練卻相反地大大稱讚我在球場的表現。只不過教練想得出的好話，講的都不是球場上的事，而是練習很認真、比別人成熟懂事，可以有精神效果……一類的。

傷好回球隊。我再度換了防守位置，換到外野去。教練說：外野就靠腳程吧。跑得越快，能夠防守的區域就越大，就越有用。所以我每天練短跑。還去央求帶田徑隊的老師，讓我跟他們一起練習。教練知道了，在球隊集合時大大表揚我一番，說這樣自動自發，才是好少年。

教練不知道的是，田徑隊訓練，和棒球隊很不一樣。田徑隊有女生。放學後，太陽漸漸落，整個操場照得紅通通的，一個高高瘦瘦，短褲下露出好長一截腿的女生，站在沙坑邊，被夕陽剪出線條柔和且帶金黃邊的側影輪廓，聽到呼喚，女生快速舉起手來，露出小小尖凸的胸線，然後她墊步小蹬，羚羊般地起跑，劃一道彎弧，五步之後，跳，全身橫側，精巧地從橫竿上滾過，掉入沙坑裡。因為陽光斜射的關係，會有一瞬間，跳高女生似乎消失了，沙坑那邊只有一片空茫茫黑影，突然，她又出現了，用難以形容的細膩動作，輕拍著身上沾著的沙粒，拉拉運動服的領口，嗾著嘴朝領子裡間歇地吹氣，同時兩個男生跳進沙坑中，跪在那裡手忙腳亂地將沙整平，看起來像在膜拜什麼，又好像是偷偷拿身體去貼觸跳高女生留下來的躺臥人形，這樣的畫面，每次都讓我心裡酥酥麻麻的，一股熱流幾乎足以融化我的背脊……

田徑隊練習，全隊先要一起跑兩千公尺，慢跑、練體力。我總是刻意跑在跳高女生的後面，差個五到十步吧，看她的腳步、看她規律飛揚的短髮，時隱時現的小小耳垂。看繞著操場跑時，不斷變化中的影子，拉長、偏斜、壓扁、濃縮、稀釋，停不了的變化透顯出一種神祕，我不曾在任何其他地方感受到的神祕。像是時間具體現身，又像是整個世界開玩笑般地刻意閃躲我的追蹤掌握。盯視那神祕，有一種無力與無奈，卻也有奇特的，失落與滿足同時並存感受。

即將到達終點前，我加快腳步向前衝，從她身邊衝過，為了享受隔著薄薄的空氣肩膀幾乎擦過她的肩膀瞬間，那至上喜悅的瞬間。

我從來沒跟跳高女生說過話。然而她無疑是我的初戀。而且不是單戀。加入田徑隊練跑大概一個月吧，又是兩千公尺快到終點時，我奮力前衝，就在即將一如往常超過跳高女孩時，女孩竟也突然加速，石火電光的一秒鐘後，我們一起跑過田徑老師握著馬錶等待的終點。

我困惑著、迷惑著。第二天，我刻意稍稍提前了二十公尺開始衝刺，結果女孩依然在我即將超越時加快腳步，再度和我並肩到達終點。我想我知道了。我在還有一百五十公尺左右加速，一百二十公尺左右追上她，然後我們就那樣隔著薄薄的空氣，薄薄的皮膚表層蒸散出來的汗味，齊步跑到終點。

日復一日，夕陽中的初戀愛的儀式。一直到春天過了，初夏棒球隊要密集出賽，我不能再和田徑隊一起練習為止。跳高女孩從我生命中滑了出去，我老是記得彷彿在通過終點聽到田徑老師喊出馬錶上顯示的時間後，我停了腳步，女孩卻固執地持續地向前跑向前跑，我猶豫著該不該追上去，但她已經跑到沙坑旁，以空前美妙優雅的腹剪式，越過好高好高的橫竿，掉落沙坑的剎那，我的眼睛再度被陽光直刺，什麼都看不見，就再也看不見了，沒有女孩起身輕拍沙塵的模樣，沙坑那裡什麼都沒有，什麼都沒有。

多年以後，我第一次和女人有肉體關係，第一次在女人的身體裡前後動作時，突然錯覺自己回到了那個黃昏操場上，正和跳高女孩同步跑著。一邊跑著，一邊神奇地越過了空氣、越過了汗味、越過了運動衣，貼觸到她黝黑健美光裸的肌膚，那肩那小小尖凸的胸線那圓圓翹翹的一直不斷顫動著的臀。然後，我第一次在女人身體中釋放了自己，而且後來很長一段時間，我都是如此在黃昏操場的記憶幻覺中，達到高潮的。

田徑隊的操場，讓我又再長高，長到一七八，也讓我保留住了外野的一席地位，順利升級、畢業，變成一個青棒球場上的專職中外野手。

從青少棒到青棒，我多次和國手失之交臂。

初三那年，我們和華興打全國總決賽，華興的投手是低肩側投的劉秋農，他的球出手後貼著地面來，到本壘板前才變化，有的會突然浮升起來，有的就繼續貼著地面滑進捕手手套。我們根本抓不到出棒的時機和擊球點。幾乎每個人都是連出兩棒打成擦棒界外，第三棒揮棒落空被三振。

一直到第七局上半，我們才出現連續兩支安打，拿下一分。一比零領先。守好最後半局，我們就能去美國了。七局下，上場打擊的是瘦得好像會被風吹走的劉秋農。從中外野角度看，根本沒看到他揮棒，竟然球就從我跟左外野手之間落地穿過去，我們拚命追拚命追，全壘打牆邊才追到球，我撿起球往二壘傳，才發現劉秋農已經通過二壘壘包了。

劉秋農站在三壘上。隊友幫他送上夾克來，投手跑壘時有特權可以披夾克。下一個打者打擊時，我們的捕手機靈地抓住對方打代跑的戰術，劉秋農在三壘跟本壘間被夾殺，他來回跑、來回跑，然後球竟然就從三壘手的手套裡彈跳出來。眼睜睜看著劉秋農那大得撐不滿的夾克飄飄飄，飄進了本壘。那件布面平滑，在陽光下會發出藍綠亮色的夾克。好像是夾克灌飽了風，帶著劉秋農足不沾地飛進本壘板。

一比一，進入延長賽。我們還是打不到劉秋農的球。第八局下半，華興再攻進一分，美國，拜拜了。

我高一那年，我們校隊得了全國冠軍，然後理所當然在亞洲區錦標賽解決了關島隊，去佛羅里達羅德岱堡，在那裡也一切順利，連贏三場，成了世界冠軍。全國選拔賽的時候，我還是候補外野手，在對澎湖縣代表隊時，上場守了半局。可是選拔賽結束後，棒協慎重其事，要求我們球隊「補强實力」，也就是要讓幾位別的學校好手註冊偷渡到我們球隊裡。我記得最後「補强」了三個吧，我這種高一菜鳥，就被「補强」的人給擠出球隊了。

高二、高三，我們連續兩年打敗華興隊，可是路途中卻殺了個榮工來，連續兩年輸在榮工手裡，成了「榮工傳奇」中的墊背角色。

高中畢業，我對爸爸也夠可以交代了。沒當過國手，我連保送體專的資格都沒有。死了心找工作，本來以為會去巷口機車行做修車學徒的，結果竟然上了台北進了銀行。

進了銀行的棒球隊。好像是銀行砍球隊經費，幾位老球員只好不甘不願分派去各分行看管金庫，空出名額來招收年輕、薪水低的球員。我才剛滿十八歲，敢跟人家要求什麼職等、薪資？所以就用我了。

我是隊上年紀最小的，隊友當中有一位老捕手，大我二十三歲，他進公司已經超過二十年了。這些人，當然拿我當小弟，使喚來使喚去，不過有時也會當小弟招呼照顧。

像有一次他們招呼我一起去吃飯，騎機車載我沿著延平北路一直走一直走，感覺上已經沒有人家的地方，只剩一條彷彿在夜裡驕傲地發著光的柏油馬路，荒涼空無間堅持不肯中斷，突然，幾輛摩托車一起轉彎，彎進一條窄巷裡，變魔術般，城市又回來了，兩邊又擠滿低矮的房子，房子間藏著一家小小，完全不起眼的台菜海鮮店。

我們進去時，店裡有一個人占坐大桌獨自喝啤酒。其他隊友立刻走向那桌跟那人拍肩捶胸鬧起來。鬧了一陣，才想起來幫我介紹，說那位老大是譚信民。

譚信民！我掩飾不了自己的驚訝與崇拜，這是我們打棒球小孩心目中的傳奇，僅次於王貞治的傳奇。一個曾經靠自己的手臂，流浪到美國，待過美國球隊的人。我們教練說：「譚信民什麼球都會投，連我們叫不出名字的球，都投得嚇嚇叫的人。」

看我那樣崇拜，隊友們就讓我坐在譚老大旁邊。那一夜，譚老大親切地跟我說美國的種種。一個個我不認識也沒有機會記得的城市名字從他口中吐出，河邊的大球場，看台有三層，常常有幾萬名觀衆看球，小販背著啤酒和熱狗在走道間穿梭叫賣，不像我們這裡坐冰冷的水泥台階，那邊每個人有一張椅子，比我們在小吃店裡坐的還高級，有靠背的。外面像是沒有邊際的停車場上停滿了簇新的車輛，夏日陽光下每輛車的玻璃都反光耀眼。球場上的球員，很多人每個月領五萬美金，一個月！兩百萬台幣，可以買兩幢透天厝了。

小一點的球場也都養著全綠的外野草皮。球場外緊接著公園。公園裡面有像《羅馬假期》裡看到的那種噴泉，泉水清淨，裡面躺著一顆顆銅黃的錢幣，一顆錢幣、一個願望。噴泉上面的雕像，女人露出兩粒大奶來的雕像，簡直跟真的一樣。雕像後面的長椅上，常常有年輕男女在接吻。有時男的躺著女的坐著，有時女的躺著男的坐著。在那裡打球，外野手一不小心就會看人家接吻看呆了，忘記球場裡到底幾人出局。

不過美國的球場可不好混。球員隨隨便便都一八幾。手臂跟樹幹一樣粗。平平都是拿一根球棒，站上打擊區時，你看他們手上的球棒好像特別細特別輕，揮來揮去沒一點分量。等你球投出去，糟了，他那棒子怎麼一下子變得又粗又長，像男人的那根興奮起來似的，什麼樣的球都逃不過被那棒子打的咔咔叫。

夜深了，從小吃店出來，藉酒意我裝小，央求譚老大露幾手給我見識見識，隊友們跟著起鬨。一直說「老了，沒路用」的譚老大拗不過我們，就帶大家翻牆進了旁邊的學校。我們從摩托車上拿了兩隻手套下來，在學校操場上讓譚老大投球。

我必須說，打球打那麼多年，還當過投手，原來我根本不懂棒球怎麼投。我站在老捕手身邊，仔細看譚老大投的每只球。他出手前會先喊那種球路的名稱，「直球」、「上飄直球」、「下墜球」、「伸卡球」、「曲球」、「大彎曲球」、「滑球」、「下墜滑球」……球速不是頂快，但每個球要進捕手手套前的變化，在月光下看來如此凌厲。

然後隊友們紛紛叫著：「蝴蝶啦！蝴蝶最好看啦！」我根本不知道他們叫什麼。譚老大本來一直搖頭，後來臉上露出有點尷尬又有點得意的笑，指著我們的老捕手說：「那你皮要繃緊一點，球要飛哪裡我也沒辦法喔！著到爛巴不要找我算帳喔！」

下一球出手。我以為我眼花了。白白的球在空中晃，左晃右晃，真的像隻蝴蝶一樣！捕手沒有抓到球。我大叫：「再一個！再一個就好！拜託拜託！」譚老大又笑了，月光照得他半邊臉格外柔和。他又投了一記蝴蝶球，軟軟的、輕飄飄的，球一邊晃一邊滑，剎那間幾乎錯覺球不是朝我這個方向來，而是要遠離，要逃進黑暗的夜空裡；剎那間，飄飛的球似乎幻化成為劉秋農那件發著金屬亮光的夾克，在我眼前飄走，優雅卻堅決地要把什麼東西帶走，永遠帶離開……

那晚回家後，睡到三點就醒了。滿身燥熱，起來灌了一大杯水，還是熱。我穿著拖鞋走出門，爬樓梯上到五樓平台去。前面沒多遠就是堤防，堤防外流淌著分隔台北縣市的淡水河。我看著黑暗中似有似無的河，對岸稀稀落落的燈光，想像著那邊，河的那邊，不是和這邊一樣擠滿公寓老屋的台北市，而是美國，一座美國球場後面一座美國公園後面一座美國小城，樹聲水聲啤酒易開罐拉開時的噗刺聲，還有熱戀中男女舌對舌交捲的聲音。一隻白色的蝴蝶悠悠飛過，和河水似動非動的漾晃靈巧地同步配合。

剛上台北來，我住三重的親戚家。巷子口，有一間國中，校門口對面一家兼賣書的文具店。我都在那裡買強力膠，補手套用的。第一次，說買三管強力膠、一罐白膠，老闆虎著臉說：「你哪一班的？」我愣了下，會過意來，說：「不是啦，我已經高中都畢業了。」老闆不放過：「那你是校友，以前在這邊混的，我看你很面熟。」我說我才從南部上來，老闆不信，堅持說：「我一定看過你，你別想騙我！」我騙他幹嘛？無奈地，我脫口說：「你在電視上看過我啦！以前我們校隊打全國選拔賽，電視都有轉播。」

後來我才曉得，老闆根本隨便唬我的。他是怕我要吸膠故意恐嚇的。誤打誤撞，他還真想起來在棒球轉播裡聽過我這號人物的名字。我們聊起來，聊得高興，老闆向我炫耀他的棒球知識棒球記憶，哪一年哪一隊哪一個王牌投手在美國撂倒哪一隊比數多少。他真的很會記，唯獨記錯了一件事，他記得我去過蓋瑞城，好像還在對美南的比賽打了一支全壘打。我微笑著，沒有糾正他的錯誤。

「去過美國，那一定要看這個了！」老闆興沖沖從角落一張舊木桌抽屜裡拿出一本雜誌來，「美國就是這麼好，有這個！」他用食指輕輕點著雜誌封面上穿著比基尼泳裝，凹凸身材好像要擠跳出來的噴火女郎。

老闆堅持要把那本美國運動畫報送我，「拿去看你們美國。」他打趣說。雜誌帶回家，上面的英文我一個字不認識，老實說那些胸圍超大的泳裝女郎不知怎地讓我看得有點怕怕的，翻一翻，翻到連續十幾頁球場的照片。

我猜那是介紹幾座美國各地新落成啓用的棒球場的報導吧！彩色大照片旁邊附隨著黑白舊照片。每座球場都有空中俯視全景，還有所在城市的街頭活動。我算了一下，應該有七座不同城市的七座球場。沒有任何一座城市我叫得出名字來，可是我反覆翻看那幾頁雜誌，到閉上眼睛能夠清楚在心中檢視每座球場不同細節，有一座看台最上方屋頂長長的延伸出來，遮蓋了本壘板上空。我想像著，如果下起雨來，投手在雨中苦鬥，捕手、打擊手和主審卻躲在淋不到雨的地方，多怪啊！有一座記分看板上架了誇張的探照大燈，夜間比賽時比數被照得現出分外華貴的銀光來。還有一座球場連內野都種了綠油油的草皮，只露出投手丘、各壘間跑道，從空中看起來好像是外星人留在地球上的某種神祕信號……

到今天，我對三重充滿特別的感情，尤其是別人或許覺得惡臭難忍的河邊。三重不是一個地方，是好幾個地方疊在一起。我坐在空無一物的平台上，河對岸是我有點熟悉又不是那麼熟的台北市。我知道怎麼騎摩托車從台北橋過河，一下橋是大橋國小，旁邊一家新學友書店巷子彎進去，有一排隱密的半職業賭場。裡面有人玩牌九、玩麻雀，還有不可思議像是從電影裡搬出來的輪盤。可是我從來搞不清楚，從平台上看過去那一片藏在高高堤防後面的房子，究竟是台北的哪一塊？跟人家聊起來的時候，我常常胡說一通，說那是萬華、大稻埕甚至新店、新莊、蘆洲，看來別人也沒什麼概念的樣子。台北是一座地名和地景永遠對不上的城市，我對面的燈火也就隨時在變化著，可以是萬華、是大稻埕，也是新店、新莊或蘆洲。

我碰到過一個女人，可怕的女人，我在大橋下看人家賭骰子，站在最外圍，因為沒錢怕被拉去湊腳。突然，一道影子快速閃進來，幾乎同時，骰子碗邊一道影子快速閃出去，那道閃出去的影子經過我身邊，狠狠推了我一把，用淒厲的嗓音在我耳邊大叫：「幫忙擋一下！」我腳底一踉蹌，發現自己撞上了那道閃進來的影子，而且那影子迅速幻化出不知多少隻手腳來，用力推搡擊打在我身上。沒有時間讓我思考，我很自然地依照淒厲聲音的命令，用盡力氣抱住撞上來的影子，卻抱不住，拳掌膝腳連續落在我身上，我火了，死命一推，終於將那影子推倒，趁他還沒爬起來前，撲上去將他壓伏……

撲倒瞬間，才發現躺在地上的竟然是個女人。本來灌到四肢肌肉上的血液，突然全部逆流湧到臉上、腦門上。一遲疑，那女人兇悍地反擊，換成她一再撲我，要把我撲倒。知道她是女人，我變得不曉得該怎麼辦了，只好後退閃躲……

我跑出賭場，一直跑到假日裡沒有人的大橋國小，喘氣咻咻地坐倒在跑道上。過了一會兒，我的呼吸慢慢平停下來，正在搖頭回想這是件多麼荒謬的經驗時，突然聽到錯亂急促的呼吸聲，咦，我的身體怎麼會這樣，抬頭一看察覺呼吸聲不是我的，來自旁邊不知何時多出來的女人。

女人氣力放盡，垮倒在我身邊。我渾身起了雞皮疙瘩，是那個女人，那個剛剛跟我打架的女人。她竟然追到這裡來。不過一秒之後，疙瘩就退了，我清楚她沒有力氣再對付我了。

她勉強說了一句話：「稍微轉過去一點。」我不懂她幹嘛，卻不敢不照做。然後，背上多出重量，原來她要靠著我的背坐。

背靠背坐在沒有其他人的操場上，女人斷斷續續跟我說話。她叫我要趕快斷了賭，不然以後很慘。還叫我不要再跟一個叫「阿坤」的人混。那個人是豎仔，連大豎仔都不是，是小豎仔，絕對不是當大哥的料。跟一個小豎仔混，變成小小豎仔，人生還有什麼前途？

她說阿坤跟她結婚時在家裡的雜貨店幫忙看店。後來開始賭，嫌他爸媽管，就搬出來住，沒有收入怎麼辦？阿坤誇口說沒問題，他有本事怎麼賭怎麼贏。什麼鬼本事？詐賭被抓了，打個半死，住院住了兩星期。出來還是去賭，不敢詐賭了，就十賭九輸，輸的都是她娘家帶來的嫁妝，然後到外面亂借錢亂騙錢，尤其是她娘家的人，心軟、條直又有錢，不知被阿坤騙了多少錢……

我沒有告訴她，我根本不認識那個阿坤。我也沒有機會好好看看她的長相。唯一有的一點點印象，是她站起身來要走時，用一種母性的眼光看了我兩秒鐘，跟我說：「學好不難，知否？你人漢草那麼好，很多事都能做。如果你想通了要學好，到蘆洲來找我，我給你頭路做。別再跟阿坤做保鑣了。」

很快地我忘掉了她的長相，也忘掉了她的聲音。甚至想像不出她是高還矮，她的聲音尖細還是低沉，連這種最粗略最基本的分辨都沒有了。可是我一直記得，或者說我的身體一直記得她一再撲向我時的那分力道。撞在我的肋骨上、撞在我的肩胛上、撞在我的腰胯之間。那撞擊力道，那瞬間疼痛，奇怪，一直具體地留著，一次次地浮顯上來。

在頂樓平台上，我發呆看著河對岸的燈火，想像那裡應該是蘆洲。一格格小窗口裡，藏著一個曾經那樣認真不憚用身體撞擊我的身體的女人。至少那一瞬間，我們兩個人，一個男人和一個女人，生命裡只剩下一件再單純不過的事——撞擊和承受撞擊，沒有別的事別的心思可以拉開那一瞬間我們的撞擊。我莫名地感動著。那個女人在某個蘆洲市街的平凡燈戶後面，等著我去找她。她想像著，我會出現在她門口，求她將我改造成一個新的人。從小小豎仔小賭徒，變成另外一個，隨便由她決定的人。

想到這裡，心中湧上强烈的難過。我想像，每多等待一天，那女人就多討厭我一分。不只是我沒有依照她指示的去做而已，一天沒看到我，她就一天相信我還跟在小豎仔阿坤屁股後面跑來跑去，她就一天更加看不起我，深信我是個不識相、不識好歹的小小豎仔。

她在那裡，對面的燈火裡，恚恨著我。每一分鐘每一分鐘多恨一點。而我在河這頭無能為力。只能坐等著她恨到一定程度，把我整個從她生命與記憶中倒掉。以丟棄一項再無用不過的廢物的態度丟棄。她永遠不會瞭解，那個廢物不是我。那個不知悔改的小小豎仔不是真正的我。

她永遠不會知道真正的我。想到這裡，常常就有强烈的淚意沿著鼻子竄上來，我不敢再看對岸的燈火了，爬到公寓樓梯尖突起的斜坡上，讓自己躺下來看天空。我發現看天空最好的方法，是在樓梯間斜坡頭下腳上倒過來躺著。你會看見自己的腳尖，腳尖延伸出去，就是滿滿的天空，沒有其他東西，看不到任何房子、屋頂或電線桿、招牌，就只有乾乾淨淨、純純粹粹的天空。

看到很多雲，幾點星光。你會覺得這個世界上好像只剩下你一個人。突然，所有麻煩、所有不好的感覺就都褪色了。只有自己，就沒什麼好在意、好計較的了。

當然，頭下腳上躺著不容易。剛開始滿害怕的，覺得要栽下去撞破頭了。要繃緊全身肌肉才能維持平衡姿勢。躺一會兒，血液倒流，頭就昏了，必須艱難地、用不自然的仰臥起坐方式彈上去，再翻身跳下斜坡。不過，多幾次經驗慢慢就知道如何放鬆，知道其實沒那麼危險。

甚至放鬆到有一次，我以頭下腳上的姿勢睡著了。不曉得睡多久，醒過來迎接我的，是微亮的天空。整幅大天空鋪著一層薄薄的亮光，像是黑桌面上墊了一層玻璃般，再細看那亮光中竟然漸層顯露著不同顏色。顏色在亮光之中，又像就是亮光本身。顏色浮在黑色之上，卻又像是滲透進黑色裡。由西邊看向東邊，從紫色開始，漸漸過渡到介於粉紅和橘黃之間的顏色。

更不可思議的，鋪著亮光的天空，閃耀著我沒看過的多得不得了的星星。每一顆星星都像是被用一根長竹竿從最深最深的水潭中伸撐出來一般。向上與向下的感官完全混淆了，我覺得自己不是仰望天空，而是俯視天空，看到眾多從天空底層浮上來的星星。天空如此真實，俯視的感覺也同等真實。

在那一刻，我弄懂了以前老師教過的「光年」的道理。我第一次理解了，自己正盯著過去的星光看。這些光，在太空遊歷了幾千年幾萬年幾百萬年，才來到我這裡。甚至有些星星現在根本沒有了，消失了死掉了，可是它們的光還在旅行，明天的光還追在今天的光後面，像一個苦苦趕路的鬼魂，渾然不知道自己其實已經沒有生命了。然而，光，星星的光，它們死掉後還要趕路，前光接後光要去哪裡呢？難道就是為了趕到地球，讓我在這刻這裡看到嗎？如果此刻此處，沒有我這個人在這裡，那光，那道光以及前前後後的光，難道就浪費了嗎？

我訝異自己竟然會想這些。想得頭暈了，整個人從斜坡上翻下來，差點扭到腳，好長一段時間，暈眩使我睜不開眼睛。終於睜開眼睛，眼前又是那條寬闊的河流，對面總也不稍歇息的燈火。抬頭看，星光不見了。藏到不知何時聚攏來的雲層後面去了吧。

後來我常常在球場上看天空。守備練習時，我比別人更早就外野定位。他們內野還在動作準備著。我坐下來，坐在剛剪過散放著濃濃草味的地上。內野看台後面藍藍白白或灰灰的天空。一直延伸出去，延伸到很遠很遠的地方，而且還延伸到很久很久以前，星星死掉之前的時間裡。看台後面，所有這些看來零碎混亂無聊的動作後面，躲著天空，躲著空間與時間的無限。無限可以看到，還是看不到？我真正看到，正在凝視的這片天空，和那無限之間，究竟什麼關係？我總是這樣迷惑地看著，直到教練打出第一顆球，才懶懶地起身。

愛看天空最糟的後遺症是：身體裡會顫動著一股強勁的慾望，非常具體的等待，覺得這種情景這種時刻，應該要有個既安靜又騷動的身體，女性的身體，讓我擁抱。

不知道為什麼，看天空總是在我心中殘酷、直接地挖出一塊虛空，驚慌地欲求該被填補。那時候我還從來沒有真正抱過女人，可是抱著女人得到的充實感，卻如此具體地在我想像中。似乎是先有了那並不存在的充實，我才瞭解了自己的某種匱乏，一個不完整殘缺的人。

每次我快跑移位要去接高飛球，眼角本能地追索旁邊隊友也朝同樣的位置逼近的身影，竟然會給我一股强烈錯覺，覺得就在我站定了，看著天空中如一枚微型飛碟、或一顆白光星星般快速航行而來的棒球時，球掉入手套的瞬間，會有一個女孩悄悄地跑過來，緊緊將我抱住。她的手臂如此堅定安靜，而她身體裡卻又有什麼騷動顫抖地傳到我身體裡來。

那是個要命的想像。驅之不去。在外野、在天空下，我的身體堅持一定要有那安靜又騷動的擁抱才對。不是「猜想」什麼我不該得、得不到，不是那樣的慾望。而是奇怪的、理直氣壯，本來就該屬於我，要求回復的那種慾望。球接到了，視線回到充滿人影的內野、休息區、看台，內在的惆悵常常搞得我幾乎想哭。

大人大種了，有什麼好哭的。不能哭，可是也越來越不能承受那種一而再的，空洞的失落。沒有真正失去什麼的失落感，原來比身邊財產都被偷光光，還要難受。

那一陣子，我變得非常不喜歡進球場。不管是練球或比賽。找了各種理由、藉口，能躲就躲。就是不想再打棒球了。

剛好就接到兵單，去報到受新兵訓練。一開始操得很慘，後來就好多了。從練投手榴彈那天開始，從士官隊才結訓，而且據說在士官隊投手榴彈第一名的班長，神氣活現地示範壓保險、拉插銷、投——的動作，黑黝黝的假手榴彈飛出去，輕鬆飛過用石灰粉劃出來的「滿分線」。

我個子高，站排頭，也就第一個上場試投。班長指著兩條線：「近的是『及格線』、遠的是『滿分線』，你覺得自己可以投到哪裡？」

我估了估，誠實地說：「大概到班長的手榴彈那邊！」班長瞇起眼睛，說：「再說一次？」我趕忙挺起胸：「報告班長，到班長的手榴彈那邊！」我大聲說，全排都起騷動，有不少人偷笑。

班長點點頭，用幸災樂禍看好戲的口吻說：「班長的手榴彈那邊？好，你丟，你丟丟看。」我中規中矩喊：「壓保險、拉插銷、投——」黑黑的影子劃了完美的拋物線，準準地在班長手榴彈旁邊落地。

後面響起了驚嘆聲，還有偷偷摸摸的掌聲。班長有點尷尬地點點頭，說「不錯」，然後咬牙發狠從齒縫裡說：「我再投一次給你們看。」

這回班長小步助跑，將手榴彈投到比前一顆更遠三公尺的地方。班長指我，說：「你也再來投一次，你可以投到哪裡？」我看著他，發現他眼底閃過一絲絲慌張。我說：「報告班長，大概到班長手榴彈那邊！」後方排兵們又是一片低抑的譁然。

這次我也稍退幾步，小跑向前，除了手裡握的不是棒球以外，這個動作我做了幾萬次了吧，得分點上有跑者，球在外野落地成安打，我得趕緊將球傳回本壘去，我有把握，長年練到非有把握不可，球應該在彈跳兩次後進捕手手套。然而就在要出手的剎那，在手榴彈投擲場上，彷彿閃過一個人影，一個不存在的游擊手或投手在內野要球，臨場跑壘狀況使得他們判斷傳本壘已經來不及了，不如改而阻止其他跑者前進，於是我沒有用盡全力，讓手榴彈的拋物線比完美的四十五度角微微低了一些，於是手榴彈飛行了和前一次投擲差不多距離就掉了下來。比班長的近了不少。

班長瞇著眼睛看我，本能地搜尋我臉上是否有嘲弄的跡象吧。他安心了，用一種我們沒聽過的低抑語調問：「你不錯，當兵前是棒球校隊嗎？」我故意誇張地挺挺胸：「報告班長，是合庫棒球隊的外野手。」

合庫的外野手都還擲得沒他遠，應該給班長不錯的面子吧！後來幾個星期，班長明顯地對我很客氣也很照顧。訓練下課時，不分階級，從教官、連長、排長到鄰近班兵，都會過來跟我聊棒球，他們記得的球賽，或他們小時候打棒球曾有過的豐功偉績。

新訓結束，我就直接去陸光棒球隊報到。又回到棒球場上了。有點慶幸，又有點無奈。

打陸光那三年，我又多認識了一批打棒球的人，而且還學到了一些後來改變了我人生的東西。那時候當然不知道，我的人生竟然是靠那種東西而大轉彎的。

我真正最想學的，是和棒球無關的一技之長。最好是當駕駛兵可以學會開兩噸半。聽說開兩噸半的退伍至少可以開大貨車，再熬一下就可以開遊覽車。聽說開遊覽車最爽了。每天跑風景區，山明水秀，車上還有美麗的車掌小姐、導遊小姐作伴。聽人家說，遊覽車司機開車開一開就裝睏，車歪一下又趕快回正，車掌小姐、導遊小姐就要到前面陪司機聊天，以免發生危險。最好是聊開了，把遊客放去餐廳吃飯，空空的車上，兩人各抱一個便當還可以繼續聊下去。開到晚上休息的飯店剛好聊熟了，孤男寡女晚上就彼此有伴了。

不能開車，那派去廚房當伙兵，我也甘願。也是聽人家說的，當伙兵可以省下作廚房學徒的時間。反正都是在部隊裡混日子，還不如每天練習洗洗切切燒燒煮煮，出

一九九七

去找中型餐廳至少可以從二廚幹起。而且軍中的長官習慣認定伙兵就是邋裡邋遢，沒人會要伙兵踢正步、端槍肩槍吧！

可惜這些都輪不到我。我還是要回棒球場打那千篇一律的棒球。進來是個棒球員，三年後出去，還是個棒球員。

當一個懶散不認真的外野手，我突然從球場上看到了許多過去看不到的東西。我不再只看打者揮不揮棒，不再只擔心自己的守備區域。我開始玩各種猜測遊戲，給自己找樂子。例如猜投手下一個球會怎麼投。打者會推打還是拉打。球會滾地還是高飛、會走一壘邊線還是走三游之間。投手蘑菇看暗號做準備時，我先在心底，像放電視轉播畫面一樣，想像這球該是偏低直球，打者揮棒太遲打成擦棒球：還是這球投曲球進壘偏高，被打者逮住飛向外野深處。用這些想像猜測打發時間。如果猜中了，就暗喜高興一下。

自己跟自己玩遊戲。越玩越有趣。因為猜測的命中率越來越高。我本能直覺感受到了什麼樣的球會被打到哪裡產生什麼結果的規律，棒球原來沒那麼多變化！

或許也不能這樣講，棒球是有很多變化，然而變化是能夠追蹤、歸納、整理的。軍中三年，我長大了，不是球技上的長進，是和棒球的關係進入了新的階段。

要掌握棒球場上的情況，最難的其實是人。認識人才能瞭解球賽。知道這個投手怎麼投球、那個打擊者怎麼打球，內外野守備者怎麼移位接球，知道這些，你才真正明白場上在發生什麼事。

退伍前，我們陸光的老教頭找我懇談。喝了幾杯紹興酒，老教頭燒啞嗓子說：「如果在日本，你就有出脫了！你可以做專業球探，最好的球探兼助理教練。你會很棒，我注意到，你沒當過國手、沒唸大學、可是棒球圈你誰都熟！沒有比你更熟的。真會混！日本球隊，職棒隊都有這種人：瞭解自己隊球員，還瞭解對手隊球員；瞭解他們場上表現，還瞭解這個球員如果交了女朋友，是會變超級神勇還是變肉腳。這種人很要緊。他給總教練意見，調度誰配誰、什麼打者怎樣打別人的投手。你最適合做這個了！」

不過老教頭後半句沒說出來：「可惜台灣棒球界不吃這套，沒有球隊會花錢雇這種人來幫忙。」這裡是台灣，我還是得幹球員才領得到薪水。

退伍後我回成棒隊繼續混。球技真的都沒進步，可是名聲卻慢慢傳出去了。球隊不懂得欣賞我的本事，有人懂。

那些開賭盤的人需要我。

應該說句老實話，台灣棒球沒有斷過賭。什麼層級的比賽都有人賭，都可以賭。球場看台上的熟面孔，一些猜都猜得到是為賭而來的。有賭客、有莊家。他們通常在本壘板後面，一群人吱吱喳喳滿口數字。

賭棒球，那個時候，在賭局中算是高級的。也不知道為什麼，賭棒球好像比賭牌九賭麻雀體面些。體面到會講究一點江湖道義。

那幾年，成棒球隊中，最強、爭得最厲害的就是葡萄王和味全。葡萄王的班底是輔大、味全則是文化。有一次，忘了是中正盃葡萄王對決味全，還是大專盃輔大拚文化，反正賽前就炒得很熱很熱，一傳十十傳百，賭金燒得一塌糊塗，聽說有幾千萬。那場，真是經典，輔大的莊勝雄對上文化的黃廣琪，投手戰，兩人九局完封，○比○平手，延長賽都沒換投，一直打一直打，我記得打到二十一局才分出勝負，忘了誰輸誰贏，只記得莊勝雄、黃廣琪都能撐二十一局，手抬不起來還不肯先下去示弱認輸。

道上的大哥，也在現場，看得多感動！比賽還沒結束，大哥一句話交代，賭局不玩了，不管誰贏誰輸，賭金全數退回，就是他不承認這場球有輸贏的意思。他相信兩個人都該贏。做莊的靠這種豪氣球賽賺錢，太沒道義了。不但不賺錢，還要送大紅包給莊勝雄和黃廣琪。

差不多就在這個時候，賭球的方法有了重大突破。不再單純賭輸贏，照投注比例決定賭率，而是從美國那裡引進了盤口、讓分一大套辦法來。

最早是有賭客，透過棒球隊的前輩來找我，問我意見。我就跟他們說什麼比賽怎麼看、下哪邊比較會贏。等要開盤口定讓分了，就連組頭都來找我。

這些組頭，其實沒什麼特別的。賭客臉上沒寫「賭客」兩字，看來和隔壁相招泡茶的，沒什麼兩樣。組頭臉上也沒寫「組頭」兩字，看來和沒事過來閒扯問兩句的賭客，沒什麼兩樣。

這些人，就是本來開賭場玩麻雀玩三國的那些人。他們不是那麼懂棒球，可是有人要賭，他們就做莊。做莊不能輸，輸了要跑路的，所以他們就來問我。我告訴他們：依我看，這場味全會贏榮工三分，他們再自己去想應該怎樣跟賭客收錢、怎樣賠。

他們給我的酬謝，是看我怎麼猜，就幫我照樣下注。我一毛錢不必出，贏了算我的，輸了算他們的。我算不算「賭客」？應該算吧，畢竟那幾年靠著賭場莊家給的錢，讓我存了不少積蓄，先買了車子，後來還偷偷買了房子。可是我又沒有真的賭。至少沒有賭輸過。人家說「十賭九輸」，不會輸錢的，還算賭嗎？那幾年，我常常想起那個記不得面孔的，住蘆洲的女人。記得她說「不要再賭、趕快斷賭」的口氣。幾乎每次從賭頭那裡領到錢就會想起她。不知道想她要幹嘛，但就是會想起來。

還想一件也從來不敢跟任何人講起的事：去美國。那些賭頭們說東說西，總會說到人家美國怎麼賭。陽光下公開大剌剌地賭，還可以從這一州到那一州去。而且好多可以賭的。賽馬最好，賭翻天了。還有賽狗。就是那種長得瘦瘦的灰狗，在場子裡追假兔子跑，那也是一翻兩瞪眼。一兩分鐘就知輸贏。職業運動都可以賭。棒球每天打，每天至少打十場。棒球打完打籃球、籃球打完打足球，反正愛賭就讓你賭到膩、賭到不想賭。

如果我的本事，到美國去還有用，多好！那我就可以靠賭棒球生活了。在美國生活，多麼遙遠卻又似乎多麼真切的夢想。

我只有跟當時的女朋友、後來的太太說：「總有一天我們會搬到美國去。」她竟然沒有問我要怎麼去、什麼時候去，她只是眨眨眼睛應一聲：「喔。」頂多再多一句：「住在美國聽說很不錯。」第一次如此反應，後來每一次都這樣。

我太太那時候是美容院的洗頭小妹。我們結婚前她出師成了髮型設計師。不太愛講話。那個年代，會去美容院的男生還很少，通常是比較騷包型的才去。我們隊友都去有粉味的「理容院」。我跟他們去過。民生東路吉林路口，那時候三更半夜還會塞車。我在那裡碰到一個完全不會剪頭髮的小姐，只用一支電推剪，把我的頭髮修得亂七八糟，一邊剪一邊用她軟軟的大奶子摩擦我的肩膀、臉頰，一直問：「要馬一下嗎？要馬一下嗎？」

後來，我就去馬了一下。馬沒兩分鐘，她把手伸到我褲子裡，突然揉搓我那裡，我真的沒防備，咻地就出來了。

我嚇了一大跳，緊閉眼睛假裝什麼事都沒有，可是那個大奶子小姐不跟我合作，她竟然堅持在我耳邊連問兩次：「你是第一次嗎？第一次嗎？」

我不得不張開眼睛，不得不看見她那微顯著細紋臉上有深切的疑惑，她不是隨口問問，而是真的渴求答案。我只好尷尬地點點頭，她的反應是猛拍額頭：「那這樣要不要包紅包還你啊？算要包還是不算？歹勢，我出去問一下大姊。」

我不曉得怎麼會倒楣到遇見這樣的人。她幹嘛需要如此認真在乎什麼紅包不紅包!?這本來，本來應該趕快被忘掉的糗事，因為她的認真在乎，就不可能從腦中除去了。永遠留在那裡，她那張困惑得讓我覺得該向她道歉的臉，困惑中一條條細紋反映出奇特嫩紅色的臉，固執地停留在我腦中我眼前，除都除不去。

那次經驗，使我好一陣子害怕理髮，也越發努力做著美國夢。去了美國，總該可以擺脫那張粉嫩細紋鋪成的臉，那臉所代表的羞辱吧。

就是那樣情況下認識我太太的，她安安靜靜幫客人洗頭，後來也安安靜靜幫客人剪頭髮，非不得已不多說一句話。可是她又不完全是內向、害羞。很奇怪，一次理髮過程中，兩邊座位都沒別人，我自然地開口邀她下班吃宵夜，她也正如我想像的，沒有猶豫就點頭，而且自己講了見面的時間和地點。

她這個人有些事，我永遠弄不懂。跟她交往時，我正開始從賭球賺到錢，錢來得容易，常常猶起來就買花、買皮包皮衣、也買過項鍊戒指送她，或者帶她去貴得嚇人的餐廳約會。她好像從來都沒驚訝過，好像也從來不好奇。她知道我打棒球的，也到球場看過我打球，我一直準備著，準備好幾套不同答案，有的認真有的俏皮有的胡鬧，等她問我：「你手上這些錢怎麼來的？」我甚至一度準備，還自己對鏡子預演了，用低低的聲音挨近她耳邊說：「嫁給我，妳就都知道了。」當作是正式的求婚台詞。

可是，她一次都沒問。

終於逼到我去買了一部賓士車，莊家幫我介紹中古車行買來的，頭款也是幾個莊家一起阿沙力幫我「罩」的。我開賓士車去接她，她上了車，我瀟灑地拔出車鑰匙，轉頭問她：「妳願意做這輛新車的主人嗎？」她兩眼眨了眨，問我：「你要我當嗎？」我連忙鄭重地點頭，點了又點。然後她說：「可是你得等我考到駕照。」

上了一個多月駕訓班，她拿到執照，我們結婚。車真的就歸她開，有人問起我就說那是娘家給的嫁妝。我太太很勇敢，發駕照第一天就上路，沒叫沒哼沒抱怨一聲，

一九九七

可是從第一天她開車就保持三十公里時速，十幾年還是三十公里時速。喔，上高速公路勉强加速到六十公里，始終維持在最外線道，絕不改變。

十幾年，我們交換過幾千幾萬次同樣的對話。我會說：「開太慢了，會來不及。」「開太慢了，會擋到人家。」「開太慢了，快一點不會怎樣。」她回答：「你看風景啦，慢一點才可以看風景。」

她開的速度，倒真的很適合看風景。不比走路快多少，悠悠閒閒不累不喘。店面招牌上每個字都看得清清楚楚。也可以數行道樹還是電線桿。看到情侶在路上吵架，看到大狗小狗在路上吵架。我真的就看風景，也只能看風景。我覺得我認識的台北，在持續、平穩，以時速三十公里流盪著。像一條河。夜裡看不清楚河面的河，透過少許光線跳動感覺淌流力量，卻又安安靜靜的河。我看到這裡的一座城市，我活在這樣的一座河中城市裡，在永遠以時速三十公里移動的車裡。

一個堅持開三十公里時速的人，其實絕對不是個膽小的弱者，我慢慢瞭解，她只是不願以別人的方式强大。我的小姨子，太太的么妹，跟我說，她們姊妹有一次出去，去基隆廟口，等紅燈的時候路邊有人擺攤子在賣各式各樣石膏小雕像，維納斯、大衛、海神，還有其他雜七雜八西洋模樣的男男女女。小姨子隨口說：「這麼醜！就有些人那麼奇怪，會買這種東西回家擺在客廳裡。」然後她們姊妹不約而同想起爸爸的一個朋友，一個暴發有錢人，家裡會擺這種雕像的人。她們交換了對那個人極度厭惡的記憶。在這過程中，我太太悄悄把車調返頭，開回賣雕像的路口。停了車，我太太一開口就問人家：「你這些，總共要賣多少錢？」一番交涉，她從皮包裡付了大概三萬塊，叫人家把十幾二十個雕像全搬上車。然後她把車子開上濱海公路，找了一塊看得見海的空地，兩個人將雕像仔細排隊立在地上，重新坐回駕駛座，我太太依然不慌不忙地，開車反覆來回，將那些雕像輾成碎片，小姨子在一邊樂得拍手大笑。

聽小姨子說，我先是跟著哈哈大笑，然而晚上睡覺前，看著太太已經睡著、安詳的臉，卻突然起了一身疙瘩。好怪，這個人，我把她用力抱住，她輕輕地回應嗯了一聲，可是我知道她身體裡有一塊地方，或一種東西，沒留在床上，繼續以三十公里的時速在遊蕩，我怎麼抱都抱不住。

邊賭邊打、邊打邊賭，然後就來了「大家樂」。然後就都亂了。

這樣說吧，如果本來台灣有一百人在開賭場，「大家樂」一瘋起來，突然變成一萬個人開賭場。今天的賭客明天變組頭，而且一邊當組頭，一邊還去別人家大筆大筆下注。全都亂了，本來開賭局的基本規則，那兩年全亂了。

那真是「神明也瘋狂」的年代。什麼神都有人拜，每天還有許多新創新發現的神明冒出來。那兩年，多了多少廟公！哪一個廟公自己不是賭客？三個廟公裡兩個是組頭！賭客賭紅眼了，贏錢可以花幾萬塊幫神明塑金身、蓋新廟；可是輸錢了也有人把氣發洩到神明身上，半夜將神像從神座上拔起來，丟到河裡放水流。

我印象最深的是一個組頭朋友，開車帶我去關渡，從關渡宮再進去，荒僻得要命，沒有路的地方，你就看到一大堆車停在路頭，還有摩托車不斷往來。你可以付二十塊坐上一輛摩托車，他會把你載進去，一直載到河邊。遠遠看到燒金紙的火光，衝到至少三層樓高。河邊沙地上，一個簡陋的塑膠棚子，棚子下兩條長板凳，板凳上排滿了神明。各式各樣，什麼都有，還有缺手缺腳甚至斷頭的。

原來，這些都是「落難神明」，被從河裡撈起來的。把他們聚在一起，竟然也就變成一座克難的臨時新廟，在「大家樂」賭客群中口耳相傳，吸引了許多人。

我的朋友跟我解釋：「這廟一定靈的，因為有那麼多神，而且這些神都是失敗過的，已經完蛋了，才又得到敗部復活機會，他們一定特別努力特別靈聖，不要再被丟回河裡去了。」

經他這麼一講，我看火光閃耀中的那些「敗部神明」，還真的好像個個臉上泛著辛苦的汗光，還帶點無奈的、討好的笑容。

中華職棒剛好在政府取締「大家樂」之後開打，你說會發生什麼事？不只是原來賭棒球的人要賭職棒，本來經營「大家樂」的，現在也統統要兼著玩職棒了。

職棒好賭啊！球隊固定、球賽又多，大家都熟悉，覺得有把握猜得到輸贏，而且每個禮拜都能下注，勝負馬上翻出來。

職棒開打，我也轉進職業隊，當然仍然不是明星球員，仍然有很多時間坐板凳觀察戰局。也仍然繼續做我的地下顧問，生意比以前還要更好。

一件事，改變了我的人生，終於導致後來，八十六年，我突然從棒球場上消失。

南部有一個家族，靠大家樂興起，野心很大，一方面道上招兵買馬找兄弟，一方面還跨足政壇，開始搞選舉。

這個家族，S家班，實在是整個職棒簽賭大變質最要不得的禍害。

我加入職棒沒多久，S家班的頭目之一，親自到家裡來找我。隨身帶兩個理平頭，穿緊身黑褲的小弟，小弟一人拎一口中型的痲袋。頭目故作瀟灑手臂一揮，小弟們將袋口解開，裡面滿滿都是鈔票。我還真沒看過那麼多鈔票。

S家班頭目說：「球員嘛，大家難免各有各的問題，你代理一下，當大家的靠山，誰有困難有需要，就拿這些錢去幫幫忙。」

頭目講得很義氣很豪邁，我卻聽得頭皮一炸一炸的。心裡一直告訴自己：「要穩住、要穩住，不要出事。」

勉强穩住，客客氣氣地問：「我在棒球界這麼小腳，怎麼可能代理得來？」

頭目露出詭異的笑容：「你人頭最熟啦，大家都這樣說。什麼人出什麼事你都知道，大家都這樣說。還有，你不風騷，不囂擺啊！大家都這樣說。」頭目眼睛瞪圓了，「你不可以不承認。」

是的，我只好承認。穩住。穩住。「錢不會白白借給球員，送給球員吧？」

頭目把腳蹺起來，背深深靠進皮沙發裡，說：「喔，差不多是白白送，頂多偶爾需要大家在球場上也幫我一點小事。」

我聽懂了，再三暗暗告誡自己，無論如何，只要還有活命機會，就一定不能答應。以前賭客、組頭不是沒想過收買球員打假球，可是講歸講，沒人敢做，為什麼？

打假球，有人贏就有人輸，輸的人不會氣、不會要報復嗎？

我眼前浮上李宗源媽媽的臉孔。真奇怪，那麼多年了，李宗源他媽媽的臉在記憶裡，比我老婆的臉還清晰明確。還有那個面罩不敢摘下來的裁判。還有那充滿暴力威脅的球場吶喊、吵架聲響。

我盡量委婉地跟S家班頭目解釋：這種事最好不要做，不小心會弄到道上相殺的。而且這種事瞞不住，被發現了事情會很大條。

你知道頭目怎麼跟我說嗎？他說：「別擔心，我們都弄好了。我們只賺散客的錢，道上兄弟大家都有得分，不會損失。而且我們關係夠好，警察啦、立委啦，完全不必去擔心一些什麼有的沒有的。」

後來我才知道，其實S家班就是想要用職棒簽賭作弊賺來的錢，「統一江湖」，道上組頭弟兄，誰跟他們合作，就能百賭百贏，錢賺不完！

就是因為我太瞭解棒球、又太瞭解賭，我不敢跟他們合作。這種事情太大條的，光想我就嚇得睡不著覺了。可是要怎麼拒絕？我只好向頭目推薦了幾個我認為可以跟他們合作的人。

我推薦的人，後來幾乎都牽扯在簽賭案裡。不是那幾個大明星啦，他們要找的會找的，是像我這樣的，不是明星、不受注意、薪水少得可憐，然而在球場裡人緣好，跟誰都認識，跟誰都能說話，最好跟誰都能喝酒，這種人才有路用。

他們在幹嘛，我都知道，因為我仍然是他們的顧問。

我不參與拉球員的事。他們通常先拿錢拿女人拉球員，然後有需要時，再用這些球員打假球。什麼時候打假球？一種是特別多人賭、賭金高且一面倒的球賽。還有一種是S家班想要惡整道上哪個不聽話的組頭時，他們會用人頭去跟組頭下注，然後設計假球讓那個組頭輸到跑路。

假球要怎麼打？這就是我這個「顧問」的工作了。他們告訴我：這場球哪一隊該輸，隊員裡有幾個是「自己人」。我衡量兩隊實力、陣容，給明確的指令。例如說：游擊手整場多靠三壘站兩步，右外野手在教練下達前進防守命令時不前進；還是打者一上壘，就故意盲目盜壘……

我一直想要保護球員，打假球也不能打到人家一眼就看得出來。尤其是幾個表現優秀的球員。我更是很少要他們在投手身上做手腳，因為太容易被看破，太傷了。唉，後來被起訴的有幾位投手，他們或許真的有收錢，可是他們真沒有放水打假球，這點是很多外行人不明白、胡說八道的。

八十三年就有假球了，八十四年變得普遍，可是容我驕傲說一聲，那時候除了教練們覺得球員有時叫不動有時不看暗號行事，會懷疑其中有鬼，誰看得出打假球？後來什麼檢方看錄影帶就能抓打假球，那是放屁，就憑他們那一點本事，抓得了我設局的假球？屁啦！

我當時細到什麼程度啊！管打者向前半步向後半步，管捕手蹲高一點蹲低一點，管游擊手在有外野安打時，故意離開補位傳球位置三步，都是用這種方法輸球的，怎麼可能粗糙到讓投手保送、還是球進手套裡又掉出來?沒那回事,至少我當顧問的球,不可能那樣打。

外界注意到假球問題,是八十五年了。開始有些亂掉的感覺,可是沒有真的亂掉。我認識一個新聞界的朋友,阿德,我很服他,因為他是真內行。我們在球場常常碰面,不過都只是點點頭打招呼,報上開始寫簽賭什麼的時候,有一次球賽中他一個人在球場邊晃啊晃,我要去休息室拿東西吧,經過他身邊,他突然激動地抓住我,指著正在投手板上投球的老郭,說:「你相信你們老郭打假球嗎?他們懷疑老郭打假球!幹!老郭打假球,我頭切給你!老郭不是聖人,可是他投球我哪場沒看?那種球路那種球速那種投法,怎麼可能假?幹!如果老郭『假』是這樣,那他『真』起來可以去美國大聯盟當明星了!」

接著阿德還跟我解釋:投手要投比較差的球,一定會露出什麼馬腳。手要怎麼握,腳要怎麼踩,球會怎樣飛。「幹!棒球是物理學好不好!不要講不符合物理學的話好不好!」

我嚇了一跳。阿德講的,其實我懂,可是從來沒想過會有別人也懂,而且還是自己不打球的人。這個人,有一套。他知道投手很難打假球的。

不過,老實說啦,我設計的,比較小心的假球,有時候會有「假不成」的風險。該輸的球沒有輸。所以就有人禁不住誘惑,開始打那種「很假的假球」。

第一是:S家班他們越來越貪心;第二是:道上藏不住祕密,越來越多人想跟S

家班玩一樣的把戲；第三是：連續幾場該輸的球沒有輸。八十五年夏天吧，道上兄弟幹開了，先是公然在球場上威脅球員，後來乾脆綁架球員，唉，搞到這樣，就沒路可回頭了。

八十六年，最痛的一年，其實我已經不當「顧問」了，因為情況亂到顧問意見沒有用了。可是第二次爆發球員綁架事件後，沒多久我就被檢察官約談了。

我真不記得他們問的問題了，倒是記得被放出來，我第一個電話，在博愛路騎樓下公用電話打給阿德，我告訴阿德檢察官第一問什麼、第二問什麼、再來又問什麼……我每講一個問題給阿德聽，話筒那頭就傳來一聲：「幹！」阿德連續「幹！」了二十聲，應該有吧。

我記得我跟阿德說：「好像碰到外星人。他們根本不懂棒球，更扯的是，他們根本不懂什麼是賭博。」

可是阿德說：「他們懂一件事，你猜是什麼？……他們懂黑道不能碰，S家班不能碰，可能連組頭也不能碰。他們早想好了，只要抓你們這些傻球員就夠了。你講黑道威脅，他們一點興趣都沒有，不是嗎？」

是啊，是啊，阿德真聰明。我記得阿德半開玩笑半發火地說：「你這個笨蛋，還打什麼球，幹嘛不改行去做組頭？」

「還打什麼球，幹嘛不改行去做組頭？」阿德這句話像有幾百斤重一樣，壓得我太陽穴兩邊鼓脹作痛，壓得我在大熱天卻縮著脖子，壓得我幾乎走不回家。

壓得我晚上睡不著覺。小時候的鬼故事，竟然又回來了。鏡子裡那個頭髮慢慢長長，舌頭也慢慢長長的自己，不過這次我被嚇得背向後猛弓，卻撞到了一個溫熱，而不是冰涼的物體。

我翻身緊緊抱住老婆。她回應輕嗯了一下。抱得很緊很緊，下體有了反應。可是就沒力氣沒辦法放開手去撫摸，去掀她衣服。很怪的感覺，那麼清醒那麼清楚，自己想怎樣摸她怎樣進入她，都明明白白，然而卻跟「鬼壓床」一樣，動都動不了。

還好是老婆動了。這種事以前她從沒主動過。她轉過來主動吻我，主動摸我那裡。然後像哄小孩那樣，在我耳邊說：「別怕，別怕，我們不打棒球了，我們去美國。」她騎到我身上，隔著沒脫的睡衣，胯下猛在我那裡來回摩擦。喉頭低抑地「嗯」著，壓著我的，變成了老婆，不再是魔咒了。我聽到自己傻呼呼地問她：「去美國能做什麼？」

老婆閉著眼睛，半呻吟地只說：「幹我。」

「有老婆可以幹，什麼都不必怕」，哈哈，當時我心中真的閃過這樣一句荒謬的話。荒謬，卻真實。

所以我就遞了辭呈，球團也唯恐太遲了我會後悔，火速批准了。早上九點半去球團辦公室，十一點不到，我離開了，離開棒球界，離開打混了快三十年的棒球。

沒有榮退，沒有告別，不過卻有稀疏的掌聲。每個組頭，每個黑道弟兄，都幫我拍拍手稱讚我。退下來就自由了。退下來海闊天空。我發現一件有趣的事，本來以為「海闊天空」是很文謅謅的成語，不知怎麼回事，全台灣的兄弟們，都會說都愛說「海闊天空」。嚼著檳榔，本來講著台語，忽然會改用國語講「海闊天空啦！」

還有一種人，也變相給了我無聲的掌聲。不幹球員之後，檢調人員再也沒來找過我。簡直混蛋，他們不是懷疑我在黑道跟球員中居間聯絡嗎？怎麼我退了就不管我啦？好多球員後來被起訴，可是竟然整個案子我連「關係人」都不是！

阿德說對了，他們只是要整球員給社會交代而已。劃清界線到這種地步。我退了，不再是球員，在他們眼裡變成組頭、黑道，甚至是S家班的一部分，他們就不要整我了。

悲哀啦，想到自己這樣脫身，想到自己遇見這樣一個世界。

也是八十六年，我終於去了美國。從紐約入境，然後去波士頓、去費城、去克利夫蘭、去芝加哥、去西雅圖，最後再從洛杉磯飛回台灣。這樣的行程，一看就知道是「棒球之旅」，趕上九月球季最後一波的比賽。這樣的行程，不好安排哪，吃住交通還有門票，全是老婆花大錢要求旅行社特別排的。

走了一遭，去了七座球場，看了十場球。七座球場，我那年在運動畫報上也剛好看見七座美國球場的相片。老婆不知道運動畫報的事，她只是恰巧安排了七座棒球場的球賽，純屬巧合。

本來她計畫中還有多倫多，後來行程實在排不進去，放棄了。我們搭上回程飛機，在機上，我終於很肉麻地跟老婆說：「謝謝妳……我真的很愛妳。」大概是肉麻到兩個人都不習慣吧，尷尬中我補了一句：「可惜沒去多倫多。」老婆白我一眼，氣氛就變自然了，她低聲說：「還沒看夠棒球？我都膩死了！」我誠實回答：「其實，我也膩了，很膩很膩。」

如果有去多倫多，那就可以看到尼加拉大瀑布了，不至於走了一趟美國，從東岸到五大湖又到西岸，看來看去只有棒球！

那一年，後來剩下幾個月時間，我一直想像著自己錯過的尼加拉大瀑布。那水、那聲音，那把一切洗掉般的過癮，似乎連時間本身都被沖洗得乾乾淨淨，乾淨到既存在又像不存在，像我們小時候學校後面的清澈水溝，清到連魚都養不出來，沒有青苔更沒有水草，就是透明的水一直流一直流，我常常在那裡看著水發呆，還沒開始打棒球之前……

——原載二〇〇六年四月《INK印刻文學生活誌》第三十二期

主編導讀

一九九七無疑是中華職棒史上「最痛的一年」，球員簽賭、放水、打假球事件頻傳（事實上種種弊端在那年之前已開始爆發），尤有甚者，是黑道明目張膽挾持球員，職棒壇風聲鶴唳。最後導致時報鷹隊解散（史稱「黑鷹事件」），職棒環境陷入空前嚴重低潮。楊照僅以這一年為題目，但寫的卻是一篇跨越數十年的台灣棒球史——或者準確地說，一篇「台灣棒球簽賭史」。

文中不論人物、事件，幾乎全有所本。負責敘事的主人翁雖是虛構，但因為情節是如此真實，讀者更容易相信他的敘事，這是本篇小說的巧妙之處。

楊照跟張啟疆一樣，是資深球迷、兼任球評（寫過幾本運動評論），但或許是出身歷史系的關係，楊照的棒球小說格局更為宏大。論字數，〈一九九七〉只是一篇稍長的短篇小說，卻不難看出楊照寫史詩的企圖。

楊照另有一篇〈林仔埔棒球誌〉，以一個村落為背景，也是一篇具體而微的台灣棒球史，不妨與〈一九九七〉互相參看。

註：〈林仔埔棒球誌〉收錄在楊照著，聯合文學版《往事追憶錄》（一九九四）；及徐錦成主編，九歌版《台灣棒球小說大展》（二〇〇五）。

關於一只界外球

吳明益

一九七一年生。畢業於輔仁大學大眾傳播系廣告組，中央大學中國文學系研究所。現任國立東華大學華文文學系教授。

曾兩度獲《中國時報》開卷年度好書、金石堂年度最有影響力的書、誠品年度推薦書、《亞洲周刊》年度十大中文小說、《聯合報》小說大獎、台北文學獎文學創作獎、《中央日報》出版與閱讀2000年十大好書等。

著有散文集《迷蝶誌》、《蝶道》、《家離水邊那麼近》、短篇小說集《本日公休》、《虎爺》，長篇小說《複眼人》、《睡眠的航線》，論文《以書寫解放自然》。另編有《台灣自然寫作選》，並與吳晟共同主編《溼地．石化．島嶼想像》。

吳明益說：

這是我在大學時寫的生澀作品，那時與大學同學組成了一支連球衣都沒有的球隊，並且企圖寫幾篇「關於棒球」的小說。看這篇作品時，我因此想起被指頭、球棒、紅土磨損，不規則彈跳的青春。

我喜歡坐外野區、人不多的球賽，以及漫長的投手戰，和外野手一起思考或分心。看投手投球時外野手略微俯身，衷心希望有一天草皮會長得夠長，外野手便能像雁鴨一般撲撲翅膀飛掉。

球賽賣座奇差，可能是因為傍晚起斷斷續續的小雨。

這對我來說卻是恰好。夜間照明將雨射成遠勝星空的詭異閃亮，燥熱的感覺也沉澱了。我獨自坐在外野看台角落吃著球場一客六十的便當，感到一種窺探的滿足感。也許是雨打溼的紅土有一種沉重，和外野的新綠相映格外悅目；也許是雨點確然沁涼；也許是今天賣座實在太差，每個人都想找個人聊聊去除被球賽冷落的感受，三局起我竟和附近一個陌生人聊起球賽。

「還不換投手，你看，十個球才投出兩個好球。」他說。實在沒有理由選擇這個位置。右外野空盪盪，偏坐在全壘打線長竿後面，球場被視界劃分成兩等份，打擊者在右眼，投手在左眼。

他似乎很懂棒球。而且他的體格和單眼皮，令我聯想他應該正在草皮上撲接平飛球。「界外球。」他說。由於不慣和陌生人對話，我感到彆扭的沉默。

一枚球破雨而來，瞬間在夜空中劃出一道暫留的白線，所有的觀眾像在看二十四格放的慢動作，隨後用零落的驚呼聲將球送上右外野。

「FOUL！」裁判打出界外的手勢，真只差數吋而已，球從右方掠過眼角。許多觀眾一臉懊喪，像丟掉了什麼重要的物事。

「真可惜！」我說。

他挑起一根菸在手上搓弄著。投手以一記銳利的滑球三振了打者。「我以前也打球，C隊。」打者黯然拖著球棒離開打擊區。「每次我打擊，就想說這投手的球滿好打的，隨便也來個安打吧！其實，嘿！」

我敷衍地點著頭，雨軟弱下來了。這使內野的鼓譟聲跋扈起來。

「以前我打球的時候啊……咳，你不會覺得無聊或妨礙你看球吧？」

我做了個請他繼續講下去的手勢。感覺他並不同於我想像的棒球員。雨又強硬起來，我們成了外野少數不撐傘的觀眾。

「我十一歲就打球，外野手。」他像是望著外野草皮，望著壘包，或是望著壘間的某種物事。總之，他不像在對我說話，卻像是祈禱起來了。「其實做外野手最好，在草地上晃來晃去，滿輕鬆的，有時還會覺得自己是在外野看球。」「一直是外野手？」

「嗯，一直是。我是那種不上不下的球員，算半個板凳。更別想選上國家隊。但這個外野手，竟然也站了十幾年。」他的確具有外野手的氣質，尤其是他的眼神。他的眼神像是在外野站得過久，而喪失近距離對焦的能力，似乎一直望著遙遠的所在，即使和我的眼光相對也一樣。

「二十四歲那年，我差點就不打了。那時一退伍就結婚，生了一個兒子。」八局下半，五比二。雨勢更加難以遏抑，卻總是控制在停賽邊緣，時落時歇。不少人開始收拾離場。「我以為再打幾年球，就可以退休到公司上班，實在沒想到。」我沒問什麼，投手以一記快速直球開始第九局。

「她不瞭解我打球的感情。球隊常在南部集訓，有時又出國打友誼賽。」

「後來怎麼又繼續打？」

他微微移動，雨打溼了水泥階，這使我們必須採取蹲姿。「頭先我以為我永遠不會再打球了，但是我沒辦法忘記當外野手的感覺。你知道嗎？看著打者的球棒，在草地上跑，捕捉球的落點，那種……你打過球吧？」他手中多了顆球，上面沾滿泥土似的深褐斑點，也許球早就在他手中，只是我沒注意而已。他摩搓著球，深褐的色塊卻不掉落，想必是日子久，皮革把顏色吃了進去。

「我兒子三歲就會拿手套。你信不信？他剛上幼稚園有回跟他傳球，我竟然接到手痛咧！」他眉角上揚時頂好看，看起來更像一個充滿自信的球員。

他像投手投球前般檢視著手中的球。「我常常嘛帶他去看我打球。」「叭——」身旁不遠的球迷吹起震耳的加油號，讓我們幾乎聽不到彼此聲音。安打！二壘安打。外野手撿起球傳往內野，形成一道優美的弧線。

「他會是臂力强的外野手。」我說。

「什麼？」加油號漸漸消沉。「我說你兒子會是一個好的外野手。」他笑著，把手上的球往上使勁直線拋出，我看著球漸漸渺小，整個縮進黑色的夜空，很快又夾著細雨龐大起來。「啪！」我幾乎以為我站在外野草坪上了。

「我常帶他到球場看我打球，有一次我抱他到右外野看台，我是右外野手。那天幾乎沒人看球，整個外野空空的，我看他在看台跳來跳去。他是我的啦啦隊。」比賽拖延到九局下半。由於落了許久的雨，水泥階從微溼轉成積水，竟在夜間照明下金光刺目起來。大多數人撐著傘不安地站著。兩個人蹲在角落。他掏出KENT。球場被雨罩上層薄翳，雨從內野依風而行，我的眼光隨著雨的脈絡，一路跟到眼前。他吐口煙，一點火星自他掌緣和我的眼角邊崩落。

「我守備時可以很清楚聽到他的加油聲，打得特別帶勁，兩個打數兩支安打，一上壘，我就藉著綁鞋帶的機會向他作勝利手勢。」他用左手的食指和中指夾著球。右外野手高舉著接殺的手套，示威似的向休息室漫步而去。

「第三次上場，我們已經領先不少。我突然起了一個調皮的念頭，想說投手的球滿好打，為什麼不想辦法打一個界外球？觀眾這麼少，又聚在內野，我兒子一定可以撿到，比賽完我再裝模作樣幫他簽名，他一定樂瘋了。」

我想像當時的情形，像俯身看著如攤開扇子般的球場。打擊區揮動著球棒的男人，彷彿牽動著一條無形的扇骨，緊緊地和扇緣上興奮的孩子聯結著。

最後一個打者揮棒打出擦棒球，第二球又擊出左外野穿越看台的界外球。他吐了口煙，單眼皮又歙動起來，雨落在他臉上，幾乎要澆熄他的菸頭。該死！最後一局才下起這樣大的雨。「我要用推打，最好能擊中球的右下方，最好是外角球！那時我猜中一個外角球。我看著球幾乎要笑出來，這球一定能打上右外野看台了！」一支右外野高飛球。外野手拚命移位，球在風向和雨勢的雙重作用力下成為一種歪斜的角度下墜，從我二百五十度的近視和雨霧中看去，彷彿是兩枚相互吸引的磁鐵。

「你兒子一定高興死了！」我說。他的單眼皮歙動著，吸了很深一口菸，不小心把左手夾的那枚球掉在看台上，這時他捻著菸的右手已移到菸屁股。觀衆意興闌珊地往出口擠。我說你可以在球場上畫滿躍動的軌道，卻永遠無法逆料球將選擇哪線軌道奔赴終極；這是一場乏善可陳的比賽。一盞照明燈逐漸失去亮度，我說當一枚時速百哩如燄火綻放般的球升空，必然注定它依藉力道和風向飛行，飄移，並且墜落。雨愈落愈大，謝完場的球員跑進休息室，濺起一盞盞的泥水花。我說人實在很可笑，竟無能把一顆擊出去的球往左，或者往右移幾吋。我想剛剛那枚高飛球，如果如果如果如果如果如果如果如果如……。

「球很快。」

照明燈已全然黯淡，雨肆無忌憚。

我聽見他說了些什麼，然後拍了拍我的肩膀。想起剛才照明燈熄滅時的無法適應，突然害怕聽到他拍我肩膀時在空曠球場的響亮回音。

也害怕看到他掉在台階上那枚泥色的球，和夜裡格外明亮的殘留菸蒂。

——原載一九九三年兄弟棒球隊出版《棒球年代——第一屆棒球小說獎得獎作品集》

主編導讀

大部分的棒球小說會寫場中賽事，但吳明益的〈關於一只界外球〉卻是一篇場邊故事。小說情節很簡單，兩位球迷在場邊聊開了，其中一位曾是球員。而我們都知道，「一日球員，終身球員」，打過球的人，會不斷回到球場去——即使他只是個「不上不下的球員，算半個板凳。更別想選上國家隊。」

場內的龍爭虎鬥根本不是重點（「這是一場乏善可陳的比賽。」），場外散漫、沉悶的對話才是小說主幹。

一如篇名的隱喻，「一只界外球」無關勝負。然而不論曾是球員或仍是球迷，坐在場邊，我們總是一邊看球、一邊檢視自己的人生。

如果是傷懷

王聰威

一九七二年生，台大哲學系、台大藝術史研究所畢業。現任聯合文學總編輯，曾任台灣明報周刊副總編輯、marie claire執行副總編輯、FHM副總編輯。

一九九九年以〈SHANOON海洋之旅〉入選《八十七年短篇小說選》，隨即引起文壇注目。二〇〇八年以長篇小說《濱線女兒—哈瑪星思戀起》獲得中時開卷十大好書獎、巫永福文學大獎，入圍金鼎獎與台灣文學金典獎，並入選法蘭克福國際書展選書，而同年出版的中短篇小說集《複島》則獲得台北國際書展大獎最終決選。

另著有《作家日常》、《師身》、《戀人曾經飛過》、《稍縱即逝的印象》、《中山北路行七擺》、《台北不在場證明事件簿》等書。

王聰威說：

我對於打棒球的實際經驗，只有在國小時期一度熱心地打過，還曾經為了練習而錯過了某位女同學的生日派對，非常可惜。即使是那時，我都是個極糟的棒球員，但寫這篇小說讓我完成了對棒球的幻想，包括青春與愛情在內，這些全都是一旦錯過，就永遠沒有機會重來的事物。

我有多久沒回到棒球場了？

就私人的事件而言，大約是在我頭頂飛過最後一支右外野全壘打之後。而就頗具歷史價值的資料來說，或許從大鳥勃德成為有史以來最偉大的板凳球員開始算起是十分合適的。兩年的時間，我想。

當然，大鳥勃德是籃球員。

我現在所在的這個球場與那支右外野全壘打所俯視的是一樣的，本壘到二壘的距離有一二七英尺八分之三英寸，投手板到本壘有六十英尺六英寸，右外野是不利於航行的。

在我眼前所展示的，可口可樂的看板以及白痴似的高圍牆，和從前一樣像是巨大醜陋的山區。

球場上空無一人。沒有裁判員，沒有隨隊醫生，甚至沒有跑壘指導員。不知道為什麼，沒有跑壘指導員特別令我難受。我站在本壘板上，就像登上幾千公尺的高山，一方面覺得寒冷，一方面覺得孤單，縱使夕陽像一輛毀損的老舊坦克一般地溫暖迷人。

我知道我從來不曾真正隸屬過一支球隊。每一次有小孩問我說棒球是不是一種團體合作的競賽時，我總是十分疑惑。我說，我只是個右外野手啊！右外野手是否已經重要到可以談論這個問題了呢？你們應該去請教投手或跑壘指導員，他們比較有討論這個問題的資格。

我記起最後加入的那一支球隊隊室布告欄上的一句話：「你一生遇見多少蜻蜓呢？」當我在右外野的草地上站著時，腦中總回憶著我這一生遇見的幾隻蜻蜓。

「你一生遇見多少蜻蜓呢？」

曾經有多少人在我現在眼中的觀眾席裡為我加油過呢？這些永遠高高在上，整齊擁擠，等待填充的灰格子。我走向一壘，然後走到我的右外野。一面想著。我想我大部分打擊的時間，那些觀眾都在做什麼呢？吃東西、談天、交換一下關於第三或第四棒的意見。很少有人會注意像我這樣的第七棒。安靜沉默的棒數。大約是一成八七左右的打擊率，一個大學球季只有一支三壘打。

我站在遼闊的外野，雙手交互地搓揉。本壘板遠得跟黑洞的盡頭似的。球場特有的旋風盤踞著。蜻蜓，黃昏，中堅手的位置上有一根球棒。從來沒有一場比賽是因我而存在的。當然，球賽不會為個別的棒球員存在是明顯的事實。所以如果我們要比賽，也就至少得湊滿九個人。比賽不為某一人存在，但只要有一人缺席，比賽就不能進行。於是不出席者成為衆矢之的。我們只有付出，而球賽並未向我們承諾什麼。當然這不包含職業球賽在內。

有一個在我這一代算來頗有名氣的右外野手說過這樣的一句話：「關於全壘打我是無能為力的。」

所有的外野手都應該將這句話奉為遵行不渝的座右銘。如果不如此，很少有外野手能承受得起這樣殘酷的事件。就在我們的眼前，卻一輩子也無法挽回。

這當中或許有些奇妙的關聯。對我而言。

似乎有許多的太空船要啓航了，在這片球場裡，我恰好看見了這樣壯觀的盛事。

老舊的坦克最後也化為鱗片退去。夜色漸深。在我來不及走出球場的時候，已經暗得幾乎不見五指。我摸索著走到入口的地方，發現鐵門已經上了鎖。我伸手搖晃了幾下，金屬碰撞嘎啦嘎啦地響。沒什麼效果，所以我甩甩頭走回球場的中央。

在投手丘上的感覺如何？如果你是一個投出完全比賽的投手，他的答案極可能是像乘坐協和機到達巴黎的感覺。但現在的我卻沒有。只是試著體會，這略高的丘上，一點點的俯視。看不見本壘板，看不見三壘。墜機了嗎？不對，連機票都買不起呢！整個山谷都寧靜，幽黑了。甚至沒有野生動物，純粹的缺乏生命。

反正一定得留在球場過夜了，所以我走到外野的草皮躺下，（這時候我多希望左外野是一片森林。）把夾克脫下來蓋在身上，因此大學的校徽及英文縮寫覆在我的胸膛。所幸這座球場建在離市區數十公里的地點，與我偏僻的大學相鄰，光害甚少。一抬頭就是都市難得見到的星星，非常低垂，幾乎一翻身，就可以碰落一地的距離。都市裡的人在做什麼呢？也就是我的室友和一些不常見的朋友在做什麼呢？他們總愛在那裡消磨夜晚。當我遇到山難，在某段飛翔的峽谷裡無法逃脫時，這些應該是極富意義者，在做什麼呢？兩年多一點點前，我在某座山裡受困了四天三夜。前兩天的晚上我還能專心地吃著野菜和老鼠，到了第三天夜晚，竟出現了兩名黑衣情報員的幻象。他們悄悄地立在懸崖的邊緣，臉色蒼白的凝視著，月亮一度在他們的背後升起，旋即又落下。我望著他們，他們似乎沒有移動的意思。於是雙方一直堅持到我昏昏睡去為止。

此刻會想起這件事，大半是因為今早買了馬格利特的畫冊，又將回憶勾勒出來。我一直以為球場、球賽只會控制人的心靈、精神一類的。沒想到現在竟以一種災難的物理性質困住了我。雖然我已不再像從前那麼害怕，只是孤立的情形沒有改變。搜救隊終究沒有找到我。我自己從那兩名黑衣情報員站立的懸崖處攀岩而下到溪谷。溯過溪流，接上一條獵道，順著獵道一口氣走到搜救隊的聯絡站。災難結束了。

「我不曉得你們在哪裡。」我說，「所以我就自己回來了。」

「總是在某個地方吧？」一位搜救隊員，也是朋友，向他身邊的人喃喃地這麼說。

漸漸的，黑暗已不再那樣的黑暗了。我總是習慣蒙蔽自己而忽略事實。其實並沒有這樣的悲劇化——伴著消極性的恐懼。我現在能看見周遭二、三公尺之內的東西，雖然只是些零碎的顏色。但是我並沒有更高興，對我而言兩者程度相差太近，只是互相欺瞞的一種形式。

幸好我並不飢餓，真正的氣溫也不寒冷。躺在這裡還算舒適。如果這裡是一座島，最好是不利於航行的，免得蝟集的船隻做了過度繁瑣的交談。我眼睛直上星空，四處地飄移著。忽然間我看到一張圓圓的臉孔。

「喂！」她說。

「妳在這裡幹嘛？」我說。

「是你要我來的呀！」說著，她已經坐在我的左邊。

「是嘛？」

「怎麼忘記了？」

「來多久了？」

「很久了，下午就來了，照了照片，結果太累了，躺在球員室的椅子上睡著了。」

「妳記得我要妳來幹嘛嗎？」

「說是來玩，散散心吧！」我看見她將單眼相機舉在頭上晃著。

「可是晚上回不去了。」

「為什麼急著回去，門總是會開的嘛！」

「說的也是。」

她把相機收回袋子裡頭，沙沙地躺下來。我把有校名的夾克蓋在她的身上，她把頭倚在我的肩膀。

「我好喜歡你唷！」她說。

「這不太可能，對吧！」我說。

「每個人都得喜歡一個人不是嘛？而且至少會被一個人喜歡吧！」

「這很難講，我不大相信歸納法。」

「如果在心理學的層面上……」

「嗯！」

「如果能航行的話……」她說，「現在就得出發了，在黑的底部，伸出試探的觸角。並不是很新式的型號，大約是阿波羅火箭那一年代的。升高之後就像搖滾樂的旋律那般動人的。」

「噢！」

「我要聽你講故事。」

我考慮了一會兒。

「沒什麼故事可講的，就跟小學的右外野一樣。」

「什麼叫小學的右外野？」

「也不知道為什麼，小學時很少遇見左撇子。」

「所以呢？」

「所以很少會有球被打到右外野。」

「是嗎？」

「也不盡然如此啦，正式比賽時，一些強打者還是會打到右外野。」

「那麼小學的右外野到底有什麼意義？」

「它真正的意義在於一般的遊戲式球賽，平常的，非經正式訓練的比賽。許多時候沒有右外野手和裁判。壘包都是用磚塊和石頭代替。場地往往是廣漠的草地。許多時間都花在找球、爭論和制定新規則上。三、四個小時常常只打了五、六局。相對來說，尤其是在那個缺乏左撇子與强打者的時光，右外野就顯得孤孤單單的。」

「真可憐。」

「還好啦！」

「嗯！」

「我從小學開始一直就是右外野手。」

「要聽要聽，棒球的故事。」

她親了親我的臉頰，抬起頭來，眼中閃耀著微弱的水光。

我一直反覆地做著一個夢。夢中總會有人問：「為什麼迷路了呢？」我睜開眼，看見她被另一個登山者拉走，往一條山徑離開了。她頻頻回頭望我，但終於不再說話。我覺得很奇怪，於是看了看自己的手，再眺望她消失的盡頭。「為什麼迷路了呢？」「為什麼她不能在我的身邊，倘若她知道我已經迷路了呢？」有另一個聲音說：「你只是一個簡單的迷路者，由於太過簡單，令人無聊吧！」這是什麼話。然後又一道白光斜斜地從我的左側砍進來，大約會在此時醒來。

我下了床，走出無人的寢室。到了宿舍的大落地窗前。夏天的早晨讓人興起徒步旅行的念頭。現在能在山裡頭就好了。我想著。

那麼就走吧！我回寢室裝了個背袋，走進學校，打算在另一側的站牌搭車。

我在福利社買了一些麵包和礦泉水，還買了一把手電筒。有兩種色光可供警示用的。然後我看了一會的樹，辨認了幾種不同的蝴蝶幼蟲。她擠到身邊來，拍了一張蟲害的照片。

「真漂亮，你要去哪？」她說。

「徒步旅行。」

「我也要去。」

「現在？」

「等我十分鐘。」她說。

這世界到底是怎麼回事？為什麼憂鬱像是一片又一片的林子，永遠走不完似的。何不去試試走高空鋼索呢？每一個來向我抱怨的人都領到一根平衡桿，讓我說明一下必要的注意事項，然後拍拍大夥兒的屁股就可以上路了。為著這些憂鬱，每個人的、我的，四周越來越空曠，逐漸地留下我一個人站在原地，舉目不見人煙的雪地。

難道這是我的錯嘛？有一個女孩說和我在一起總不快樂。不快樂，兩個人在一起的時候。我不知道要怎麼做，要怎麼使對方快樂。為什麼總是如此。

我陷入深深的絕望。所以就像把黏在身上的貓摔開一樣。把一切摔開了。擺在地上，縱使眼睛仍盯著我瞧。我依舊沉默地走開了。

是的，必須徹徹底底的離開，捨棄一些東西。即使是無能為力的，縱使本來就不占重要地位的，或縱使是一些偶然。

夢裡的登山者為什麼如此仇視我。我並沒有什麼特質值得對我賦予這麼强烈的情感。只需要揮揮手，我就會順從的遵守命令。我並不積極，尤其是需要競爭的時候。

這當然不是說我樂於失敗。只是對面對面的競賽缺乏感動而已。倒不如是遊戲。但老是會有人用杖子在背後頂著，前進呀，前進呀，別輸了。

「對不起久等了。」

「走吧。」

「去哪？」

「不知道，跟著走吧！」

「去海邊。」

「就去海邊。」

「你要有自己的意見。」

「好吧！『我們去海邊吧！』」

「聽你的，去海邊。」

從來沒有人愛過我。雖然這不是我能控制的，不屬於我的職責範圍之內，但難免有點不安。我為我的生命所安排的意象，似乎都是空幻的。那些構成生命的要素，表達生命存在樣態的模型，終究被證明是錯誤的，不真正被完成的或多餘的。

唯一一個曾跟我說愛我的是一個從未謀面的筆友。她在很久很久之後離開了我。但事實如何卻從未被互相確認。

「如果有兩個女生同時喜歡上一個男生，你猜他會選擇誰？」

「這是什麼爛問題？」

「咕嚕……」

「妳知道選了誰了？」

「啊！啊！」

我們坐上海邊的火車，離開山嶺越來越遠。是不是我犯了什麼錯誤，以至於連林間的徒步都喪失了。我把頭支在窗上，看著一排排樹木離我遠去，心裡不禁一陣悲傷。

從車站到海邊大約有三公里。我們花了三十分鐘左右，在一群房子和淡藍色水氣之間走著。混合著綠色圳水與遠洋水氣的味道，某些提取與交換的過程。路上有許多孩子拎著裝水的透明汽水瓶互相的追逐。這整個情境像是一口悠長的古井有著綠苔的井沿，許多人物、事件都充滿歷史的痕跡，消逝，死去。我一面想著所逃離的城市異化過程。或許現在世界上已找不到沒有異化的人類了。除非回到侏羅紀的恐龍時代。

我這樣想著，但並沒有說出來。這樣的話語太過幼稚，指涉性也太弱了。幾乎發現不到確切的具體殊件。大部分僅是對性質的描述。真實的存在太不可思議，就像在此處。又過了一個小時，還是沒走到海邊。已經如此的近了，世界上所有的水都搖著旗子，或張著手在招喚了。但我們還是只體會到背著降落傘跳到井裡頭去一般的感覺。

「好累。」

「麵包、礦泉水。」

「你應該快樂些。」

「為什麼?沒什麼值得高興的呀?」

「所有的感覺都得訴諸於經驗嗎?」

「那倒未必。」

「嗯!」

「也有純粹的快樂或純粹的悲傷。」

「怎麼說?」

「它們的來源有兩種:第一是從過去逐漸累積的經驗形成一種屬於生命主體本身,不能分割的氛圍。我們現在所感覺到的情緒絕大部分由直接的事件引發。因果關係十分明確,有果就有因,這叫做充足理由律。但氛圍則不然。倘若一個被上述定義的氛圍所包圍,雖然不代表此情緒不具原因,但這原因必定十分模糊、複雜,以至於難以清楚界定出來。所以有人終其一生被憂慮所困,卻找不出任何原因。那往往不是中世紀的憑空想像,而是過度龐雜的曾經在他的心中像霧一般的融混,變得無法區別了。另外過去的事件由於太過久遠,已不能被回憶,所以在談論純粹的情緒時也不能被引為證據,只留下一團氛圍,瀰漫不去。至於近來發生之事,那就更不重要了。第二更簡單,有些人天生似乎就只隱藏著快樂或悲傷一種情緒。至少是在某一段時間,一種強烈的情緒特別容易被觸動。那麼什麼外在原因都顯得微不足道。這些人天生快樂,縱使沒有什麼事情,沒什麼觸發,他們的心情永遠像是一大早起床就會哈哈大笑一般。當然這和思考機制有關，但和歷史事件則無關。」

「好複雜。」

「我亂講的。」

「可是我從前曾當過第二種人。」

「是嗎？是哪一種？」

「快樂的那一種，可是現在煩惱好多喔。」

「很難想像。」

繞來繞去。東西都吃完了，還走不到目的地。我們逐漸遠離水氣，聞到溼林子的氣味和泥土的清香。現在已經走入羊腸似的山徑。可能是一開始就走錯方向，橫越了一座濱海的小鎮而不自知。也或許是鎮民善意的戲弄，一大早便提了好幾萬桶的各式水品，在空中、地面、屋內屋外、街道、招牌、牲畜、小孩子的衣裳上潑灑。製造了水氣的幻覺，誘導我們走入錯誤的路徑。而真正的海邊，永遠無法到達，不是為我和她存在。

我們在山徑裡走了一會兒，並不覺得疲累。但我看天色已晚，就坐下來歇歇，準備過夜。她停了一下，也坐了下來。我們並肩坐在崖邊，看著月亮像是由山谷底泅泳上來似幻出現。有些不知名的物體，或者是生命，窸窸窣窣地從懸崖的背面爬上來。他們穿過我們的身體，假裝刻意地張望著。我聽見他們互相詢問：「在哪裡呢？」

「什麼東西在哪裡？」她低聲地問我。

我搖搖頭表示不知道。

隨後他們便沉默地消失了。就像他們所找尋的已經收拾了一些雜物，悄悄地繞著彎走了似的。

「會不會怕？」

「不會，他們好可愛喲！」

「是我多慮了。」

「我們睡覺吧。」

「嗯。」

我閉上眼靠在樹上睡了。她把頭倚在我的肩上也睡著了。

到了月亮游到半空中的時候，我醒了過來，發現她已經不在了。我站起來在四周找了一圈，終於確定除了懸崖下面，她大概沒什麼地方好去了。

我把手電筒拿出來往崖底照去，希望至少發現她的屍體。但是手電筒的光線不夠強，照不到底部。我有點失望，只好將它關掉放在地上。

「在幹嘛！亂照亂照的。」

「隨便晃晃。」

「對了，我要走了。」

「走了?去哪裡？」

「就是要走了嘛。」

另一個人影出現在她的身邊。

「我沒有迷路！」我叫道。

她微微吃了一驚，但馬上嚴肅起來。

「那並不會改變什麼。」

「會，會，沒有迷路，妳就不會離開我了。」

她微笑著，已經和那人走出一段距離。

「你錯了，無論你怎麼做，只要是『你』，我都會離開。」

「這對我不公平……」

她不答話，終於消失在我的視線之外。

光線射進我的眼睛，我再一次醒來。將手電筒放入背袋，一鼓作氣地跑下山去，穿過昨天的小鎮，跳上回程的火車。幾個小時後我回到學校，立刻跑去敲她住的地方的紅門。沒人應門。我打了幾十通電話給認識她的人，沒有人見到她，但每個人都好心地提供我許多其他的號碼。我不停地撥號，更多的號碼又出現了。

我也到十幾個她常去的地方找她。所換得的是更多她曾出現之處的訊息。我無法擺脫自己的偏執，找遍了每一處她過去曾到過的地方。有數百個不同的地點之多。直到我漸漸冷靜下來，終於能再也不懷疑她遺留給我的那幾句話語，以一種箴言的形式既確認了過去又預言了未來。

「有一天，我在右外野遇見了幾隻蜻蜓。牠們在我身邊飛繞著不去。我舉起戴手套的左手在四周圍揮了一揮試圖將牠們趕走。似乎沒什麼功用，反而引來右線審的注意，還讓比賽暫停了一下，詢問我的狀況。我搖搖手表示沒事，只覺得教練一雙眼緊盯著我看。

這也難怪，當時的氣氛還算緊張。事關準決賽的爭奪，上場前已經警告我好半天了。他盯著我，一臉不信任的樣子。若非新來的右外野大腿拉傷，我現在就不會站在右外野上。

但我倒寧願留在休息室裡。因為這場比賽到目前為止實在太無聊了。典型的投手戰，打到六局上半雙方都沒有人打出安打。甚至連穿過二壘的球都沒半個。兩方的打擊手都跟烤雞一樣，一點活動力也沒有。我放棄了擾亂那些蜻蜓們，教練也不再盯我，躲回休息室了。

這些蜻蜓見我不再驅趕他們，於是越飛越近，終於有兩隻停在我左邊的肩頭，一隻停在手套的頂端，一隻停在帽簷。這一下變成是我不敢動彈了。

那一瞬間的情緒非常微妙。我大可搖動身體把牠們趕走，但我沒有那樣做。我忽然變得非常珍惜這個機會，讓蜻蜓們與我親密地共處。我對牠們產生一種憐憫、保護、容忍的心情，我願意讓牠們在我的身上為所欲為，順從牠們的一切。

我看見投手不停地在投手丘上扶正帽子，似乎非常不安，然後他站定，投出，主審一個制式的三振姿勢。他很賣力，（不停的用手擦汗）但同時也得到很好的報酬，讓打擊手一個個消失掉。他盡他的責任，使比賽順利進行。有投才有打，有引擎車子才會發動，才用得著喇叭、方向燈、ＡＢＳ防鎖定煞車系統及安全氣囊等等。道理是一樣的。

既然現在球賽不需要我這種方向燈操心，我乾脆和蜻蜓們聊起天來了。記得吧，這只是個故事：我說有一年夏天，我在家附近的水草地上空發現了幾百隻的蜻蜓，他們橫越整個天空，稀哩嘩啦地飛過去，不一會又稀哩嘩啦地飛回來。我們一群小孩子都看呆了。那已經不再是蜻蜓了，根本就像是一場夢。無害的夏日傍晚之夢，在我們的頭頂飛越過去。夢具體地實現了。它展示了一種壯觀、一種真實、一種承諾。好像是跟我們說，如果我們要愛一個人，就去愛他。這是一種可實踐化的過程不是遙遠的論說。我們隨著這群蜻蜓跑來跑去，每雙腳都踩得溼溼的。我們沒有拿任何的捕蟲網、彈弓一類的，只是來回的奔跑著不說任何一句話。直到發出巨大聲響的火車由我們的右側經過，我們停下腳步，所有的蜻蜓們都飛散了。一方面是天色暗了，我們也逐漸看不到蜻蜓們的飛舞。媽媽們來領走了我的夥伴。我落了單，便獨自跑到鐵軌上坐著。然後試著將耳朵貼在鐵軌上聽嗡嗡的聲音。不久我站起來，覺得左耳有點冷。我看看剛才的那片天空，星星已經出來了，所以就跑回家去。

在肩上靠近脖子的蜻蜓說，你說了這麼多，不過是兒時的幻象罷了。你不能再期待我們能給你這麼多保證、堅信、真誠。我們偶然相遇，停留在你的肩上，那是因為蜻蜓也會疲倦，也需要像你一般的、平凡的，至少部分誠實的人。但沒有保證的呀！

手套頂端的蜻蜓說，別太難過。你何其有幸，能見到真理一度的展示。這真理使你有了超越別人之處。你曾經經歷過以及你少數的夥伴，都會成為世界上擁有最光明展望的人。

這真理高懸在那裡，我們崇敬它，以我們的熱情。

左肩靠脖子的蜻蜓說，真理，這一詞語太強烈了吧！它確實存在，並且給予我們這個朋友極大的震撼與感動，它給了他真誠的訊息、信心，但對我們本身而言，並非我們個人所擔負得起的。對我們要求太苛了。那樣的真理是我們所不能承受的。我們只是蜻蜓而已。

左肩靠上臂的蜻蜓說，是不能期待偶遇的，我的朋友。等你離開這個地方，再回來時我們剩下的部分就跟草是相差不多的了。那景象就連我也未曾見過。我們也未曾被教育為此。就算我們能，想，但你能嗎？我的朋友，你能給蜻蜓們多大的承諾與保證。你曾展示過嗎？

我說，我不知道，只是你認為這有努力的可能性嗎？如果我努力，終於可以獲得一些或稍稍接近真理嗎？如果是我一般的人，別試著安慰我，如果我做了保證、承諾，一切都會改觀嗎？

左肩靠上臂的蜻蜓說，我也不知道，有付出就有獲得吧！縱使只是偶遇，也有程度上的相知相惜吧！

我說，是嗎？我們的觀點似乎有點不同。不過還是謝謝你們。

球場上忽然起了一陣騷動，有人在叫我的名字，我猛一抬頭，一顆球正朝我的方向飛來。很高，似乎會很遠。我拔腿往右外野的最深處奔去，帽子飛落在地上。我跑到右外野的盡頭轉過身來，然後看著球在我的頭頂五、六公尺的地方飛越過去。

原本在我帽簷的那隻蜻蜓現在悄悄地，單獨一人飛來我的眼前。她說，我愛你。然後輕巧地飛走了。

關於全壘打我是無能為力的。這就是觀點不同的地方。

全壘打對右外野的好處是：永遠不用擔心被責罵。

所以我還有點慶幸。那投手投了五又三分之一局表現得很好，現在卻被換下場，讓別人來取代他的位置。這結果是很慘的，他最少是勝利無望了，更慘的是這一分就可能讓他吃下一記敗投。除此之外沒人會記得某年某月某日這傢伙投了五又三分之一局的好球。但這是他投的球，他有能力，有贏球的潛能，他得負責任。尤其是責無旁貸的全壘打。（此時大概不會有人責怪捕手的錯誤暗號吧？）而右外野手就絕不會因為全壘打被換下來，因為他是無能為力的。

但右外野手的責任推卸乾淨了嗎？不。這場比賽我們終於以一比〇落敗，喪失了晉級的機會。比賽沒有了。雖然右外野手這麼孤單卻也沒漏接半個球，沒有任何失誤，但球賽不為單獨一人存在是很明顯的事實。因著那支在我頭頂飛越的全壘打，就好像是我雖然無能為力卻還得負上失敗、淘汰的責任。就好像我得把荊冠戴在頭上，以顯示我是有罪的。大家都記得那是支右外野全壘打，也都知道我是無能為力的，但從不會有人安慰我說這不是你的錯，不要放在心上。反而剝奪一切屬於我的好處、優點，把我從比賽場上當成失敗者一樣地踢出去。這只是一個比賽，一個運動，九人制加上跑壘指導員的比賽。我試著說服自己，但沒有用，我只是個右外野手，再怎麼重要都只是個方向燈，一旦發生擦撞，最容易毀壞的那一部分，我單獨地在右外野，消息的來源只簡化成來自內野的暗號。只有當車子發動時我才有用吧！我這樣想。

還是有真正偉大的右外野手，除了全壘打外，他們會更像勇敢的愛斯基摩人，在冰上跑來跑去。

問題就在於全壘打，一位與我同輩的偉大右外野手是站在處理比賽的觀點，而壞的右外野手則站在歸咎投手的觀點。一旦我們採取前一種觀點，那麼沒有一個右外野手會輕易釋懷，對自己心安理得的。

這就是為什麼我的心中無法平衡的緣故。或許是因為我當了太久的右外野手，已經不願意再一個人孤獨了。

當然，在我心裡縈繞不去的右外野情懷是不適用於職業球賽的。不可否認這情愫絕大部分是起源於幼時的遊戲式球賽。遊戲的原始性，才是真正包圍著我，憂鬱我的最終原因。外野手本就屬於邊疆性質，這早就可從防守的範圍看出來。遠離核心，負擔著既重要又不重要的矛盾守備關係。其重要性在於外野手為球賽的最後一道防線，不論球多遠，都得把它弄回來。（請注意此指遊戲的原始性而言）其不重要性在於遊戲性球賽的重心多在內野，絕大部分的球都會在內野處理掉。就算在外野處理的球到最後也一定得傳回內野執行決定性的幾項工作，例如刺殺、封殺、球賽重新開始等等。

邊疆性質在右外野手身上最為明顯。幼時的遊戲式球賽所能擊出的外野球已經夠少了。而能擊到右外野的球更少。在那個普遍缺乏右線審，缺乏暗號的年代裡，右外野手跟掉在冥王星上的人造衛星沒兩樣，永遠無人問津。在人手不足的情況下，那時整個右外野一片空曠，草長得似乎特別快。我遇過好幾次這樣的情況。當我半蹲在內野，趁著空檔轉頭回去看時，就感到一陣灰心。

隨著年齡漸長，才知道有許多將球準確打到右外野的技巧。但那種已經深植我心的原始性，遊戲式的特質並沒有辦法改變了。我只要一走出球員休息室，走向右外野，那些幼時的記憶就又統統跑回來集合，塑造我右外野手的型態。

但是如何在複雜的事物中見到細緻的閃光？比賽結束之後我退出球隊再也不願意回球場。大約是兩年前吧！我要永遠地離開這地形複雜的山谷，徹底割裂我對它的依戀。那時候的我只能以河流的方式談論自己，根本無法體會像海洋公園的憂愁那樣的事件，我知道現在我不離開球場，總有一天教練會當著我的面插上一個稻草做的守備員，然後說，如果你的命運只是和蜻蜓們說說話，那麼這傢伙會讓蜻蜓們更快樂。

我偶爾站在宿舍的頂層遙望這座球場。看著人來人往。看著小小的球員們繞著球場跑。倘若遇到剛好比賽的日子，我就習慣性地盯著右外野的方向。看今天的右外野手處理的比賽的情形。

能夠在遠處眺望，不必流汗真好。甚至可以來上一段評論，卻不必負任何責任。有時候在球場旁邊經過，遇見了舊日的隊友，微笑地打了招呼。偶爾聊上幾句近況，他們會說，怎麼不回來打球了呢？我笑了笑，總答不出話來。我是不是該跟他們說當右外野手太孤單了，我很害怕。他們大概會認為我太多慮了吧！最不諒解我的隊長在後來也對我採取了憐憫的關懷。他說，你是個好球員，盡責任、守紀律，雖然球技不是頂尖，倒也不壞。說實在的，你退出球隊，對球隊而言沒有更好也沒有更壞。但對你本身來說不是太殘酷了嗎？你不打了十來年的球了嗎？再堅持一陣子，你能搞得不錯的。

我很感激隊長的這一番話。我謝了謝他，就走了。

隔了一段時間之後，我開始反覆做一個夢。並且順著這個夢經歷了一些事情。但那些事情本身已經無關緊要。重要的是如何在複雜的事物中見到細緻的閃光。我在經歷中受到教訓了嗎？我想是有一點。我學習到一兩句只在我身上反省的箴言。

兩年後的我，現在在這裡，趁著不是球賽的季節，重新回到球場。我在期待些什麼嗎？熱鬧的開幕典禮抑或是勝利的繞場？我想我有點失去控制了。我不記得邀請妳來此地。這似乎沒什麼意義。當我在球場上走著，只是保持著優美、冷靜的心靈，也未曾打算在此過上一夜。就算是被關住了，也只是物理性的囚禁，絲毫不會撼動什麼。

但是現在我困惑了，從踏進球場開始，就好像是踏進從前我戰鬥過的古戰場，幽靈們纏繞著我，我竟然還有點英雄的自得，像在巡視什麼似的。新的蜻蜓們已經不認識我了。舊日的已經化為右外野的草了。我還想試著招來蜻蜓呢！真傻，再也不會有蜻蜓會屬於我了。我離開太久了。結果回到原來的問題，我重回球場做什麼？我在留戀什麼？

我的球技已經生疏了，不會再有球隊願意接納我。尤其現在競爭越來越激烈，其他像我這一輩的球員早就穩定地固守一方。球隊寧願由新人培養起。就算球隊接納我，我也沒有上場的信心了。現在新戰術變得好多，我連當個旁觀者都覺得吃力。

那麼，我還在期待什麼呢？

好了，故事說完了。真累，妳滿意了嗎？」

「不再愛人了嗎？」

「許久沒有考慮這個問題了。」

「總之是個好棒好棒的故事。」

「謝謝，我的榮幸。」

她又躺了回去，仍舊依在我的肩上。

「懂得如何看星星嗎？」

「不太懂，只看得出獵戶座和北斗七星。」

「跟我一樣。」

「不過我有一個星座盤，下次再帶出來。」

「可不要再被關在球場的時候。」

「是啊，太孤單了。」

「不是因為孤單啦！哪有孤單！」

「不然是因為什麼?」

「反正不是孤單啦!我不會講啦!」

「是妳講錯了吧!」

她不再說話了。眼睛盯著天空發呆。

隔了好一會。

「你為什麼要成為這樣的人?」她說,「一孤單下來就變得很憂傷的人。」

「並沒有刻意要變成怎樣的人呀!」

「難怪沒有人願意和你在一起。」

「是我的錯嗎?」

「不然應該怪誰?」

「不知道。事情與事情之間會有某些關聯吧!」

「話老是說一半。」

「已經講太多了,不能思考了。」

「是嗎?」

「妳為什麼會來呢?」

「剛才不是問過了嗎?」

「記不得呀!」

「好吧!有一天我和一個人到某個地方去旅行,原本打算去海邊的,結果走到一座山裡頭，當然我們是沒有迷路的。

我們在山崖邊遇見了些奇妙的事情，但我並沒有感到害怕。後來我們靠在一起睡了，一直到月亮游到天空中央的時候，我忽醒來，發現我身邊的那個人不見了。連背袋也不見了。我變得害怕起來，到處找他。我曾想過他會不會連著背袋一起掉到崖底去了。可是沒有手電筒也看不見。

我只好一個人待到早晨才找路下山。我不知道他為什麼要這麼走了？他並不是那樣粗心大意或是會不告而別的人啊！他從來就是值得信任的啊！我懷著惴惴不安的心回到學校。我只覺得疑惑，並沒有要責怪他的意思。

回去以後馬上忙著一些事情，許多地方跑來跑去。打了幾通電話，但是沒有找到他。然而有一段很長的時間總是有這樣的情形：我回到家正要開門的時候，聽到微弱的電話鈴聲。等我打開門，卻只是一片空白。許多人見到我之後都跟我說有人打電話找我，他們都告訴那個人在哪裡可以找到我。所以更多的電話在我離開，或將到的時候響起或消失。四周都是電話鈴聲卻沒有機會拿起任何一支有用的話筒。不久，有很遠很遠地方的朋友來跟我說，有人在打電話找我。電話的距離越來越遠，越來越遠，終致逸失在我的領域之外。

也有的時候，我剛到一個地方，就會有人告訴我剛剛有人來找我。或者是有人等我等了好幾天，一分鐘前才剛離開，也有時候我剛離開一下子，幾分鐘後發覺忘了東西，回頭過來拿時，那地方的人會跟我說就在那幾分鐘之內有人來問我是否來過。我只是聽了，也只好走了。

我知道他在呼喚我。但因著某種神祕事件的安排，使他無法達到目的。我想他如果持續下去，一定能夠打破這神祕的安排。可是他停止了，停止了他的呼喚。使我好難過。但這不是他的錯，我想，所以我決定要回應他的呼喚，來到屬於他的領域。」

「妳愛我嗎？」

「你說呢？」

「觀點上的問題吧！」

「問題是如何在複雜的事物中見到細緻的閃光。」

「真調皮。」

「啊！」

「什麼事？」

「沒事。」她細細地笑著。

有什麼問題被解決了嗎？我想是沒有。

但是今天多少是舒服的一天。就像是檸檬色木桌上，放著新熨的內衣。

身邊的她已經睡熟了嗎？圓圓的臉孔浮現著滿意的笑容。我將她的頭微微抬起，然後將手臂伸過去，輕撫著她散落的頭髮，感到一陣異樣的幸福。

在微弱的星光之下，那兩名黑衣的高大情報員又出現在我腳底不到一公尺的地方。他們仍然默默地凝視著我，沒有任何進一步的移動。

雖然我也凝視著他們，但這一次並沒有恐懼的感覺，也不想睡眠。當中沒有對抗的僵持，反而有一種熟悉的友誼似的。於是我向他們微笑，感謝他們總在我最困惑的時刻出現在我身旁。

他們也笑了。那笑容就像是：收到您的訊息了，謝謝您。

然後他們就消失了。所有的壘包都在原處。右外野也未曾長出一片林子。周遭一片寂靜。這時候蜻蜓都到哪去了呢？算了？牠們已經不認識我了。

如何做一次成功的觸擊短打。雙盜壘時有何重要的注意事項。繁雜的暗號內容仍記得清楚嗎？如果跑壘指導員的意見和自己不同的時候該怎麼辦？這是個值得深思的問題。

到天亮還有一段好長的時間。或許我可以好好地思考一下。

——原載二〇〇五年印刻出版《稍縱即逝的印象》

主編導讀

從篇名〈如果是傷懷〉就可看出，這是一篇極為傷感的小說。與吳明益的〈關於一只界外球〉不約而同，本篇的主角也曾是一名右外野手。雖然每個守備位置都很重要，但無可諱言，右外野手確實「天高皇帝遠」，因為「業務不多」，最有機會偷閒神遊去做哲學思考。這篇小說，幾乎就是一位右外野手對於棒球的哲學思考報告。

右外野是不利於航行的。

關於全壘打，我是無能為力的。

右外野手，再怎麼重要都只是個方向燈，一旦發生擦撞，最容易毀壞的那一部分。

外野手本就屬於邊疆性質，這早就可從防守的範圍看出來。遠離核心，負擔著既重要又不重要的矛盾守備關係。

……

全篇充滿類似的佳句——不！說它們是「佳句」恐怕還不足，它們根本是「格言」！無可諱言，這篇小說情節薄弱，濃得化不開的感性文字壓過棒球專業，但它示範了棒球小說的另類寫法，值得注意。

失憶症

朱宥勳

一九八八年生，清華大學台灣文學研究所畢業，曾獲林榮三文學獎、林語堂文學獎、竹塹文學獎、枋橋文學獎、竹韻輕揚文學獎、全國學生文學獎等。現為耕莘青年寫作會成員。出版個人小說集《堊觀》、《誤遞》，與黃崇凱共同主編《台灣七年級小說金典》。

朱宥勳說：

我不是有資格站上投手丘的那種人，端起球棒的姿勢也沒有那麼好看。如果我有什麼棒球天份，那大概就是，我會很認真地記住每一條由點而線的軌跡。

「爸爸，這個字怎麼唸？」

有的時候，會輪到他幫孩子檢查功課。孩子小學三年級，他很慶幸他已遠遠超過那個年紀，如果不曾多活這幾十年，恐怕常常要答不出習作本上的問題了。他跟妻子抱怨過現在的教材，怎麼比以前難那麼多？說完妻子的眼神從梳妝檯的鏡子反射過來，不到一秒移開，漫聲說：「啊。」他知道那是什麼意思，也知道她不會說出口。很久以前，她曾笑著說：「你哪知道小時候學什麼啊？」他知道她是開玩笑的。她沒有惡意。可是他沒有辦法。

他告訴孩子，那是「貓」，ㄇ——ㄠ——。

孩子寫錯這個字的那天，他心情正好，他說：「你看。」他把食指和中指彎曲起來，像一個ㄇ字，「你知道嗎？很多人都會忘記，手指頭是有三節的喔！」

孩子非常認真地要把手指彎成他的樣子。但比起他粗大的骨節，那些細弱的管子簡直折不成角度，像一種軟體動物。試了幾次，孩子頗為懊惱：「都不直！」他笑一笑：「要多練習啊，我小時候可是練習了很久、很久喔。」他把手迅速地翻過來，右掌心正對著孩子，食指與中指繃折成形，其他三指則自然放鬆，很有一種攻擊的樣子。孩子也模仿他，「呀——」地一聲然後作勢要衝過來，兩個人架起手就玩了起來。

他還記得小學的時候，棒球隊以外的人都說，那是「龍爪手」。

同校沒有人敢招惹棒球隊的。傳說棒球隊的教練會武功，教練的太太每天都煮一大鍋墨綠色的涼湯給全隊，裡面其實摻了從山裡採來的中藥。他們每天喝，每天喝，漸漸就高得可以不用搬椅子就拆下蔣公遺照。

更傳奇的是，那個王牌投手，可以投到時速一百公里耶。

一百公里是多快？

比你爸爸開車快兩倍啦，笨蛋！

怎麼可能。

不然我們親眼去看看。

話題每每到此中止，因為沒有人能真的去看。一方面他們害怕被教練的氣功傷害，一方面棒球隊總是在上課時間練球。很多人一下課就衝去操場，但棒球隊的練習也是相同節奏，從來沒人親眼看過一百公里的球。

但他知道他們不知道。正像他不知道他們。

他忘記那時候有沒有動手打妻子了。

他知道她沒有惡意。但她又知道什麼？

白日裡他穿著上身白、下身黑的侍者制服，在自己開的燒烤店工作。妻子起先也在店裡幫忙外場和櫃檯，但後來她找到一個不錯的工作，就再聘了一個女工讀生幫忙。他大學的時候從來沒有在外面打過工，所有工讀生都是妻子幫他面試的，他有點驚訝原來只要這麼少的薪水就可以請來一個大學生。店裡還有很多個男學生，穿著跟他一樣的制服，穿梭在出菜口和客人桌邊。幾年前開始流行「教學燒肉」，於是他和工讀生也就一起挨在桌子旁幫客人架爐子，一邊流利地說：「當正面滲出油水，就是最適合翻面的時候了。」有一次他要檢查炭火，不經意就用右腕把整架爐子給拎了起來，整桌客人報以熱烈的掌聲。他感到有點窘，但很快地聽出來這掌聲就像是他以前熟悉的那種，當你完成了別人做不到的事情，他們就會感到興奮。然後他知道這可以是一種表演。連續幾天，他到每桌去都用單手把爐子舉起來一次，左手懸在空中翻轉肉片、噴水或者塗抹醬料。每一桌客人都會喝采鼓掌。他們很樂，有的時候還會要求他再來一次。

他很少拒絕。那陣子的生意不賴。聽說在網路上，他的店因而變得有點名氣。他的工讀生們想要模仿他，但沒有一個人能成功。那太燙了，有一點點不穩都很危險。

這很好，讓他覺得以前的日子不是白過的。也許一切都是準備，雖然這樣說有點奇怪，但也許他很早就在準備要過現在的生活了。

當他這麼想的那天，他很高興，請櫃檯的女孩幫他訂了幾顆水梨。他記得孩子喜歡。拎進家門的時候他還微微哼著歌，妻子迎上來，他就揚了揚手裡那幾顆圓碩飽滿的水果。他看到妻子愣了一下，那一愣帶給他一種流過全身的溫柔感。很久以來，他們的家裡不曾出現任何一種球形的水果了，甚至連孩子的玩具都沒有球。如果有客人送來，那妻子就會在廚房裡迅速切割成小塊。一直以來他都是知道的。他遞給妻子，說：「削一削就好，不用麻煩切了吧。」妻子轉身進廚房的動作有點像是疑惑也有點像是明白，他想，對啊，這樣就很好。

他的手臂還足夠强壯，能應付任何事。

升上四年級，孩子終於有了幾種球形玩具。連續有幾天，孩子回家滿身髒汗，異於平常，他也沒有特別留意。過幾天，班上的女老師打電話來，自我介紹後，非常客氣地問他是不是某某先生？他說是。女老師再問了一次：您就是那個某某某嗎？他感覺到有些危險，他不想承認，但是他知道她在問什麼。他只能說是。女老師沒有察覺到他的遲疑，雀躍地說：「啊，是我先生告訴我的。是這樣的，四年級的班級要在一個月後打一個樂樂棒球的比賽。您知道什麼是樂樂棒球吧？嗯，您的孩子頗有乃父之風，是我們班的大將呢！」

一時湧入的變化實在太多，他只好有些不禮貌地回答：「嗯。」

女老師接著說：「因為我本人不熟悉規則，不曉得是否能請您抽空來擔任班上的教練呢？」

掛上電話的那一刻他有些惱怒。一種被打擾的感覺。想了一陣，他叫來孩子，沒有說出老師的邀請但是問了樂樂棒球是怎麼回事。原來那是一種改良的運動，把球改成立定不動的，所有器材也更改為泡棉材質，避免受傷。孩子還開心地拿了一顆球來給他。接下來幾天，他有空就拿出那顆比硬式棒球大一倍的橘色泡棉球，抓抓握握，覺得初時的不快被一點一點吸進去了。那天孩子放學的時候也髒著衣服，他想原來這陣子他們真的在練習這東西啊。他把孩子叫來跟前，把食指與中指彎曲如爪，右掌心向前，把泡棉球架在指掌形成的空隙裡：「你們老師有教嗎？球就是要這樣握的。」孩子認真地模仿。他又像是補充給誰聽一樣：「爸爸以前很厲害的。」又一次，他覺得其實事情也沒有這麼難。

第二天他安排了一個資深員工顧店，親自到學校去找老師。昨晚他就可以打電話的，但是他覺得電話太容易、太不牢靠了。他要自己走過去、親口當面說出來，才能夠證明，並且不會反悔。整個晚上他不斷想著那種軌跡，右臂向下畫圓，升到最高點時凌厲下切，手腕扣動，球就會直直地噴射進捕手的手套。單純而美好。想到第二天早上起來都恍恍惚惚，不知道自己是不是夢到了投球。進了辦公室，一路問到老師的座位，老師正在上課。鐘響，是一個稍微比自己年輕一些的女老師，他開口說：好，我願意幫忙。

女老師露出恍然的神情：「啊，是您，有件事必須向您道歉……」

在老師下一句話說出口之前他就有感覺了。他沒有等。他怎能等。那句話不應該說出來的，那太過輕易，太過隨便，簡直就像是個惡意的玩笑。他明白玩笑是怎麼一回事。因為他就是那個傳說中的時速一百公里，比爸爸的車速快兩倍。從九歲開始，他幾乎只認得學校的操場，狂飲冰鎮的墨綠色甜湯。每一天，他記憶裡的每一天，他都站在投手丘上面，那個棒球場裡地勢最高的位置。事實上他是一百零九公里。到十七歲的時候，這個數字變成一百四十七，誰也不會懂的，那多嚇人，你沒看過有多少球探，專業人士，在旁邊看他投球。出手的瞬間，全世界都停止呼吸。這對他來說一向很容易，他的步伐，他的肩膀，他的手腕，每一個部分都是為此而生。他其實不大懂棒球，那些什麼姿勢啊調整啊重心的，因為只要想要，他就可以用最快的速度把球送進任何位置，靠著這個他就把自己送進了職業棒球。老師說很抱歉，有些家長覺得學校的活動太多，讓孩子分心了。……他站上投手丘，做著他一直在做的事，打者一個一個換下去只有他不變，他沒有想過永遠因為沒有別的可能。他變得非常有名。他站上投手丘，做他應該做的事。那一天很奇怪，不大順，他以為是自己不夠專心，但不對勁，球就是又慢又不準。他覺得他的姿勢沒有錯但是，教練喊了暫停走上來：你在投什麼？為什麼你的手這麼低？教練我沒有。對不起。我會專心投。但是沒有用，捕手沒有動，本壘板沒有動，但是為什麼這麼簡單的事情，球，球，手腕……

很久以後，當然，是在現在之前，他聽說一個詞，叫做「投球失憶症」。就像三流的純愛電影，就是沒了。

知道這些事，並沒有讓他多明白一些什麼。

他回到家裡，獨自坐在客廳裡面，準備面對一整天只有他自己的房子。他想這的確很困難，也許沒有想像中容易。不過活總是會活下去的吧。尤其在他來說，一切早就在遙遠遙遠的時刻就摔壞了終結了。像是一場小小的末日。小到不影響他繼續坐在這裡，等著孩子進來，再寫錯幾個字，綳折出某種攻擊性的手勢。

——原載二〇一二年逗點文創出版《最後一本書》

主編導讀

朱宥勳曾擔任PTT站La New熊板的板主，這就不難解釋，他何以能用「投球失憶症」這樣的題材寫出一篇小說——畢竟，「投球失憶症」並非一般球迷耳熟能詳的知識。

棒球小說可以大格局，大到用來隱喻一個國族（這是許多小說家喜歡的路徑）；但棒球小說也可以寫得很小，譬如這篇〈失憶症〉，細微地描述一位投手患了「投球失憶症」之後的生活。而不論題材大小，都證明棒球小說無限可能。

朱宥勳另有〈倒數零點四三二秒〉、〈倒L〉兩篇精彩的棒球小說，已收錄在他的短篇小說集中，可以參看。據知他目前在撰寫長篇棒球小說，令人期待。

好球帶

朱宥任

一九九〇年生，文化大學文藝創作組畢業，現就讀國立台北教育大學台文所。曾獲《聯合文學》小說新人獎佳作。作品刊於《聯合文學》、《短篇小說》等。

朱宥任說：

成為球迷至今，感觸良多。台灣球迷一直缺少如美日職棒球迷那樣能單純享受球賽的環境。然而我們都希望它能更好，一直願意等著那一天。

那次球賽下著不大也不小的雨。這是最尷尬的，因為裁判、球員和球迷都會猶豫，像這樣的雨到底該不該讓比賽繼續。在還沒有決定之前，比賽也只能在雨勢的影響中繼續下去，就算因為雨水讓投球的手指打滑，跑者踩著積水衝壘使得紅土混合雨水濺一身也都是一樣。

陽平在那場比賽實現了他的說法。

趁著攻守換局的時間，我到球場的販賣部去買了串燒，好解解看球吶喊的嘴饞。攻守交換的時間通常沒幾分鐘，好險的是販賣部的人也不算太多，還是趕得上首位打者上打擊區前。陽平倒是還在擦他的眼鏡，他平常都是用衣角去擦的，但現在衣角也早就被雨淋溼了。

「你有眼鏡布可以借一下嗎？」他問我。

「有是有。」

我從我的隨身包包中翻找，陽平倒比我還快，一手過來取下包覆著串燒竹籤，上頭有一大塊黃色油漬的衛生紙。我看他擦了兩下，好像沒什麼不對勁的樣子，就不繼續找眼鏡布了。

一會兒他把眼鏡戴上，瞬間罵了一聲：「幹！」

然後又把眼鏡拔下來。

「剛剛那不是眼鏡布嗎？」他問道。

「眼鏡布在我包包。」我說：「那是串燒的餐巾紙。」

「馬的，這下得去廁所洗眼鏡了，一大塊油花……」

正當他要起身時，後援會咚咚咚的鼓聲又開始響了，打擊者準備好了要上打擊區面對投手。這下陽平也不管他的眼鏡怎麼著，只戴起來往場內看去。我從來沒問過他的近視有幾度，但是憑剛剛餐巾紙和眼鏡布都能混淆，從外野看台這裡想瞧比賽鐵定是不可能了。

然後我覺得也……我本來就覺得，戴那種眼鏡也只是死撐，油膩膩的一大塊是想看到什麼？

「外角滑球，差了兩顆的位置。」

在外野看台，打者只要把球送到這裡，除了全壘打以外，也代表這球從本壘板飛了超過一百公尺到這。陽平就在此精準的報著一百多公尺外的那小小方格，好球帶。他不是現在才突然興起的，是我在開賽後抱怨某某三振某好球某壞球的時候，他自願幫我播報的。

「外角速球，邊緣進來一顆。好球。」

雨還下著，陽平還戴著油膩膩的鏡片幫我看著好球帶。雖然我沒戴眼鏡但天空灰灰的一片，水滴一條線一條線刷刷的下來，像是在電視上看到的雜訊畫面，害我有時候連打者有沒有揮棒都沒看清楚。

「揮棒落空，三振，內角指叉球。」陽平說道。

我和陽平都是私立大學的學生，中文系。

私立大學的意思就是成績比較低，一般的學生也更沒心在課業上。陽平大概就是這樣的人。我和他交情更好一些的聯結也差不多是如此，扣掉同一間教室的緣分，就是棒球，和動漫遊戲。

他隨身帶了好幾本筆記簿，上課的時候就打開了，手拿著筆在紙上揮啊揮的。台上的教授通常沒有理他，這很正常，因為教授也沒理我後面已經睡著的那個傢伙。偶爾幾個教授講了講後，帶著有點嘉許的眼神看過來，似乎覺得陽平是個正在抄寫筆記的用功學生。

台下的人，像我，知道陽平根本不是在抄筆記，而是在畫圖。我跟他一開始就是這樣認識的，我拿了一只印了某款遊戲人物圖的包包迎接開學，他馬上就湊上來了。陽平問我這是哪個社團的作品，讓我支吾了一下。

「你不知道嗎？」他追問著。

我知道，從他用「社團」來問我就知道了。台灣也好日本也好，很多動漫遊戲愛好者的業餘畫師，會和同好組成社團。照日本傳來的習慣用詞，這些社團被稱為「同人」社團。他們以喜愛的那些作品為本，畫一些相關的漫畫或是製作一些周邊精品。以知名漫畫《灌籃高手》為例，我就看過同人社團做的角色徽章，或是流川楓和仙道彰的戀愛同人本。

所以陽平這樣一問，我就曉得這些他應該都很熟了，就像看背號就知道哪個棒球選手一樣。但問題是我一向眼力糟糕，在這一界中我們會稱其中畫技精湛、或畫風獨特，而特別受到歡迎的社團畫師為「大手」。但就算是如此的差距，那些作品我也分辨不出什麼個人風格，觀察畫工畫技的能力也近乎零，更別說是想起特定的作品了。

猶豫了好久，才決定說一個不算錯，也不盡然的答案：「我沒有在記買的社團是哪個。」

「是——這樣嗎——」陽平吐了一大口氣：「你真該記一下的。」

後來他跟我說，其實他也是這樣的「同人畫師」。陽平在高中參加了動漫社團，就開始跟著學長們跑著大大小小的同人活動。他學得算快，雖然還沒出過漫畫本，但學了幾個月之後，已經得到了學長的信任，幫忙畫過幾次吊飾和海報的圖。「不然一開始說是社團的人，其實除了學畫畫以外，其他都只有搬箱子和跑腿打雜的份。」

「我是想說如果你知道是哪個社團畫的，可以跟我講一下。場子跑多了，我也認識一些別社團的人，說不定你講了我知道是誰。」

稍微這樣認識陽平之後，反而讓我興奮起來了。我連幾年都以進場花錢購買同人社團商品的身分，參加過那個目前可以說是台灣規模最大的同人展「ＦＦ」。那是聚集了幾乎是全台有志於此界的畫師、社團的巨大盛會，一個「大手」攤子就可以拉出數十公尺的排隊人群，更別說是過百家的社團同時在此。主辦單位也永遠是同一家，永遠辦在台大體育館，永遠缺乏管理能力而讓龐大人群時常失序，讓人卡在一個攤位上快一個小時都不能動。我參加的次數多到讓我即使指考成績離台大還有好幾百分，卻因此幾乎走熟了整個台大校園，外圍有什麼店家好吃東西都知道了。可要說認識那麼一個真的，參與這個盛會的「畫師」，這還真是頭一遭。就像是在看棒球的時候，那個把球轟出去的打者居然是你同學一樣稀奇。

我想問的，想知道的東西可多了。長年參加活動下來，台灣這邊的社團就算不刻意去記也一定會留神幾個。像是我很喜歡「零四」的東方漫畫、「洋食貓」的精品一向不錯、「影法師」的攤位前總是大排長龍。但我總有些困惑，來自於無知的困惑。除非是大手，不然我實在對我選的東西沒有信心。就連剛剛陽平在問時我也很害怕他說「這畫得不好啊，你怎麼會買這個呢」這樣的話。

他沒問，所以就得換我提起勇氣面對了：「對了，你知道要怎麼觀察作品的好壞？」

陽平想了一下。

「啊，我的意思是，有、有時候我不是很明白，」陽平的沉默讓我急著解釋：「像是常常看到啊，呃，像是網路上誰在說某某好、某某壞，可是其實我看的感覺，呃，好像也差不多，那到底是怎樣？是畫風的差異嗎？畫風和畫工到底是，呃，是怎……」

「我懂你的意思。」

陽平揮了一下手。

「可是這個，我覺得很難講。」

「難講？」

「對，難講，」陽平好像猶豫了一下：「我可以指認給你看，這到底算是畫得很特立獨行，還是根本就畫工崩壞掉了。可是我平白講出來，我比較不會說。」

原來他也沒辦法用「說」的，這樣讓我稍微有點放心了。

「這樣吧，下次你有疑問的話，就直接拿作品給我看，我幫你做一些講解。」接著他又端詳了一下我的包包。「……不記得是哪個社團也好，這其實畫得滿普通的……」

「很多投手、打者，乃至於教練，就算他們是經歷過上百上千場的比賽，也常常對著一兩顆好球壞球的判決無法理解，繼而跳腳的爭論。但對我來說沒有這個問題。」

陽平給了一個相當有說服力的論點支持他的說法。他說一般人都不知道好球帶在哪裡，他們老盯著捕手最後接到球的地方，但是真正判斷的依據不在那裡，而是在本壘板的上方。好球帶是一個立體的區塊，在一定的高度下，通過本壘板上空的那些球才算好球。

「所以常常看到那種捕手手套明明在好球帶邊緣接到球的，裁判卻判了壞球，因為球根本沒有通過本壘板，是在微小的差距下切進去的。反之，手套明明在好球帶外側一些，卻又被判好球的，那是因為球有通過本壘板，最後才轉切到外側的。」

「我永遠知道好壞球的判決原因。」陽平說：「本壘上方那個立體區塊，我一球都不會看走眼。」

陽平說了這麼多，我也該相信了，他是真的喜歡棒球的。

像那些我曾經相信過的一樣，或不太一樣。

ＦＦ一年有兩場，剛好在寒假暑假。距離比較近的這場是寒假，所以當期末考越來越接近時，陽平作畫的動作也越來越急促，這讓他看起來又更用功了。

自從上次去了他宿舍後，我就知道他在本子上畫的都是草稿，至少本子上畫的都絕對不會是最後派上用場的版本。他有一塊繪圖板，等到確定了之後，才會把本子上的筆稿拿去，用繪圖板再畫一次到電腦上。如果之後還有要修改、上色也是都用電腦完成。他說他有幾次把圖貼到網路討論區，吸引了一些喜歡他作品的網友，所以有時候會一邊用程式作畫，一邊將繪圖過程直播，透過網路分享給他的粉絲們看。

我也差不多是在看這個直播，比較不同的是，我就在陽平的一旁看著。

他埋著頭狂畫，一會兒擦掉一部分，一會兒修整線條。偶爾，他突然抬起頭，問我：「你覺得這樣畫ＯＫ不ＯＫ？」

「我？」感覺很奇怪，很遲疑的說：「隨便吧。」

我雖然感到突然，但沒有太驚訝。平常課堂上他在塗塗抹抹的時候，有時他也會抬起頭，問我「你覺得這樣畫ＯＫ不ＯＫ」。如果那是一個不是很在乎台下安不安靜的老師，我就會吐槽他：「啊我又看不懂，給我看幹嘛？」

比較嚴格一點的老師就很麻煩，當陽平開始想問話，用手肘輕敲我的時候，教授的目光就會飄過來。這時妥善的方法，就是等陽平和教授其一放棄，但通常他們兩個都很堅持。所以我只好拿了筆，找個講義之類的什麼東西寫了：怎樣啦？

你覺得這樣畫ＯＫ不ＯＫ？

我覺得有點厭煩，不僅是因為我知道筆記本上的是草稿，不管畫成什麼樣子，上了電腦陽平也一定會去修的。而他這次的稿子又比草稿更草稿，凌亂的線條看不太出什麼輪廓。平常的時候他都會畫一些動漫遊戲已經出場，他二次創作畫出來的角色，所以幾乎都能辨識那到底是誰，就算他畫一些他自己獨創的角色，起碼也可以猜猜是男是女，是學生還是戰士。

所以我想不用解釋了，再怎麼樣的看不懂，也大概不會對一團凌亂的線條做出什麼正面的評價。和往常有點差異的，我寫上「這什麼啊」。

陽平有點懊惱的樣子。

那個凌亂線條的草稿真的太奇怪了，所以我又寫了。FF馬上就要到了，這樣的草稿真的沒問題嗎？

大丈夫，沒問題。

想想不太對，陽平還附註著說明呢。（對了，大丈夫是日文漢字。）

我曾經看過有漫畫是這樣說的，每當同人展的時辰越來越接近，畫師和一般的參展者會呈現兩種完全不同的心情。一邊是越來越期待著那天到來，一邊則是越來越沒日沒夜的趕著稿。可是我看看現在的陽平，他好像沒那麼焦急，也好像沒那麼輕鬆。當然他畫畫的動作是越來越快，但現在該是好好畫要參展的作品才對吧。

陽平想了一下。「其實我想拿這個參展」，接著在我動手想寫「不要吧」之前，他又寫了「算了，下次再說吧」。

然後他翻了一頁空白，繼續動筆。過了一會兒後，他又用手肘敲我了。

我也和陽平打棒球，拿了手套，互相丟傳著的那種。不是校隊也不是系隊，最多就是在運動公園之類的地方看到比賽，就會湊近看看，因而能到一些臨時隊伍去插花。

陽平不只是能從外野看到好球帶，他在投手丘上當然也看得到。雖然球速不快，根據打擊練習場提供的測速器，他用盡全力催下去的球速不過九十公里。但是他的控球極好，不是像職棒那樣能投邊角的好，而是在這種草地野球中方便比賽的好，壞球少，好球多，大家不用等保送，想揮棒的都有球打。

我向陽平問了他控球好的訣竅。「腕力很重要。」陽平是這麼說的。

他比了幾次動作，我照著做，感覺也沒什麼不對，陽平卻有意見了：「你根本沒用到手腕的力量。」他又做了幾次，講解了幾次，然後糾正了我幾次。

「投球當然是整條手臂的事，但是帶動整條手臂力量和做出手微調，這一大一小的力量全部得靠手腕。」他說：「你不習慣是正常的，一般在看別人投球根本看不出來手腕在用力，反而會想硬催肩膀、手肘這些地方。」

「那你又怎麼知道的呢？」

陽平說他早就習慣了。

因為就像握筆畫畫一樣。

不需要力量，但是一樣講求精巧，講求細膩，反反覆覆的塗了又改，改了又再改，但是最後圖片出來，和修訂前的差別令我完全困惑。陽平說，如像是那麼點大的好球帶，一顆球兩顆球的差距就是十萬八千里，好球壞球，打者的打擊死角和打擊熱區，會被打成滾地球和打成全壘打的球。

陽平說他想要當漫畫家，這不意外。他跟我講他最想畫的東西，就是棒球。他常常跟我講他所構思的故事，「主角是一名球威不怎麼樣，但是控球很厲害的投手，他全都靠控球和他靈活的應對解決對手，就像《鑽石王牌》的楊舜臣和《好球的彼端》的戴振弘那種類型的投手。」

關鍵當然就在好球帶，陽平引了美國職棒投手Cliff Lee說過的，他最喜歡看到好球進壘，裁判判決，打者露出疑惑或氣急敗壞向主審抗議的畫面。這名投手，就這樣靠著他的策略，一步步的贏得比賽。

「下次ＦＦ時，輪班輪到不是我顧攤時，我就可以陪你逛展場，邊指認著各家社團的作品，邊幫你講解。」陽平說道。

雖然表明是歡迎業餘畫師的祭典，但在ＦＦ上不成文的默契是，參展社團最好都販售動漫遊戲的「二次創作」相關成品，僅有少數知名度已經夠高的畫師，才能畫一些完全原創的漫畫。若是不遵守這項默契，即便是參展了，也是會帶著屯著賣不出去的作品「滿載而歸」的。

陽平說這次跟著以前學長們社團參展，畫的是遊戲「東方project」相關，預計會出漫畫和書包。我說我知道，我有說過他畫二次創作的角色我就能輕易的辨認出來。上次看他畫的那個角色「古明地覺」的圖我覺得很不錯，應該到時會到他們攤位上看看成品。

「那你覺得這樣ＯＫ不ＯＫ？」

啊，對了，那是我覺得。我急忙的複述一下。所以就只是這樣，我說過我不太會看，至於，呃，ＯＫ不ＯＫ的話……

「那你覺得這樣ＯＫ不ＯＫ？」

他又問了一次。他說他不是在問畫得如何，他是在問這件事情。

我是參展多次的人，我知道同人展場的默契。他是畫師，更沒理由不知道。「簡單的講，我想畫一些我自己的東西。」陽平這麼說道。

可是那難。我說。

「我知道，所以我也只是問你覺得這樣好不好。看來你是沒有反對。」他攤開他的筆記本，拿著筆又開始描描畫畫。就像是不在比賽中的選手，仍然會把鐵罐用傳球的丟法扔到垃圾桶一樣的習慣。他說他也知道，他還是個無名小卒，現在當然只能畫二次創作的東西，但總有一天……他說他也不是討厭啦，「東方project」也是他很愛玩的遊戲，角色也很喜歡，雖然這遊戲最近越來越紅，相關商品賣得一次比一次好，讓畫的人也越來越多，於是有了許多傳言，很多畫東方的畫師都被冠上了想賺錢，卻沒一點骨氣的作者。

「既然這樣，那在ＦＦ來臨之前，我就先告訴你吧。」陽平說：「學會看畫的第一個步驟，就是要去看它的靈魂，這畫有沒有靈魂。」

他又繼續的說下去，「其實我覺得有些大手，根本就是……」

從剛剛開始我就有點不知道怎麼接話了，索性就讓他說吧，我安靜的看他畫畫。他又再畫了一堆我看不懂究竟是人是妖的線條，邊畫邊講，邊講邊畫。

我不太想問他這到底是什麼，反正他也沒問我這ＯＫ不ＯＫ。

陽平其實不喜歡報隊的，雖然他這麼說，但是看到一邊有兩方人馬在打比賽，他還是會過去試試看能不能參加。

每次報隊他都說他想當投手，沒投手就隨意。「我最想當的是投手沒錯。」他這麼跟我解釋，「但要選的話，應該要讓我一起當投手、捕手和主審才對。」

頭殼壞去喔，哪有人可以分這麼多身，還球員兼裁判。

「不然就是投手和裁判。」他又補充了一句。

他時常在那些比賽後嚷嚷著，說什麼這個主審怪怪的，好球和壞球根本沒個準，害他又多投了幾顆壞球。雖然我完全沒感覺就是了，對一個全場一個保送都沒投的人，實在很難察覺他哪幾球其實被誤判了。

「放心吧，就算我當主審，我也不會偏袒任何一方的。」陽平說：「要我當了主審，那些隨便打打的業餘玩家才會知道，真正的『好球帶』到底是長在哪裡。最好我也要當自己的捕手，以免向投手配一些自以為是好球的壞球，或自以為壞球的好球。」

他終究沒有當過主審，因為再怎麼說，陽平都還是最喜歡當投手的。偶爾他又開始抱怨起好球帶時，我會說：「反正這是打好玩的，又不是職業……」

「話不是這樣說的啊。」陽平反駁：「事情就得做到好才行。」

「那也不該是只有九十公里的快速球。」我再反駁回去。

陽平猶豫了一下，好像想講什麼，又想不太出來。他沒講話，那就輪到我講話了。

「我說你啊，沒考慮過要認真打過棒球嗎？」我問道。

這句話半是硬生的話題，半是我有點疑惑的部分。我大概知道為什麼不。

「開什麼玩笑，那些打棒球打職棒的，幾乎都是中學小學就開始練。就算知道一點技術，基本動作和重量訓練、體能等等的都是現在開始練的人，怎麼累積也拚不過的。」

沒錯，就是這樣。雖然我不會那麼準確的判斷好球帶，但這點知識還是有的。所以我不是要聽這個。

「……其實我也有想過，可能不是不行。」

他說，憑他的技術力，練到大學畢業起碼可以投到一百二十公里，樂觀的話，球速破一百三也未嘗不可。「但那太累了，我四年內要做完人家十年的訓練量。」他後來想到這裡就沒再一心專練下去了。

「反正我靠手腕的技術力，就這樣打也不錯。」

他喃喃的說：「對啊，也不錯。」

那就只好想當漫畫家了。

對，沒錯。

ＦＦ當天我沒有打電話給陽平。展場開門前裡裡外外都忙，是社團就可以提早入場，但得忙著布置自己的攤位，把大包小包的東西搬進搬出，有的攤位甚至是直接在此和印刷廠、成衣廠等等的小弟拿貨，當然也得費些盤點工夫。是參展者就必須等到十點半準時開門，然而每次這活動，總是有人在前天十點半就開始排隊了。如果參展者真那麼準時當天十點半到，就會看到一條長到令人難以想像的超級隊伍。我看過最誇張的一次是可以從台大新體館，越過簡易棒球場、跑道、網球場、籃球場……最後排到椰林大道上，再越過一堆椰子樹才看到盡頭。

就因為這樣，我想直接到攤位上找陽平。我知道活動開幕前忙，開幕後一定也閒不下，那最不打擾他的方式就是不要再浪費時間講手機了。隨著門票有附著一本場刊，我把幾個簡介看起來不錯的，或是網路上有看過宣傳廣告喜歡的攤位做上記號，然後也把上次陽平和我說的社團做上記號。

「他今天沒有來喔。」

在展場上找攤位不是那麼容易的，因為很熱，很擠，場管很差，人群忙著為自己擠別人，工作人員忙著為了版權取締隨意拍照的人，沒人關心隊伍怎麼排的。在這樣的狀況下，找了攤位卻發現找錯了，也是正常不過的事。

「對不起，您的意思是？」

「他今天沒有來喔。」一名看起來比陽平更為年長的男生說：「你是他朋友嗎？」然後推了推他的粗框眼鏡。

「算是吧。我是他同學。」

反正ＦＦ一次有兩天，週六週日。然後隔天陽平又沒來，無所謂，以前也差不多都是這樣子。

問題可大了。

這不是陽平學長的說法，而是陽平自己的說法：「退社了。」我說怎麼這樣，他說反正又沒差，能和學長學的畫技也都差不多了，以後就靠自己的揣摩就好。

「那你這次的東西……？」

「還是給他們了，這不能不給，基本道義問題。但是很快的，我就會不需要再畫那些東西。」陽平說：「我不是說我有一些網友粉絲嗎，我上次跟他們說我想畫棒球漫畫，也畫了一點給他們看，結果反應超乎我想像的好，也許下次就可以出這個了。」

聽到這樣，那當然還是恭喜他。陽平說著說著，一會兒看到我的書包，「這你這次新買的啊？我看看。」

「可以啊。」

「啊，講到這裡我才想起來，抱歉吶。」他突然改口改話題：「本來說好了要帶你在展場逛逛，實際體驗一下。可是沒去，不好意思啊，因為既然退社了，我想隔一段時間再碰上那些人會比較好……」

我說無所謂，他又說了不好意思。

我說真的無所謂，我都已經說了第三次了。

我們喜歡打棒球，可是我們從來不是職棒選手。

河濱公園是最好的場地，有草，夠寬廣，打出去的球不用擔心打破玻璃或砸到人。但是一切的標示還是只能用目測，壘包，界內界外，好球壞球。

陽平說他當主審，大丈夫，沒問題。

可他終究還是喜歡當投手。理由不言而喻。

然後繼續抱怨著這次的好球帶如何變形。

那很突然，陽平說要休學的事情。

上課沒來，教授問著「那個常常在抄筆記的同學怎麼了」，就像ＦＦ那些學長也問了相似的話。不像ＦＦ是兩天一個週末，這是一個禮拜，兩個禮拜。然後傳出他休學的事情。

我很久沒在教室看過他了，但至少我知道他住哪裡。

我到陽平的宿舍去，我叫了幾聲，他沒回應，倒是門沒有鎖。裡頭黑漆嘛烏的，在裡面行走就像在半夜草地上找棒球一樣艱難。

不過，幾乎可以確定他不在這了。

他的私人物品倒還保存著，電腦、衣服、棒球手套、繪圖板……所以也許是人出去了吧，我這麼想著。

我隨意的翻了一下，找到了他沒事就塗塗抹抹的那本筆記本。翻了幾頁，看到了他說原本要在FF上出的東西，當他還是屬於社團時的東西。

紙上的小角也標著字：東方Project，古明地覺。

畫的是一個小女生，短髮、矮小、有個很像吊飾，綁在身上的眼睛。完全符合原作遊戲中的形象。就像我的書包上印的那個一樣。

我想起開學他看了那個書包，說，滿普通的。

這不是他退社、休學前交給他的學長們要出的東西嗎？

我揉了一下眼睛。這裡燈光暗了點，但也不是外野，我的視網膜上也沒有串燒滴落的油漬。

千真萬確是我開學就帶了的書包。

我又往前往後的翻了一下，越是這樣，越覺得裡面的草稿都很眼熟。那是我上次買的短篇漫畫，那是我上上次買的海報，那是我這次買的T恤，而且不是在陽平說的那個社團。

還有好多好多，我沒買，但起碼認得出來在展場出現過的東西。

最後我看到幾頁不認得的，那是一團黑黑的，他之前畫的，那些看不出來是什麼的凌亂線稿。到現在我還是沒看出來那是什麼，連我努力的把它聯想成是陽平想畫的棒球漫畫，好像也兜不起來。

「那是我這次要出的漫畫。」

陽平的聲音突然出現了，我轉頭，不過沒看到人。也許沒什麼好奇怪的，這裡這麼暗，陽平又好像是失蹤很久了。

「那是草稿，不管畫得怎麼樣，以後應該都還會再拿去修。」陽平的聲音說：「那，你覺得這樣，ＯＫ不ＯＫ？」

我再努力的看了幾眼。可是我不管怎麼看，都只看到一團黑黑的。那是陽平自創的角色？是男的是女的？棒球員還是美式足球員？還是那不是一個人，而是職棒的規律的好球帶嗎？還是草地棒球變形的好球帶？

我看不出來，我真的看不出來。

半天沒答話，陽平好像也就在那杵著沒動。可是當我抬起頭時，卻發現四下都變得空蕩蕩的了。電腦啊繪圖板啊棒球手套啊，都像蒸發一樣消失了，只剩我和我手上的這本筆記。這時我才瞧清楚了，這整個房間呈一個五角形的樣子，但有兩邊很接近九十度的直角，就像是一塊棒球的本壘板。而我現在的位置，就在這本壘板的正中央，不偏不倚。

我喊了陽平，他沒回應。我又再喊，他還是沒回應。我又再喊，這次不是他名字，而是Strike，Ball，Out跟Safe。

我覺得我已經瞧清楚了，所以他若是在，沒道理我只聽得到聲音而沒看到他的人。可是我真的聽到了。也許，搞了半天，我才發現那句話是我問的，也許，本來就是該我問的才對。

這樣，OK不OK？

——原載二〇一一年十一月《聯合文學》第三二五期

主編導讀

朱宥任生於一九九〇年，恰巧是中華職棒元年。相較於其他棒球小說前輩，後生的他有截然不同的棒球成長經驗。

〈好球帶〉確實是極為年輕之作。光是把棒球與同人動漫合併處理，就是以往台灣棒球小說未見的。同人的圈子有私密性，一方面願意與同道人分享，一方面卻嚴格限量，很難想像它能與棒球這項全民運動連結。但，朱宥任這篇做到了。

同人畫得再好，畢竟不是專業的漫畫家，一如「我們喜歡打棒球，可是我們從來不是職棒選手。」雖然殘酷，卻是事實。有過漫畫夢、棒球夢的人不計其數，讀此篇應心有戚戚焉。

本篇末尾，陽平與「我」似乎合而為一，又彷彿陽平只是個幻影。是耶？非耶？小說留下了想像空間。

九歌文庫 1140

打擊線上
——台灣棒球小說風雲

主編　徐錦成
執行編輯　陳逸華
發行人　蔡文甫
出版　九歌出版有限公司
台北市105八德路3段12巷57弄40號
電話/02-25776564・傳眞/02-25789205
郵政劃撥/0112295-1
九歌文學網　www.chiuko.com.tw
排版　綠貝殼資訊有限公司
印刷　晨捷印製股份有限公司
法律顧問　龍躍天律師・蕭雄淋律師・董安丹律師
增訂新版　2013（民國102）年8月
定價　300元

本書原名為《台灣棒球小說大展》，2005年2月初版

書號　F1140
ISBN　978-957-444-891-3

（缺頁、破損或裝訂錯誤，請寄回本公司更換）

國家圖書館出版品預行編目資料

打擊線上── 台灣棒球小說風雲／徐錦成主編. -- 增訂新版. -- 台北市：九歌, 民102.08

面；　公分. --（九歌文庫；1140）

ISBN 978-957-444-891-3（平裝）

857.61　　102011228